rowohlt
POLARIS

COCCO & MAGELLA

Die Toten der Villa Cappelletti

Kriminalroman

Aus dem Italienischen
von Annette Kopetzki und
Dorothea Dieckmann

Rowohlt Polaris

Die Originalausgabe erschien 2013 unter dem Titel
«Ombre sul Lago» bei Ugo Guanda Editore, Parma.

Deutsche Erstausgabe
Veröffentlicht im Rowohlt Taschenbuch Verlag,
Reinbek bei Hamburg, Juli 2014

Redaktion Petra Müller
Umschlaggestaltung Hauptmann & Kompanie Werbeagentur,
Zürich, Dominic Wilhelm
(Foto: Michael Trevillion/Trevillion Images)
Satz aus der Caslon 540 PostScript, PageOne,
bei Dörlemann Satz, Lemförde
Druckerei CPI books GmbH, Leck
Printed in Germany
ISBN 978 3 499 23398 2

für Giuseppe Magella

BERICHT DES FINANZMINISTERIUMS ÜBER DIE BESCHLAGNAHMUNG JÜDISCHEN VERMÖGENS[1]

Vermerk für den DUCE

Betreff: Beschlagnahmung jüdischen Vermögens – Stand 31. Dezember 1944-XXIII

Nachdem das Gesetzesvertretende Dekret Nr. 4 vom 4. Januar 1944-XXII, mit dem die Beschlagnahmung des Vermögens jüdischer Bürger verfügt wurde, nun seit einem Jahr in Kraft ist, halte ich es für angebracht, Ihnen, DUCE, die statistischen Daten zu der bisher geleisteten Arbeit zu unterbreiten.

Bis Dezember 1944-XXIII sind bei der Behörde für Verwaltung und Verwertung von Immobilien (EGELI) 5768 Beschlagnahmungsbeschlüsse eingegangen, die sich folgendermaßen zusammensetzen:

- Immobilien und bewegliche Güter
  2590 Beschlüsse
- Bankeinlagen und Wertpapiere
  2996 Beschlüsse
- Betriebe
  182 Beschlüsse

[...]

Mit Beschränkung auf die oben angeführte Anzahl an Beschlagnahmungen betragen die Bareinlagen bei Banken insgesamt 75.089.047,90 Lire, die Staatspapiere 36.396.831 Lire (Nennbetrag) und die Unternehmens- und sonstigen Wertpapiere, die anhand der Notierungen Ende Dezember bewertet wurden, 731.442.219 Lire. Darüber hinaus existieren zahlreiche weitere Wertpapiere, deren Notierung sich nicht feststellen lässt.
Alle Wertpapiere, Bankguthaben und Einlagen werden zurzeit an vorab festgelegte Standorte gebracht, die eine größere Sicherheit garantieren.
[...]

Zivilpost, 316/I, 12.03.1945-XXIII

[1] Renzo De Felice, *Storia degli ebrei italiani sotto il fascismo*, Turin 1993 (neue erweiterte Ausgabe), S. 610–611.

1. KAPITEL

Über dem See wehte eine leichte *Breva*.

Stefania Valenti überquerte die Straße, die vom Hotel Regina Olga zur Anlegestelle führte. Zu dieser frühen Stunde waren nur wenige Leute unterwegs: ein Junge mit Hund, ein alter Mann, fest in seinen Mantel gewickelt, und eine schmächtige junge Frau, die sich mit zwei Plastiktüten abmühte.

Um diese Zeit, auf halber Strecke zwischen dem Ende des Winters und dem Beginn der schönen Jahreszeit, machte Cernobbio fast den Eindruck eines ganz normalen Städtchens. Binnen kurzem aber würden die Hotels ihren Betrieb wieder aufnehmen, und sobald die Pensionen öffneten, würden sich am gesamten Westufer des Comer Sees die alljährlichen Zeremonien abspielen: die Ankunft der deutschen, russischen und amerikanischen Touristen, die Treffen der Großen dieser Welt, die von der Stadtverwaltung organisierten Sommer-Events und die Auftritte der einen oder anderen Hollywood-Berühmtheit.

Stefania schaute über den See, ließ den Blick einen Moment auf der Silhouette der Villa d'Este zu ihrer Linken verweilen und betrat dann das Café Onda. Sie bestellte einen Cappuccino und ging gleich wieder nach draußen, um sich die erste Zigarette des Tages anzuzünden.

Heute hatte sie es endlich einmal geschafft, Camilla pünktlich auf die Minute an der Schule abzuliefern. Sie hatte sich köstlich über die beiden Hausmeister amüsiert, die in militärischer Pose am Gittertor standen.

Camilla hatte an diesem Morgen nur irgendetwas Unverständliches vor sich hin gemurmelt, während sie auf der Rückbank des Corsa mit ihrem Gameboy beschäftigt war. Wie jeden Morgen waren sie in Eile gewesen, und Camilla hatte die Autotür zugeschlagen, ehe sie sich richtig verabschiedet hatten. Dann war die rosa Daunenjacke hinter dem schon halbgeschlossenen Schultor verschwunden.

Stefania hatte ihr nachgeblickt. Wäre Camilla verspätet gekommen, hätte die Lehrerin sie ohnehin nicht nach dem Grund gefragt. Unpünktlichkeit gehörte für sie beide ebenso zum Tagesgeschäft wie die Pflichten, kleinen Erfolge und Versäumnisse oder Autoschlüssel, die mal wieder in der anderen Handtasche waren.

«Bringt dich dein Papa denn nicht auch mal zur Schule, Camilla?»

«Nein, mein Papa wohnt nicht bei uns.»

«Ach so, natürlich.»

Was heißt hier natürlich?, dachte Stefania. Sie ärgerte sich allein beim Gedanken an dieses Gespräch, das Camilla mit einer der vielen blonden Mamas geführt hatte, die ihren Geländewagen in der zweiten Reihe vor dem Haupteingang der Mittelschule Foscolo parkten.

Zurück im Auto, setzte sie ihre Brille wieder auf und ließ den Motor an, während sie aus dem Augenwinkel das Display der Uhr kontrollierte. Zehn vor acht.

Sie fuhr in eine Einfahrt, um zu wenden. Es war zu spät, um bei Vago gleich hinter der Stadtmauer von Como noch Brot und Focaccia zu kaufen. Sie würde alles, auch den Einkauf, auf den Nachmittag verschieben müssen, wenn sie Camilla abgeholt hatte. Die Focaccia im Supermarkt war nicht so gut wie die vom Bäcker, aber egal, sie würde ihr trotzdem schmecken.

Ihr Beruf, die Tochter und die Trennung von ihrem Mann hatten Stefania, oder zumindest einen Teil von ihr, höchst pragmatisch werden lassen. Das Einkaufen im Einkaufszentrum (einem riesigen Fertigbau aus roten Backsteinen und Sichtbeton am Nordrand von Como, günstig an der Straße zum See gelegen) gefiel ihr nicht nur deshalb, weil sie dort alles fand, was sie brauchte: Wo sonst hätte sie um acht Uhr abends frischgebackenes Brot oder am frühen Sonntagmorgen Batterien für die Fernbedienung finden können? Es gehörte zu den täglichen Ritualen, mit Camilla dort einkaufen zu gehen.

Heute stand ihr ein hektischer Vormittag bevor. Wahrscheinlich musste sie wie üblich auf die Mittagspause verzichten.

Plötzlich unterbrach die elektronische Version von der *Schönen blauen Donau* die Gedanken an ihren Tagesplan. Wo zum Teufel kam das denn jetzt her? Dann fiel Stefania ein, dass Camilla gestern Abend mit ihrem Handy gespielt hatte. Wahrscheinlich hat sie schon wieder die Klingeltöne geändert, dachte sie und musste lächeln.

Lucchesis Stimme, wie immer drei Oktaven höher als nötig, dröhnte ihr ins Ohr.

«Dottoressa, wenn Sie ankommen, denken Sie dran, dass der diensthabende Staatsanwalt nach Ihnen gefragt hat. Auch Capo Commissario Carboni hat Sie gesucht.»

«Verstanden, Lucchesi, mach dir keine Sorgen. Ich bin in fünf Minuten da.»

Eine dreiste Lüge. Bei diesem irrsinnigen Stoßverkehr

und dem Stau, der sich zwischen Cernobbio und Villa Olmo gebildet hatte, würde sie mindestens zwanzig Minuten bis zum Polizeipräsidium brauchen. Sie drehte am Knopf des Autoradios und stellte Radio 105 ein, die brachten um diese Zeit Nachrichten.

Unterwegs geriet sie mit einem der typischen Grenzgänger aneinander, dem Fahrer eines BMW mit Schweizer Kennzeichen, der wegen des günstigen Umtauschkurses zum Einkaufen nach Italien hinunterfuhr. Als sie endlich in der Viale Innocenzo ankam, stellte sie das Auto nicht auf dem Parkplatz des Polizeipräsidiums, sondern mitten auf dem Hof ab. Marino saß wie immer in seiner Pförtnerloge. Augenzwinkernd warf sie ihm den Autoschlüssel zu.

«Dottoressa!», rief er ihr empört nach.

«Nur eine Minute, Marino, ich fahre ihn gleich weg. Und dann spendiere ich dir einen Kaffee.»

Sie rannte die drei Treppen hinauf und kam atemlos am Snackautomaten an, genau rechtzeitig, um auf Commissario Carboni zu stoßen. Der Hauptkommissar kam gerade aus seinem Büro, die Krawatte gelockert, die Hemdsärmel hochgekrempelt – eine leicht übergewichtige Version des amerikanischen Sheriffs zahlloser Fernsehserien.

«Dottoressa, kommen Sie einen Moment in mein Büro», bat er.

Stefania dachte an ein Cornetto mit Marmelade in der Bar hinter dem Präsidium. Heute Vormittag würde sie wieder nicht dazu kommen, den Kollegen ein Frühstück auszugeben.

«Eben kam ein Anruf von der Wache in Lanzo. Ein paar Arbeiter, die mit dem Abriss einer Almhütte oberhalb von San Primo beschäftigt sind, haben Reste von Menschenknochen gefunden. Zurzeit ist die Baustelle geschlossen, weil die Hütte direkt auf dem neuen Straßenabschnitt liegt. Alle sind völlig durcheinander. Staatsanwalt Arisi kommt auch. Und Sie fahren mit Piras und Lucchesi im Campagnola.»

Carboni wirkte an diesem Morgen, als hätte er einen Stromschlag abgekriegt. Normalerweise war er ein ausgeglichener, phlegmatischer Typ. Arisi dagegen galt als einer der gefürchtetsten Staatsanwälte, ein Friulaner durch und durch: ernst, zuverlässig, entschlossen. Stefania fragte sich, was einen alten Juristen wie ihn wohl dazu brachte, sich bis hinauf nach San Primo zu bemühen, um sich dort die Slipper schmutzig zu machen.

Ein paar Knochen in einer abgerissenen Bauernkate, dachte sie. Was soll das ganze Theater! Solche Kleinigkeiten regelte man normalerweise wie jede andere alltägliche Verwaltungsangelegenheit per Telefon: Man redete mit dem Maresciallo der lokalen Wache und ordnete dann allenfalls noch die Bergung an. Damit war die Sache in der Regel erledigt.

Da schoss ihr ein anderer Gedanke durch den Kopf.

Vielleicht, überlegte sie, lässt die Valentini Strade AG hier ihre Beziehungen spielen, weil sie sicherstellen will, dass alles möglichst schnell über die Bühne geht. Wer weiß, was es die Baufirma kostet, die Arbeiten auf einer solchen Baustelle zu unterbrechen.

Sie forschte in ihrem Gedächtnis nach und fand dort die flüchtige Vision eines fast ausgestorbenen kleinen Bergdorfes: an den Hang geklammert, wenige Steinhäuser, Holzhütten und verstreute Ställe, ein paar Kühe auf der Weide und die alte Straße, die sich in endlosen Kurven hinaufwand, bis an den Grenzübergang zur Schweiz. Sie war als kleines Mädchen mit ihrem Vater dort gewesen, in einem Sommer vor vielen Jahren.

Eine perfekte Kulisse für Schokoladenwerbung, dachte sie. Schade, dass ausgerechnet an dieser Stelle der Tunnel für die neue Straße zur Zollstation entstehen sollte. Fünf Minuten Fahrt, und da waren schon das Nachbarland, eine schwindelerregend hohe Brücke, wütende Umweltschützer …

Und genau da müssen wir jetzt natürlich hin, alle Kurven inbegriffen. Wenn Piras fährt, muss ich mich übergeben, darauf wette ich.

Um halb zwölf war Arisi immer noch nicht da. Unvorhergesehene Termine am Gericht waren dazwischengekommen. Der pfeift auf die Eile, dachte Stefania.

Inzwischen war sie wenigstens dazu gekommen, sich einen Cappuccino aus dem Automaten zu holen und eine Brioche hinunterzuschlingen.

Während sie hastig die Korrespondenz durchsah, überlegte sie, dass sie ab halb vier den Nachmittag frei hatte. Sie könnte Camilla abholen und mit ihr im Astra, dem einzigen verbliebenen Kino der Stadt, den neusten Harry-Potter-Film anschauen. Dann eine Pizza und vielleicht ein bisschen Kuscheln auf dem Sofa.

Zurzeit kriege ich einfach nichts Vernünftiges auf die Reihe, dachte sie.

Es war fast ein Uhr, als sie endlich aufbrachen. Alle schienen in gedrückter Stimmung. Arisi, neben ihr auf dem Rücksitz, schwieg die ganze Fahrt über. Lucchesi und Piras tauschten ein paar Bemerkungen über den Vortag aus. Auf der Seepromenade hatte es eine Prügelei unter betrunkenen Migranten gegeben, und sie hatten eingreifen müssen. Von den vieren im Auto hatte noch keiner zu Mittag gegessen. Stefania hoffte, dass es schon deshalb schnell gehen würde. Schließlich versäumten der Staatsanwalt und seine Kollegen im Gegensatz zu ihr selten eine Mittagspause.

Der Campagnola hielt mitten auf der Baustelle, direkt vor einer Gruppe von Arbeitern, die rauchend auf den stillstehenden Baggern saßen. Der Bauleiter, ein Mann in den Fünfzigern, ganz Muskeln und Bart, zeigte auf einen steilen Hang, in den sich die Baggerspuren eingegraben hatten.

«Sie haben gesagt, wir sollten uns nicht von der Stelle rühren. Oben ist der Maresciallo mit einem Arzt. Sie warten schon eine ganze Weile. Gehen Sie fünf Minuten in diese Richtung», setzte er mit einer entsprechenden Armbewegung hinzu.

Es war ein schöner Tag. Zum Glück, dachte Stefania. Sonst hätten wir durch den Schlamm stiefeln müssen.

Schweigend stiegen sie in den Furchen der Baggerräder den abgeschürften Hang hinauf. Ganz außer Atem gelangten sie an eine Grasfläche, die sich bis zum Waldrand erstreckte. Zwischen den kahlen Nuss- und Kastanienbäumen sah man immer wieder handtuchgroße Wiesen und kleine Häuser aus den für diese Gebirgsgegend so typischen grauen Feldsteinen.

Wären zwischen den gefällten Bäumen nicht hier und da Pfosten in den Boden gerammt und rot-weiße Plastikbänder daran aufgespannt worden, dann hätte man den Ort – jetzt, wo die Baustelle stilllag – für eine ganz normale, verlassene Alm halten können, die auf den Frühling wartete. Mit dem Sommer würden die Kühe und Ziegen heraufkommen und dann die Bauern, die Kinderstimmen, Milch und Käse.

«Da sind sie.»

Lucchesi entdeckte als Erster die kleine Gruppe von Leuten, die ein Stück weiter oben mit winkenden Armen ihre Aufmerksamkeit suchten.

«Brigadiere Corona und Dottor Sacchi vom Gesundheitsamt», stellte Maresciallo Bordoli in feierlichem Ton vor. «Wir haben Sie bereits erwartet. Die ersten Untersuchungen haben wir schon vorgenommen, mit Fotografien und allem. Wir haben die Arbeiter von der Baustelle befragt und sie für morgen auf die Wache bestellt, damit sie ihre Aussagen zu Protokoll geben können. Wenn Sie einverstanden sind, können wir uns jetzt den Fundort ansehen.»

Der Maresciallo war sichtlich bestrebt, auf den Staatsanwalt und die Kollegen aus der Stadt einen professionellen Eindruck zu machen. Arisi beschränkte sich auf ein zustimmendes Kopfnicken.

Sie kletterten über Baumstümpfe, Haufen abgesägter Äste, Bretterstapel und Bündel von Armierungseisen zum Fundort. Er wirkte kaum wie der Ort eines Verbrechens. Eher schien gerade ein Hurrikan darüber hinweggefegt zu sein. Selbst der große gelbe Bagger, der mit zur Erde gesenktem Arm unbeweglich dastand, schien von irgendwoher herabgefallen zu sein.

«Das ist die Hütte. Achtung, da ist ein offenes Loch. Sie auch, Signora, geben Sie acht.»

Signora. Der hält mich wohl für eine Spaziergängerin, dachte Stefania sauer. Und von welcher Hütte redet er, zum Teufel?

Vor ihnen, im frisch aufgeworfenen Erdreich lag ein Haufen Steine und daneben ein weiterer Haufen, der mit Efeu, Moos und den Wurzeln eines wilden Feigenbaums bedeckt war. Mit einiger Einbildungskraft konnte man darin allenfalls eine abgerissene Mauer erkennen.

«Hierher kommt seit Jahren keine Menschenseele mehr», bemerkte Bordoli. «Die Hütte ist durch Schnee und Unwetter eingestürzt, wie viele andere auch. Vielleicht ist sie auch im Krieg abgebrannt. Exakt feststellen lässt sich das nicht.»

Aufmerksam schauten sich Arisi und Stefania auf dem Platz um.

«Heute Morgen hat ein Arbeiter von Valentini mit dem Abriss begonnen», fuhr der Maresciallo fort. «Dabei hat sich auf einmal ein Krater geöffnet. Unter vielen von diesen Behausungen befindet sich noch eine *Nevera*, aber hier war nichts davon zu sehen. Sie war wohl seit ewigen Zeiten völlig verschüttet. Als der Arbeiter entdeckt hat, dass sich da unten eine halbverfallene *Nevera* verbirgt, hat er tiefer gegraben und ist hierauf gestoßen.» Der Maresciallo wies mit dem Zeigefinger auf eine Stelle im Graben.

«Vorsicht, Dottoressa», sagte Arisi, «es ist rutschig hier.»

Sie hatten eine Art unterirdische Senkgrube vor sich. Das Deckengewölbe war fast vollständig eingestürzt. Eine kleine Höhle aus gemeißelten Felsbrocken und schwarz nachgedunkelten Steinen, nicht mehr als zwei mal zwei Meter groß.

«Sieht aus wie eine sardische *Nuraghe*», meinte Piras, der aus der Nähe von Nuoro stammte, «wo die Banditen aus den Wäldern ihre Entführten einsperren oder sich selbst verstecken.»

Stefania zuckte mit den Schultern. Sie hatte den Sommer häufig in ähnlichen Bergregionen verbracht und wusste genau, wie *Nevere* aussahen. Als Kind hatte sie diese kleinen Kühlkammern ziemlich oft gesehen, ja sie war sogar beim Versteckspielen hineingeschlüpft, mit leichtem Schaudern, halb wegen der Kälte und halb aus Angst. Damals war ihr dort drinnen höchstens ein Geruch von Milch und Schimmel entgegengeschlagen. Und draußen fand sie Sicherheit bei ihrem Vater. Sie sah ihn lebhaft vor sich, seine Silhouette im Gegenlicht, wie er sich gerade eine Zigarette anzündete.

«Die Tür, Piras», sagte Stefania zu dem Kollegen, der in das Erdloch gestiegen war, «sieh mal nach, ob du eine Tür findest, mit Kette oder Querbalken. Klein, aus Holz», fügte sie hinzu und reichte ihm die Taschenlampe.

«Eine Tür, Dottoressa, hier unter der Erde?»

Der Polizist ließ den Lichtstrahl über die modrigen Mauern gleiten.

«Hier ist nichts. Nur Steine, Erde und Wurzeln.»

«Wo genau habt ihr die Überreste gefunden?», unterbrach sie die schneidende Stimme des Staatsanwalts.

«Dort drüben», sagte der Maresciallo.

Piras richtete die Taschenlampe nach unten. «Ja, da sind Knochen. Aber es sind nicht viele.» Kurzes Schweigen. «Jetzt sehe ich den Kopf. Der Ärmste!», setzte er hinzu. «Jesus Maria! Da sind ja immer noch Haare dran.»

«Also, die fotografische Dokumentation ist durchgeführt, der Doktor war schon drinnen, Zeit für die Bergung», drängte Arisi. «Worauf wartet ihr?»

«Zwei Arbeiter von der Baustelle sind schon mit einer Kiste da», sagte der Maresciallo.

Was hast du bloß?, dachte Stefania. Wartet vielleicht ein Flugzeug am Mailänder Flughafen auf dich? Sie spürte einen Krampf im Magen, der sie daran erinnerte, dass sie nicht zu Mittag gegessen hatte. Sie schaute auf die Uhr. Halb vier. Camilla. In einer Stunde endete der Unterricht. Und Stefania würde sie nicht rechtzeitig abholen können.

«Piras, hab ein Auge darauf, was sie machen. Es kann nicht mehr lange dauern.»

Sie trat ein wenig beiseite, um zu telefonieren. Erst rief sie ihre Schwägerin an, dann das Kindermädchen und eine Nachbarin. Schließlich blieb nur noch eine Lösung, die einzige, die sie hatte vermeiden wollen.

«Entschuldige, Bruno, ich muss dich um einen Gefallen bitten. Ich weiß wirklich nicht, was ich sonst machen soll.

Signora Albonico traut es sich nicht zu, Martina ist wegen einer Prüfung in Mailand, und ich sitze hier in Lanzo fest. Ich weiß, dir im letzten Moment Bescheid zu geben, ist … Ja, in Ordnung, ich warte auf deinen Rückruf. Danke.»

Die Bergung der Überreste dauerte länger als erwartet, obwohl sich die beiden von der Baustelle abgeordneten Arbeiter wirklich ins Zeug legten. Sie sammelten einen Knochen nach dem anderen ein, zusammen mit den Steinen und der Erde, die sie seit dem Einsturz bedeckten.

Nachdem Arisi und der Maresciallo in aller Eile aufgebrochen waren, beaufsichtigten Stefania, Lucchesi und Piras die Unternehmung. Noch bevor er ging, hatte der Staatsanwalt dem Bauleiter die Erlaubnis zur Wiederaufnahme der Arbeiten gegeben.

Sacchi, der Arzt von Gesundheitsamt, blieb ebenfalls dabei und prüfte, ob die geborgenen Knochen zusammen ein vollständiges Skelett ergaben. Ab und zu hielt er inne und zeigte auf ein Fundstück: «So eines fehlt noch» oder «Es fehlen drei andere von dieser Länge».

Stefania hatte die Arbeiter gebeten, alles, was rings um die Knochen herumlag, ebenfalls einzusammeln. Die beiden jungen Männer aus dem Maghreb hatten lediglich einen vielsagenden Blick gewechselt.

Aber tatsächlich kam einiges zum Vorschein: vielleicht Stoff, vielleicht Papier, vielleicht auch rostiges Metall, möglicherweise bloß Erde. Am Ende war die Holzkiste mit den geborgenen Überresten sehr schwer geworden. Während die beiden Afrikaner sie zur Baustelle schleppten, hörte man ein paar Flüche im einheimischen Laghée-Dialekt, die sich aus ihrem Mund wirklich komisch anhörten. In den Campagnola passte die Kiste nicht. Also stellte die Firma Valentini eins ihrer Fahrzeuge zur Verfügung.

«Wohin sollen wir sie bringen?», fragte der Personalleiter am Telefon. «Es ist uns immer eine Freude, mit den Ordnungskräften zusammenzuarbeiten», sagte er zum Abschluss.

Na klar, vor allem, wenn es nicht die Finanzpolizei ist, dachte Stefania.

«Es hat geklappt, Stefania, ich konnte mich loseisen. Ich hole die Kleine ab. Meine Termine habe ich verschoben. Aber ich habe ja keine Schlüssel für deine Wohnung. Am besten, ich bringe sie in mein Büro, da kann sie Hausaufgaben machen, und später gehen wir ins Kino. In der Schule weiß man Bescheid, dass ich zehn Minuten später komme. Ich habe Camilla kurz am Telefon gesprochen, sie meinte, sie würde gern *Harry Potter* sehen. Gib mir nur Bescheid, ob du zum Abendessen zurück bist. Sagen wir gegen acht?»

«Einverstanden. Danke.»

Stefania starrte beklommen auf das Display ihres Handys. So lief es immer, wenn sie Bruno, Camillas Vater, um einen Gefallen bat. Es kostete ihn nie mehr als eine Viertelstunde, jedes erdenkliche Problem zu lösen. Er dachte einfach an alles. Wetten, dass er pünktlich zum Schulschluss gekommen wäre, wenn er nur zehn Minuten mehr Zeit gehabt hätte? Das gesamte Lehrerkollegium hätte ihn mit dem üblichen Lächeln belohnt. Er war ja immer so zuverlässig …

Stefania hoffte inständig, dass Camillas Sachen, die Daunenjacke und Strümpfe an diesem Tag keinen einzigen Fleck hatten und die Blusenknöpfe alle an Ort und Stelle saßen. Sie seufzte tief.

Um fünf Uhr nachmittags war die Kiste mit dem zu untersuchenden Material endlich in einem Lieferwagen der Firma Valentini verstaut. Der Fahrer wollte so schnell wie möglich los. Die meisten seiner Kollegen waren inzwischen gegangen. Was von der Almhütte noch übrig war, würde morgen nicht mehr zu sehen sein, und die Höllenmaschine der Baustelle würde wieder anfangen, unerbittlich noch mehr Bäume, Mauern und Pflanzen zu zerstören.

Die Sonne war untergegangen. Wind kam auf.

Nachdenklich betrachtete Stefania den offenen Krater zu ihren Füßen und die Felsbrocken ringsum. Etwas hinderte sie, sich davon abzuwenden – vielleicht das Gefühl, dass sie nicht verstand, was sie da vor Augen hatte. Sie stieg in die *Nevera* hinab und ließ den Lichtstrahl der Taschenlampe über die Wände gleiten. Sie richtete ihre Aufmerksamkeit auf einen Punkt knapp über dem Boden aus Ziegelmehl. Hier am Fuß der Wand unterschieden sich die Steine von den anderen. Selbst mit bloßem Auge konnte man erkennen, dass sie zumindest ansatzweise behauen waren. Außerdem sah man Reste von gemeißeltem Gebirgsgestein, kleinere Steinbrocken und Erdkrumen, vermischt mit dunkleren, fast schwarzen Partikeln. Kohle, Holz, wer weiß? Sie hatte bereits dafür gesorgt, dass davon eine Probe genommen wurde.

In ihrer Kindheit, erinnerte sich Stefania, hatte sie immer wieder «besondere» Steine gesammelt. Sie hatte sie gehütet und geordnet, in der Hoffnung, etwas Außergewöhnliches gefunden zu haben, einen Schatz möglicherweise, Zeichen einer untergegangenen Zivilisation, etwas, das noch niemand vor ihr entdeckt hatte. Ihr gefiel der Gedanke, dass es sich um kleine Kostbarkeiten handelte, um einen seltenen, wertvollen Fund. Sie hatte die Steine stets sorgsam gereinigt und dann in einer Ecke des Gartens verteilt, nachdem sie sich vergewissert hatte, dass niemand sie dabei beobachtete.

Meine Steine – was wohl aus ihnen geworden ist?, dachte sie, während sie den steilen Hang hinunter zum Rest der Gruppe ging.

«Wir bringen die Kiste zum Friedhof von Lanzo», sagte Stefania zu den beiden Arbeitern, die als letzte dageblieben waren. «Sie wird in einen geschlossenen Raum neben der Leichenhalle gebracht. Die Pfarrei habe ich schon benachrichtigt, der Küster erwartet Sie. Dottor Sacchi», setzte sie hinzu, «ich bekomme Ihren Bericht morgen Nachmittag.»

Der Amtsarzt trat heran und nahm sie beiseite: «Dottoressa, wenn Sie meinen, werde ich morgen früh noch einmal herkommen, um mir alles in Ruhe anzuschauen, und dann, wie gewünscht, den Bericht für Sie fertigstellen. Wenn Sie aber wirklich ein Ermittlungsverfahren eröffnen wollen, dann wäre es besser, Sie würden das alles jemandem vom Fach vorlegen, einem Rechtsmediziner oder einem forensischen Institut.»

Stefania schaute ihn fragend an.

«Meiner Meinung nach handelt es sich hier um ein Tötungsdelikt. Oder genauer gesagt: Daran besteht kein Zweifel. Man hat auf ihn geschossen. Im Schädel ist ein Loch. Und ich bin mir einigermaßen sicher, dass es ein Mann ist oder ein Jugendlicher, hochgewachsen und gesund – mal abgesehen vom rechten Bein.»

«Vom rechten Bein?», fragte Stefania.

«Ja. Es weist eine schlecht verheilte Bruchstelle auf. Wahrscheinlich hat der Mann etwas gehumpelt.»

Camilla war total aufgedreht. Seit sie vor dem Haus aus dem Auto ihres Vaters gestiegen war, hatte sie nicht einen Augenblick aufgehört zu plappern.

«Du, Mami, wir waren in Papis Büro. Ich habe die Hausaufgaben ganz schnell fertig gemacht, und dann haben wir ein bisschen an seinem Computer gespielt, und dann gab es Schokolade und Kekse. Dann haben wir *Harry Potter* angeguckt, und Papi hat mir Popcorn gekauft, und dann ...»

«Und dann holst du mal Luft, Cami. Wenn du so hektisch weiterredest, überlebst du es nicht. Geh schon mal in die Badewanne, ich komme dann und helfe dir beim Haaretrocknen. Inzwischen mache ich uns etwas zum Abendessen.»

«Ich habe keinen Hunger. Können wir nicht einfach Fischstäbchen mit Tomatensoße machen?»

Natürlich, Cami! Wie soll man auch Hunger haben, wenn man um sechs Uhr abends noch eine Tüte Popcorn gegessen hat! Stefania bekam schlechte Laune. Es gab zwar keinen richtigen Grund, aber sie war dennoch verärgert. Eine ganze Tüte Popcorn!

Später, als Camilla im großen Bett eingeschlafen war, blieb Stefania bei ihr sitzen und betrachtete sie. Es war jeden Abend dasselbe. Camilla kam in ihr Schlafzimmer, «nur um gute Nacht zu sagen, bloß einen Moment, dann gehe ich wieder rüber». Der Moment unter der Bettdecke dauerte zehn, zwanzig, dreißig Minuten – bis sie eingeschlafen war. Dann nahm Stefania ihre Tochter auf den Arm und trug sie in ihr Zimmer. Meistens aber endete es damit, dass sie zusammen im selben Bett schliefen. Auch in dieser Nacht. Ron, die rote Katze, machte es sich in dem gepolsterten Körbchen am Fußende bequem.

Um kurz nach vier wachte Stefania auf. Draußen schüttete es. Morgen ist die Baustelle ein Schlammloch, dachte sie. Aber ich muss ja nicht wieder hin.

Am nächsten Tag gab es eine Schlägerei unter Dealern in der Nähe des Stadions, eine Anzeige wegen illegaler Besetzung von Räumen der ehemaligen Textilfabrik Ticosa und einen Einbruchsdiebstahl in einem Tabakladen im Zentrum hinter dem Broletto. Kurzum: Como war im Grunde eine ruhige Stadt, direkt neben dem See in den Schlaf gefallen.

«Und was gibt es sonst noch heute Morgen?», fragte Stefania.

«Maresciallo Bordoli von der Wache in Lanzo hat angerufen, Dottoressa. Er hat Bescheid gegeben, dass der Bericht des Doktors schon da ist. Der von der Baustelle. Sie wollen wissen, was zu tun ist.»

«Lass den Bericht per Fax herschicken und sag ihnen, wir melden uns dann. Und bring das Fax rauf in mein Büro, sobald es da ist.»

Als der Bericht kam, entließ Stefania Lucchesi und Piras mit dem üblichen «Jungs, alle raus für die nächste halbe Stunde» und schloss sich in ihr Büro ein. Dann zündete sie sich die erste Muratti Light des Morgens an.

Sie überflog die sieben Seiten des Berichts und grübelte über den Einzelheiten: eine Liste der aufgefundenen Knochen. Skelett fast vollständig geborgen, gut erhalten; große männliche Person, vermutlich über ein Meter achtzig. Jung, Zähne in einem ausgezeichneten Zustand, helle Haare, blond oder rötlich.

Zwei Löcher im Schädel, eins im Nacken, das andere in der Stirn. Zwei Wirbel und einige Rippen beschädigt, vermutlich durch die beim Einsturz des Gewölbes herabfallenden Steine. Oder auch nicht. Ein schlechtgeheilter Bruch des rechten Beins mit einer Verkürzung der Extremität um mindestens vier Zentimeter.

Die Knochen, schrieb der Arzt, seien gereinigt und in einer versiegelten Kiste dem Friedhofswärter anvertraut worden.

Auch die andere Liste las Stefania nochmals genau durch: 4 Stücke schwerer Stoff, Farbe vermutlich Grau; eine Gürtelschnalle; 2 Hemdknöpfe, 5 Metallknöpfe, ein flacher Metallgegenstand von 10 mal 5 Zentimetern; ein 18 Zentimeter langes Teil einer dünnen Kette, vermutlich Silber; andere nicht identifizierbare Metallstücke, eins davon an einem Ende länglich und gebogen. Schließlich zahlreiche geschwärzte Holzstücke, vielleicht angebrannt. Alles in einer zweiten Kiste deponiert.

Nachdenklich schaute sie aus dem Fenster. Nach ein paar Minuten rief sie direkt bei der Staatsanwaltschaft an.

«Commissario Valenti. Ich möchte Staatsanwalt Arisi sprechen. Ja. Danke. Ich bin bis zum Mittag im Büro.»

Sie kritzelte noch immer auf einem Papier herum, als ihre beiden Untergebenen ins Büro zurückkehrten.

«Was meint ihr, wie ist er da unten hingeraten?», fragte Stefania unvermittelt.

Die beiden Polizisten schauten einander an, als hätten sie keine Ahnung, wovon die Rede war. Stefania wartete die Antwort nicht ab. Bevor einer von ihnen den Mund aufmachen konnte, fuhr sie fort: «Das einzige intakte Teilstück der Mauer, das ich gesehen habe, steht auf der Talseite, und dort kann nichts weiter gewesen sein, weil es zu steil bergab geht. Die Mauer auf der gegenüberliegenden Seite, angenommen, da war eine, hat der Bagger vermutlich längst zerstört. Vorne, zum See hin, war nichts mehr zu sehen. Demnach muss es sich bei dem verbliebenen Mauerstück auf der Nordseite um einen Teil der Rückwand handeln. Dafür spricht auch, theoretisch jedenfalls, dass diese Seite niemals Sonne bekommt. Wenn dann an dieser Stelle allmählich die Erde abrutscht, sieht es aus wie ein natürlicher Hang. Klar, oder? Sie setzt wieder Gras an, und niemand ahnt, dass etwas darunterliegt. Sofern das überhaupt jemanden interessiert.»

Während sich Lucchesi und Piras noch den Kopf über die anfängliche Frage zerbrachen, kam der Anruf der Staatsanwaltschaft.

«Pronto? Guten Tag, Dottore. Es geht um den Lokaltermin gestern in San Primo ... Ja ... Ich habe angerufen, um Sie zu informieren, dass es sich nach ersten Ermittlungen um ein Verbrechen handeln könnte, und um zu erfahren, ob ... Sicher, natürlich. Auf Wiederhören.»

Stefania legte auf und schüttelte verwundert den Kopf.

«Er hat mich nicht einmal ausreden lassen. Ich soll einfach Carbonis Anweisungen folgen, mit dem hat er heute Morgen schon telefoniert. Na, vergesst es, Jungs. Ich gebe euch Bescheid. Sagt Marino, er soll mir bitte die Zeitungen raufschicken.»

Sie legte das Blatt Papier in einen Ordner und begann zu schreiben: *Männliche Person, unbekannt: San Primo, 19. März, 20**.*

2. KAPITEL

Selbstverständlich eröffnen wir ein Verfahren gegen Unbekannt, das ist unumgänglich. Die Staatsanwaltschaft erwartet eine exakte, aber schnelle und vor allem diskrete Untersuchung.»

Carboni sprach langsam. Der Bedacht, mit dem er die Worte wählte, wirkte, gelinde gesagt, irritierend. Stefania fixierte ihn schweigend, doch der fragende Ausdruck in ihrem Gesicht war offenbar nicht zu übersehen, denn Carboni fügte hinzu: «Aus Lanzo bekommen Sie jede Unterstützung, die Sie vor Ort brauchen, aber die Ermittlungen führen Sie selbst. Von hier aus. Und Sie erstatten nur mir Bericht.»

Verlegene Pause.

Stefania entschloss sich, mit einem Köder in die Offensive zu gehen – mal sehen, ob der Fisch anbeißen würde. Sie schaute Carboni direkt in die Augen: «Eine diskrete Ermittlung? Wer sollte sich denn überhaupt für so eine Geschichte interessieren? Habe ich irgendetwas nicht mitgekriegt, Commissario? Oder riskieren wir vielleicht, in unseren Bergen das Versteck des Monsters von Florenz zu finden?»

Im Grunde war Carboni ein guter Kerl und außerdem ein

ehrlicher Polizist. Sicher nicht der Schlaueste, aber Stefania schätzte ihn trotzdem. Außerdem arbeitete sie gut mit ihm zusammen.

«Richtig: Ich habe gesagt, diskret. Genau das Wort, das Arisi verwendet hat. Das ganze Gelände, der Wald, jedes Haus, jede Hütte und alles, was sonst noch da ist, gehört der Familie Cappelletti.»

Aha, daher wehte der Wind!

«Und das heißt?», fragte Stefania und zuckte missbilligend die Achseln.

«Das heißt, dass wir vorsichtig agieren müssen, Commissario Valenti. Nach allem, was in den vergangenen Monaten in den Zeitungen zu lesen war, hat der Senator gute Gründe, weiteres Aufsehen zu vermeiden.»

«Und wie sollen wir vorgehen?»

«Die Politik hat uns nicht zu interessieren. Ihre Aufgabe ist es, herauszubekommen, was passiert ist, und mir zu berichten. Alles andere geht uns nichts an. Wir tun, was zu tun ist, und das möglichst ohne viel Aufhebens. Und jetzt raus hier, Commissario, ich bin beschäftigt.»

Carboni hatte offensichtlich keine Lust auf weitere Diskussionen. Die Angelegenheit schien ihm auf die Nerven zu gehen oder ihn zumindest in Verlegenheit zu bringen. Sie beide zählten nicht mehr als eine Pik-Zwei in einer Partie Briscola unter Pensionären. Das entscheidende Spiel fand woanders statt.

Mit einem kurzen «Okay» verließ Stefania den Raum. In Gedanken versunken, stieg sie die Treppe hinunter.

Als sie wenig später im dichten Verkehr auf dem Viale Innocenzo unterwegs war, musste sie an das Konterfei von Senator Cappelletti auf den letzten Wahlplakaten denken: ein sonnengebräunter, gutaussehender Mann mit langem, gepflegtem Haar und blauem Blazer. «Vereint für den Fortschritt» oder etwas Ähnliches. Stefania verfolgte die politischen Nachrichten kaum, geschweige denn die lokalen. Politik fand sie langweilig und uninteressant.

Dafür war ihr das große Haus der Cappelletti deutlich in Erinnerung geblieben. Die Villa Regina lag am See, der Park schmiegte sich terrassenförmig an den Berg. Als kleines Mädchen hatte Stefania wie alle Kinder davon geträumt, über die meterhohe Umfriedungsmauer zu klettern und so in die Villa zu gelangen, die seit jeher eine mysteriöse Aura umgab.

Tata Lucia Canzani, Stefanias Kindermädchen, hatte schon in ihrer Jugend in der Villa als Bügelfrau gearbeitet und von St. Galler Tischwäsche für vierundzwanzig Personen erzählt und von Bettlaken aus feinstem Leinen, die, selbst wenn die Gäste wochenlang blieben, täglich gewechselt wurden. Übersetzt für Normalsterbliche, hieß das aus Tata Lucias Sicht: Die Cappellettis waren richtig *feine Herrschaften*.

«Dottoressa, ich habe Ihnen die Zeitungen auf den Schreibtisch gelegt.»

«Danke, Marino. Du bist ein Engel», antwortete Stefania. Sie hatte diesen einfachen, linkischen Mann, der den ganzen Tag in seiner Pförtnerloge im Erdgeschoss saß, einfach ins Herz geschlossen.

Sie machte die Tür hinter sich zu, zündete sich eine Muratti an und überflog die Lokalblätter. Nichts im «Corriere di Como», nichts in «La Provincia» und im «Confine» nur eine kurze Meldung von wenigen Zeilen:

Menschliche Überreste bei den Planierungsarbeiten für den Bau des neuen Tunnels am italienisch-schweizerischen Grenzübergang von San Primo aufgefunden. Nach der Bergung durch die Carabinieri von Lanzo, unter Leitung von Staatsanwalt Arisi, werden die kargen Überreste in der Leichenhalle des örtlichen Friedhofs bis zur Identifizierung vorläufig wieder zusammengesetzt. Keine Angaben zu den laufenden Ermittlungen. Die Arbeiten durch die Baufirma Valentini Strade Spa wurden bereits wieder aufgenommen.

Ein ganz anders gearteter Artikel unmittelbar daneben zog Stefanias Aufmerksamkeit auf sich, vor allem wegen des großen Fotos, das die Baustelle vor einigen Wochen zeigte:

Vallis Vorstoß bei der Provinzregierung kann den Tunnelbau nicht stoppen.

Im weiteren Text war zu lesen:

Turbulente Sitzung gestern im Rat der Provinz. Ratsmitglied Luca Valli, bekannt für sein umweltpolitisches Engagement, hat die laufenden Arbeiten zur Fertigstellung des Tunnels am Grenzübergang von San Primo hart kritisiert. Als pharaonische, überflüssige Verschwendung bezeichnete der junge Abgeordnete das Vorhaben, ‹welches das Gesicht unserer Bergregion für immer verschandeln wird›.

Es folgte ein kurzes, im Anschluss an die lebhafte Debatte eingefangenes Interview:

«Talabwärts wird der Tunnel dem Straßennetz noch mehr Autos und Schwerverkehr aufbürden. Das Netz wurde zu Beginn des zwanzigsten Jahrhunderts konzipiert und ist jetzt schon so überlastet, dass es selbst den Ortsverkehr kaum mehr verkraftet. Eine Nachrüstung der benachbarten Grenzübergänge hätte das Problem der LKW-Schlangen am Zoll lösen können. Es bestand keinerlei Notwendigkeit, hektarweise Wald im

Umkreis eines der schönsten Seen Italiens zu opfern. Wir haben eine Unterschriftensammlung für eine Petition auf den Weg gebracht, die wir dem Präsidenten der Region vorlegen werden. Wenn wir damit keinen Erfolg haben, werden wir uns an das Verwaltungsgericht der Region wenden.»

Stefania dachte an den intensiven Duft frischgemähten Grases, an das ohrenbetäubende Zirpen der Grillen an den Sommernachmittagen und an die Stimme ihres Vaters: «Da unten siehst du den Luganer See, dort ist der Pass von San Primo, und da oben, das sind die Fahnen am Grenzposten. Siehst du, wie das weiße Kreuz im Wind weht?»

Der Duft seiner Turmac-Zigaretten vermischte sich mit dem des Waldes, und von der Weide hörte man das Läuten der Kuhglocken.

In seinen nussbraunen Augen entzündete die Sonne grüne Reflexe. Augen wie ihre eigenen.

Camillas Stimme platzte aus dem Telefonhörer:

«Mami, kann ich heute mit Vale ins Schwimmbad? Wir haben kaum Hausaufgaben, bitte! Ihre Mama bringt uns hin, du musst mir nur sagen, wo du den blauen Badeanzug und das Snoopy-Handtuch hingetan hast.»

«Cami, hör mal. Martina …»

«Keine Sorge, Mami: Martina hat gesagt, sie leiht mir fünfzehn Euro, und heute macht es nichts, wenn ich nicht zu Hause bin. Sie kann dann zur Enthaarung gehen, also ist alles in Ordnung. Bitte, Mami …»

«Aber um halb sieben bist du zu Hause, denn morgen …»

«Morgen ist Samstag, Mami!»

Nichts zu machen, bei Camilla schaffte man es nicht, einen Satz zu beenden. Wenn sie sich etwas in den Kopf gesetzt hatte, war sie wie ein reißender Fluss: nicht aufzuhalten.

«Ciao, Mami, danke!»

Ich kann mich nicht erinnern, ja gesagt zu haben, dachte Stefania und rief die Mutter des anderen Mädchens an.

«Wenn du nichts dagegen hast, begleite ich die Mädchen zum Schwimmbad und habe ein Auge auf sie. Ich bringe Camilla vor dem Abendessen zurück ... Nein, kein Problem, mir macht es Spaß. Bei dir alles gut? Bis nachher.»

Auf diese Weise könnte sie vielleicht um fünf zum Friseur gehen. Wie Martina, dachte sie. Heute machen wir uns beide aus dem Staub.

Sie schnitt die zwei Artikel aus und steckte sie in den Ordner. Dann ging sie hinunter. Die Bar war um diese Zeit vollkommen leergefegt, nicht einmal ein Brötchen war mehr da. Sie begnügte sich mit einer dieser runden Teigtaschen mit Plastikkirsche in der Mitte, die sie verabscheute.

Mit einem Mal fühlte sie sich allein.

Sie beschloss, Giulio Allevi anzurufen. Sie kannte ihn seit der Zeit an der Polizeiakademie. Vor einer Ewigkeit waren sie sogar ein paar Monate zusammen gewesen. Inzwischen sprachen sie häufig miteinander, auch wenn sie sich nicht öfter als ein paarmal im Jahr sahen, meistens zur Weihnachtsansprache des Polizeipräsidenten und im Sommer. Bei Giulio konnte sie ohne Umschweife zur Sache kommen: «Ich brauche deine Hilfe. Irgendjemand muss für mich die Knochen analysieren, die wir gefunden haben, und noch ein paar andere Dinge: Textilien, Metall, Holz und so weiter ... Jemand, der es wirklich drauf hat. So jemand fehlt mir hier nämlich.»

Giulio hatte Karriere gemacht. Vom einfachen Inspektor hatte er es zu einer Spitzenposition bei der Staatspolizei gebracht. Dank seiner Stellung genoss er einiges Ansehen im Innenministerium. Zweimal in der Woche war er in Como, wo es eine Außenstelle seines Dezernats gab.

«Ach so, der Fund von San Primo. Ruf mich nachher noch mal auf dem Handy an. Ich mache um halb fünf Schluss.»

Wie konnte Giulio wissen, dass es sich um den Mann aus San Primo handelte? Hier verbreiten sich die Neuigkeiten schneller als der Wind, dachte sie belustigt, vor allem, wenn es sich um diskrete Ermittlungen handelt. Sie musste an das griesgrämige Gesicht und die schlammbedeckten Slipper von Staatsanwalt Arisi denken und fühlte sich sofort besser.

Bevor sie das Büro verließ, trug sie Piras auf, die Adresse von Luca Valli herauszufinden und ihm auszurichten, dass sie ihn sprechen wolle.

«Und wenn er wissen will, warum?»

«Sag ihm, Commissario Valenti will ihn sprechen, mehr nicht. Diskrete Ermittlungen, schon vergessen?»

Piras verstand so gut wie nie einen Witz, aber er war eine Seele von Mensch. Und auf seine Weise effizient. Praktisch. Verlässlich. Ein Arbeitstier mit geradezu bewundernswertem Pflichtgefühl.

Giulio Allevi rief zurück, als Stefania beim Friseur saß, das Strähnchenpapier noch auf dem Kopf.

«Verstanden. Montagmorgen schicken wir alles zu euch rüber. Klar, ich rufe Arisi vorher an und weihe ihn ein. Vielleicht komme ich auch mit und schaue bei dir vorbei. Ja, danke. Was würde ich nur ohne dich machen? Wenn ich sechzig bin, heiraten wir, schreib es dir schon mal in den Kalender. Nochmals danke.»

Es war ein alter Scherz unter ihnen. «Mit dreißig heiraten wir.» Die Zeit verging. «Mit vierzig heiraten wir.» Und dann heirateten sie tatsächlich, aber jeder für sich. Beide bekamen ein Kind, Giulio einen Jungen, sie Camilla. «Wir heiraten, wenn wir fünfzig sind.» Ich bin doch nicht verrückt. Einmal ist mehr als genug.

Mittlerweile war die Fünfzig nicht mehr so fern.

«Wir werden alt, Stefania. Und dieses Mal machen wir's wirklich. Wir heiraten mit sechzig», hatte er bei einem ihrer letzten Treffen gesagt.

Du wirst alt, hatte sie gedacht.

Camilla würde dieses Wochenende bei ihrem Vater verbringen. Bruno kam um zwei Uhr, um sie abzuholen, wie immer auf die Minute pünktlich.

«Pack ihr einen zweiten Pullover ein, vielleicht gehen wir Skifahren.»

«Keine Sorge, sie hat eine Tasche wie Mary Poppins, eine vom Typ ‹Sieben Tage – jedes Wetter›. Es kann gar nichts schiefgehen. Also, gute Fahrt!»

«Ciao, Mami! Mach's gut, nicht traurig sein.»

Jedes Mal, wenn Camilla fort war, wirkte die Wohnung plötzlich riesig, leer und unordentlich zugleich. Jetzt zum Beispiel wären Küche und Bad an der Reihe gewesen. Überall lagen Spielzeug und Kleidungsstücke herum, die eingesammelt werden wollten. Stefania hätte das verkratzte Parkett wachsen und die Katze versorgen müssen. Nach einem Blick in die Runde schloss sie die Türen und verließ das Haus. Kurz darauf, sie war schon auf der Seestraße, rief sie ihre Mutter vom Auto aus an.

«Mama, ich komme vorbei. Genau, zum Abendessen. Ja, Polenta und *Missoltini* sind wunderbar. Ja, ich bleibe über Nacht. Nein, Camilla ist nicht da. Nein, ich weiß nicht genau, wann ich ankomme, hängt vom Verkehr ab. Ja, keine Sorge, ich habe die Schlüssel.»

Sie fuhr langsam, sie hatte keine Eile. Der Tag war schön, typisch für die Zeit zwischen dem Winterende und dem Beginn des Frühlings. Schon wurden die Tage länger.

Stefania nahm die untere Straße, die dem Seeufer in Serpentinen folgte, denn um diese Jahreszeit war sie kaum befahren. Beim Grandhotel von Moltrasio hielt sie an und trank gegenüber im Café Vecchina einen Tee. Ganz in der Nähe tuckerte die *Lario*, eine der größten Fähren der Schifffahrtsgesellschaft, über den See.

Eine halbe Stunde später, kurz vor Ossuccio, wo ihr Elternhaus stand, beschleunigte sie, ohne es recht zu merken. Sie fuhr geradeaus und lenkte das Auto in Richtung Villa Regina, die sich an der Ortsgrenze zwischen Ossuccio und Lenno erhob. Comacina, die einzige Insel auf dem See, lag gegenüber. Stefania ließ das Auto vor dem majestätischen schmiedeeisernen Torgatter stehen und stieg aus. Wie damals als Kind presste sie Hände und Gesicht an die Gitterstäbe und schaute ins Innere der Anlage.

Alles war noch so, wie sie es in Erinnerung hatte: die hohe, cremefarbene Fassade, die grünen Fensterläden, die Hecken an den Seiten des Springbrunnens und im Hintergrund die riesigen, dunklen Bäume des Parks. Alles war geschlossen, aber nicht vernachlässigt. Die Hecken waren sorgfältig beschnitten, die trockenen Platanenblätter weggefegt, und am Gärtnerhäuschen standen die Fensterläden offen.

Lange betrachtete Stefania das Anwesen, bis eines der beiden Fenster am Wärterhaus durch einen Windstoß aufflog. Sie stieg wieder ins Auto und fuhr los. Ihre Mutter würde schon warten.

Stefanias Elternhaus lag kurz vor der Siedlung Spurano in der Gemeinde Ossuccio auf den Hügeln über den Tennisplätzen, einen Steinwurf vom romanischen Campanile der Kirche Santa Maria in Ospedaletto entfernt und direkt gegenüber der Insel. Der Blick, einer der schönsten am ganzen

See, war beneidenswert. Von hier aus waren es keine hundert Meter bis zur *Zoca de l'Oli*, einem Olivenhain auf dem Hügel über der Bucht von Ossuccio. Ringsum, in den Häusern, den Gassen und den kopfsteingepflasterten Straßen, fühlte man sich wie in einer Traumlandschaft. Es herrschte tiefe Stille, ab und zu unterbrochen vom Bellen eines Hundes oder dem Gesang der Amseln.

* * *

«Also, Dottoressa, es war eine Feuerwaffe, vermutlich eine Pistole», sagte Dottor Selvini am anderen Ende der Leitung. «Das Eintrittsloch ist das hintere, der Austritt liegt vorne. Die Kugel ist in der Mitte des Nackenbereichs eingetreten und mitten im Stirnbereich wieder ausgetreten, fast auf der Medianlinie. Ein einziger Schuss, abgegeben aus nächster Nähe, aber ohne direkten Kontakt. Der Einschusswinkel lässt annehmen, dass das Opfer den Kopf leicht nach vorn gebeugt hatte, anders ist eine derartige Schussbahn kaum zu erklären. Jedenfalls hat der Schütze in aller Ruhe gezielt.»

«Eine Exekution?»

«Zumindest etwas Ähnliches. Oder eher gesagt, ein Gnadenschuss. Der Tod ist sofort eingetreten, aber das Opfer war schon verletzt, als der Schuss fiel, wenn auch nicht tödlich.»

«Verletzt?»

«Den Spuren an den Rippen und an einem Wirbel nach zu urteilen, handelt es sich um Schüsse in die Lunge von hinten und von links, mehr als einen, vielleicht durch eine Maschinenpistole. Schlimme Wunden, aber nicht unmittelbar tödlich. Er ist erst danach umgebracht worden.»

«Sie bestätigen also, dass es sich um einen Mann handelt.»

«Ja, ein junger Mann, nicht älter als dreißig, eher jünger. Sehr groß, sehr schmale Hände und ein perfektes Gebiss, blond oder rothaarig.»

«Und das rechte Bein?»

«Ein schlimmer Bruch. Beim Zusammenwachsen der Knochen ist eine Verkürzung entstanden. Das ist allerdings ein paar Monate vorher geschehen, es hat nichts hiermit zu tun. Sicherlich hat der Junge ziemlich gehinkt. Rennen konnte er wohl kaum.»

«Und der Todeszeitpunkt, Dottore?»

«Wenn ich richtig verstanden habe, was Sie mir über den Fundort mitgeteilt haben, dann würde ich angesichts des aktuellen Zustands sagen: mindestens vierzig Jahre, vielleicht sogar länger.»

«Könnte es während des Krieges passiert sein?»

«Möglicherweise, ja. Das könnte hinkommen.»

Selvini schwieg einen Moment. Dann setzte er hinzu: «Genaueres kann ich so nicht sagen, Dottoressa. Ich müsste andere Faktoren berücksichtigen, wie die Projektile zum Beispiel. Haben Sie sie zufällig gefunden? Außerdem müsste ich den Fundort kennen, um Temperatur, Feuchtigkeit, Luftzufuhr und Bodenbeschaffenheit einbeziehen zu können. Ich hätte den Ort sehen müssen, bevor das Skelett weggeschafft wurde, und so weiter.»

«Bitte machen Sie sich keine weiteren Umstände, Dottor Selvini, Sie haben mir schon sehr geholfen. Vorläufig will ich Sie nicht länger aufhalten. Giulio Allevi lässt Sie grüßen.»

Stefania legte den Hörer auf und hielt inne. Dann schaute sie zu Lucchesi und Piras, die das Gespräch über die Freisprechanlage verfolgt hatten.

«Was meint ihr?»

«Er lag mit dem Gesicht nach oben, Dottoressa», sagte Piras.

«Was ist ihm also deiner Meinung nach passiert?»

«Wenn sie ihn dort mit einem Nackenschuss umgebracht haben, ist er wahrscheinlich nach vorn aufs Gesicht oder auf die Seite gefallen, und sie mussten ihn gar nicht umdrehen, um zu sehen, ob er tatsächlich tot war. Bei einem solchen Schuss quer durch den Kopf! Und wenn sie ihn dort in seinem Versteck aufgestöbert und getötet haben, dann haben sie ihm bestimmt nicht vorher in den Rücken geschossen.»

Richtig.

«Aber wenn er verletzt war», sagte Stefania, «hat er sich vielleicht deshalb da hineingeflüchtet, und sie haben ihn umgebracht, als sie ihn gestellt haben.»

«Er konnte ja so schon kaum laufen, also erst recht nicht mit den Verletzungen!», sagte Lucchesi. «Und wenn sie dann in einem so kleinen Loch, aus dem du nicht mal als Gesunder abhauen kannst, die Tür aufstoßen, dann drehst du dich doch nicht um, damit sie dir in den Rücken schießen. Die töten dich von vorne, gerade so, wie du ihnen vor Augen kommst. Wenn du schon verletzt bist, machen sie dich kalt, wie es ihnen passt. Du fällst um, und fertig.»

«Ich glaube eher», ließ sich Piras hören, «sie haben ihn da hingebracht, als er schon tot war, um die Leiche zu verstecken. Sie haben ihn auf der Flucht erschossen, schließlich hat er gehinkt und konnte nicht rennen. Sie haben ihn umgelegt und einfach da reingeworfen. Oder aber die Schüsse haben ihn nicht gleich getötet, und als sie gesehen haben, dass er noch nicht tot war, haben sie ihn an Ort und Stelle kaltgemacht und dann versteckt.»

«Bleibt immer noch die Frage, wie sie ihn da unten reingekriegt haben», wandte Lucchesi ein. «Immerhin lag dieser Raum vollkommen unterirdisch, und wir haben keine Falltür oder so was gefunden.»

«Jungs», sagte Stefania, «einer von euch beiden ruft morgen bei Bordoli oben in Lanzo an und lässt sich die Fotos und die Vernehmungsprotokolle schicken. Und du, hast du diesen Luca Valli ausfindig gemacht?», fragte sie, an Lucchesi gewandt.

«Ich habe sogar mit ihm persönlich gesprochen», antwortete Lucchesi. «Beim ‹Confine› haben sie mir seine Büroadresse gegeben. Er ist anscheinend Vermessungstechniker. Am Telefon war er sehr nett und hat mir diese Handynummer genannt, weil er selten im Büro zu erreichen ist.» Er reichte ihr ein zerknittertes Stück Papier.

Stefania beschloss, selbst hinzugehen und mit Luca Valli zu sprechen, zumal sie herausgefunden hatte, dass das Büro des Umweltvereins nicht weit von ihrer Wohnung entfernt lag und Valli an diesem Tag dort war. Eigentlich wusste sie nicht so recht, welche Fragen sie ihm stellen sollte und was sie sich überhaupt von diesem Treffen versprach. Vielleicht hoffte sie auf irgendeinen Hinweis, der die Ermittlungen in konkrete Bahnen lenken würde. Bisher hatten sie keinerlei Anknüpfungspunkte.

«Signor Valli? Guten Tag, ich bin Commissario Valenti.»

Hinter den Brillengläsern richteten sich zwei dunkle, sanfte, ein bisschen kurzsichtige Augen auf sie.

«Guten Tag. Ich muss schon sagen, Dottoressa, seit den Zeiten von Kommissar Maigret haben wir Fortschritte gemacht. Bitte nehmen Sie Platz.»

Er sah sie an, während sie näher kam und sich setzte, als hätte er noch nie einen weiblichen Commissario gesehen.

«Ich hatte bisher noch nie mit einem weiblichen Commissario zu tun», sagte er im selben Moment.

«Ist das gut oder schlecht?»

Er lächelte. Seine Zähne waren schön, sein Lächeln freundlich. Er sah aus wie dreißig oder etwas darüber.

«Am besten, man hat gar nichts mit einem Commissario zu tun. Man weiß ja nie», antwortete er. «Aber um ehrlich zu sein, mir sind Frauen im Allgemeinen lieber als Männer. Nichts für ungut. Worüber möchten Sie denn mit mir sprechen?»

Jetzt lächelte auch Stefania. «Offen gesagt, ich weiß es selbst nicht genau, Signor Valli.»

«Gut, dann vertreiben wir uns die Zeit und trinken einen Kaffee.»

«Ich habe im ‹Confine› einen Artikel über Ihren Auftritt im Rat der Provinz gelesen, es ging um den Grenzübergang in San Primo. Ich führe die Ermittlungen zu den Überresten, die dort gefunden wurden.»

Er gab sich keine Mühe, ihr auf die Sprünge zu helfen, sondern wartete, bis sie selbst auf den Punkt kam.

«Möglicherweise gibt es gar keine Verbindung zwischen den beiden Vorgängen, es ist sogar eher unwahrscheinlich. Trotzdem möchte ich Sie etwas fragen.»

«Ich stehe zu Ihrer Verfügung. Zwei Löffel Zucker?»

«Ja, gerne. Wie kam es zu der Idee, diesen Tunnel zu bauen?»

«Das sollten Sie unsere Politiker fragen. Ich glaube, es geht ihnen darum, die Entwicklung dieser Gegend, das heißt, ihres Wahlkreises, voranzutreiben, allerdings auf die denkbar schlechteste Weise. Sofern das, was der Tunnel bringt, überhaupt als Entwicklung des Gebiets angesehen werden kann und nicht einfach als profitable Finanztransaktion von einzelnen Leuten. Auf Kosten der Umwelt, die in Wahrheit allen gehört.»

«Sind Sie immer so polemisch?»

«Nein. Ich beschränke mich darauf zu beobachten, zu registrieren.»

«Den Argumenten aus Ihrem Interview würde ich im Kern durchaus zustimmen. Aber wenn Sie sagen, dass es hier um erhebliche Interessen und Gewinnmöglichkeiten Einzelner und nicht etwa aller geht, an wen denken Sie dabei im Besonderen?»

Valli sah sie mit einem Ausdruck gutmütiger Heiterkeit an.

«Nun, ich denke sicherlich nicht an die Trattorie, die Polenta mit Pilzen für deutsche Urlauber-Familien und LKW-Fahrer auf der Durchreise zubereiten. Ich rede von den Unternehmen, die die Bauaufträge erhalten haben, von den Eigentümern der Grundstücke, deren Wert sich dank der neuen Straße vervielfachen wird, von den neuen Besitzern der enteigneten Grundstücke und so weiter.»

«Ich habe gehört, dass die Familie Cappelletti …»

Stefania hielt unschlüssig inne, doch Valli schaute sie an und lachte diesmal offen.

«Schon gut, Commissario. Ich weiß nicht, wie es bei Ihnen ist, aber bei uns ist die Sache allgemein bekannt. Eine Weile lang haben die Zeitungen darüber geschrieben, dann hat sich der Aufruhr gelegt. Heute sind die Cappelletti kein Thema mehr, aber es ist gut, dass wenigstens noch von der Straße geredet wird.»

Bei uns ist das alles durchaus ein Thema, dachte Stefania, nur eben ein «diskretes». «Und wie denken Sie darüber?», fragte sie stattdessen.

«Über die Cappelletti oder die Straße?»

Stefania lächelte.

«Was ich denke, spielt keine Rolle. Aber es ist eine Tatsache, dass die Straße mitten durch ihren Grund und Boden geht und der Wert der Grundstücke und Gebäude in dieser Gegend bereits gestiegen ist. Tatsache ist auch, dass das Bauvorhaben erst nach der Wahl des Senators genehmigt wurde und nicht vorher. Aber das kann natürlich alles Zufall sein, nicht wahr, Commissario?»

Stefania hatte das unangenehme Gefühl, dass er sich auf seine freundliche Art über sie lustig machte. Trotzdem entschloss sie sich, das Gespräch fortzusetzen, und sprach aus, was ihr zuerst in den Sinn kam.

«Ich glaube, dass Reichtum und Macht für manche Leute eine Art Droge sind. Sie wollen um jeden Preis immer mehr davon. Diese reichen und mächtigen Familien ...»

Sie spürte seinen spöttischen Blick und hielt inne.

«Das ist eine Perle der Weisheit, Commissario, aber ich muss Sie leider enttäuschen. Die Cappelletti sind keine alteingesessene ‹See-Dynastie›. Der Ursprung ihres Reichtums liegt noch gar nicht so lange zurück.»

«Wie meinen Sie das?»

«Meine Eltern kommen aus Lanzo, es ist mein Geburtsort, und ich bin dort, so oft ich nur kann. Im Dorf wissen alle darüber Bescheid, und einige von den Alten können sich sogar noch daran erinnern.»

«Woran?»

«Vor dem Krieg waren die Cappelletti eine Familie wie viele da oben, wahrscheinlich sogar noch ärmer, wenn man bedenkt, dass sie in Pian delle Noci lebten, einem gottverlassenen Nest, zu dem es nicht mal eine Straße gab. Wie damals üblich, hatten sie viele Kinder, eine Kuh und ein paar Hühner, das war alles. Den Hof gibt es noch, aber inzwischen führt die Straße dorthin, auf direktem Weg sogar. Sie haben das Haus mit toskanischen Möbeln vollgestellt und machen auf Agrotourismus.»

«Wenn ich mich richtig erinnere, verweist der Senator stets voller Stolz auf die lokale und bescheidene Herkunft seiner Familie, außerdem auf die Mühe, die es bedeutete, in einer so schönen, aber armen Gegend zu überleben.»

«Richtig, er redet davon wie die Amerikaner über ihre Wildwestvergangenheit. Gewöhnlich lässt er dabei allerdings ein Detail aus, und zwar die Tatsache, dass die Familie ihren Reichtum dem Schmuggel verdankt.»

Stefania blieb gelassen. «Nun ja. Der Schmuggel hier ist mittlerweile eine Art Folklore geworden, mit lauter Heldenlegenden. Darüber regt sich doch niemand mehr auf, im Gegenteil, sie machen schöne Lieder darüber.»

«Sicher. Aber nicht alle haben Menschen geschmuggelt.»

3. KAPITEL

Cami, um halb sieben bin ich zu Hause. Ist alles okay bei euch?»

«Keine Sorge, Mami. Martina und ich haben schon alles fertig. Wir haben eine tolle Überraschung für dich. Du wirst schon sehen! Bis nachher, ciao!», sagte Camilla und legte auf.

Nach diesem Gespräch war Stefania keineswegs beruhigt. Sie fuhr schneller oder versuchte es zumindest. Mehr als vierzig Stundenkilometer waren bei diesem Verkehr nicht drin.

Das letzte Mal, als Camilla «Keine Sorge, es gibt eine Überraschung» gesagt hatte, sah das Wohnzimmer aus wie ein Schlachtfeld. Alle Möbel waren an die Wände gerückt worden. Martina und sie hatten die Stühle aus der ganzen Wohnung im Kreis aufgestellt und Stefanias beste Tagesdecken darübergespannt. «Wir spielen Indianer, Mami, und das ist das Zelt.» Überflüssig zu sagen, dass die beiden sich obendrein ihre Gesichter angemalt hatten: Es hatte eine halbe Stunde gedauert, sie wieder sauber zu bekommen.

Was sie sich wohl heute ausgedacht haben? Bruno, ihr Exmann, war der Auffassung, dass sie mit Martina eher ein zweites Kind als eine Babysitterin bekommen hätte. Aber Stefania hielt große Stücke auf das Mädchen.

Martina war die Enkeltochter von Consalvo, einem ihrer dienstältesten Beamten, der kurz vor der Pensionierung stand. Schon während Stefanias Schwangerschaft hatte der Kollege gesagt: «Machen Sie sich keine Gedanken, Dottoressa. Wenn es so weit ist, schicke ich Ihnen meine Tina. Sie ist tüchtig und hat Geduld mit Kindern, schließlich kümmert sie sich schon um drei kleine Brüder. Dann kann sich das arme Kind auch mal was leisten. Ansonsten reicht das Familienbudget gerade mal so für ihr Studium.»

Stefania hatte das zierliche Mädchen mit den schwarzen Locken, dem runden Gesicht und dem offenen Lächeln vom ersten Moment an gemocht. Eine große Köchin war sie nicht, und bügeln konnte sie auch nicht, aber sie liebte Kinder über alles. Und so war Martina inzwischen seit sechs Jahren bei ihnen und steigerte fröhlich die Unordnung im Haus. Trotzdem konnte sich Stefania kein anderes Kindermädchen vorstellen, auch wenn sie manchmal …

An der Kreuzung zum Viale Varese fädelte sie sich in den wie üblich chaotischen Innenstadtverkehr ein. So war es immer, wenn sie vom Tanken und Schokoladekaufen aus der Schweiz kam. Ab Cernobbio erwartete sie ein Stau, zu jeder Tageszeit, zu jeder Jahreszeit. Bis nach Hause dauerte es von hier aus, wenn es gutging, noch mindestens eine Viertelstunde. Zerstreut schaltete sie das Radio an.

Sie musste an Vallis Worte denken und sah die Bilder, die sie heraufbeschworen hatten: versteckte Waldwege, schnelle, leise Schritte, gespanntes Lauschen in der Dunkelheit. Vielleicht ein Koffer. Im Rücken die Vergangenheit, vor Augen eine ungewisse Zukunft. Vielleicht.

«Hier sind wir nur einen Schritt von der Schweizer Grenze entfernt», hatte Valli in Bezug auf den Fundort gesagt. «Von 1943 bis '45 haben unzählige Menschen diese traditionellen Schmuggelrouten genommen: Flüchtlinge, politisch Verfolgte, Partisanen, sogar ehemalige Faschisten. Vor allem aber Juden. Sie waren die Schutzlosesten und brachten den Schleppern am meisten ein.»

«Warum?»

«Weil sie niemand mehr waren. Sie trugen falsche Namen, sie hatten falsche Pässe. Sie waren zufällige Überlebende, während ganze Familien mit den Zügen im Nirgendwo verschwunden waren. Und nun riskierten sie ebenfalls, im Nirgendwo zu verschwinden. Ob sie entkommen oder geschnappt worden waren, wer wie gestorben war, das würde für lange Zeit niemand erfahren – wenn überhaupt. Damals schien das Kriegsende noch so fern. Umso mehr bezahlten sie, die Juden, an all die Vermittler, die Schlepper, die Funktionäre des parastaatlichen Schmuggelsystems. Die wenigen, die ihnen tatsächlich aus christlicher Nächstenliebe oder politischer Überzeugung geholfen haben, mal ausgenommen. Aber wahrscheinlich haben auch von denen einige ein doppeltes Spiel gespielt.»

«Sie meinen, sie haben sie ausgeliefert?»

«Genau. Oder während der Flucht irgendwann damit gedroht, es zu tun, und noch mehr Geld verlangt. Haben Sie Renzo De Felice gelesen? Er hat darüber ein sehr aufschlussreiches Buch geschrieben.»

Eine kleine Pause war entstanden. «Noch einen Kaffee, Commissario?»

«Nein, danke. Aber wenn Sie nichts dagegen haben, würde ich gern eine Zigarette rauchen.»

«Nur, wenn Sie mir auch eine anbieten.»

Da hatte Stefania gelächelt.

Niemand öffnete ihr zu Hause die Tür. Sie schloss auf und schimpfte:

«Camilla, Martina, wo seid ihr? Was zum Teufel ist hier los?»

Plötzlich stolperte sie über den Teppich und blieb stehen. Die Katze miaute. Die Wohnung lag in völligem Dunkel. Es roch angebrannt und süßlich. «Martina!», rief sie wieder. «Camilla!»

Sie tastete sich an der rechten Wand entlang, stieg die Treppe hoch und schaute vom Treppenabsatz ins Wohnzimmer. In diesem Moment gingen sämtliche Lichter an. Stefania riss überrascht die Augen auf: Der ganze Raum war voller bunter Luftballons, sie lagen auf dem Boden, hingen an Wänden, Decken, Bildern und selbst an den Tür- und Fenstergriffen. Camilla und Martina stürzten sich lachend auf sie und stülpten ihr eine dieser paillettenbesetzten Papierhütchen auf den Kopf.

«Herzlichen Glückwunsch, herzlichen Glückwunsch!»

Ach ja. Es war der 26. März, sie wurde heute fünfundvierzig. Keiner hatte daran gedacht, nicht einmal sie selbst – zumindest bis jetzt.

Stefania hatte plötzlich einen Kloß im Hals, doch sie verbarg ihre Rührung hinter einem Lächeln. Camilla und Martina zogen sie an den Armen zum Küchentisch, auf dem eine riesige, unförmige Torte thronte, bedeckt mit einer dicken Schicht Zuckermandeln und einem Wald kleiner Kerzen in prekärem Gleichgewicht. Außerdem gab es Popcorn, Chips und Getränke.

«Siehst du die Torte, Mami? Wir haben sie selbst gemacht, ist sie nicht schön geworden? Los, die Kerzen auspusten!»

Sie lachten und tanzten und ließen die Ballons platzen.

Sie aßen die Torte, und die dragierten Mandeln hüpften fröhlich auf den Boden und rollten übers Parkett.

Nachdem Martina gegangen war, um sich noch mit Freundinnen zu treffen, warf sich Camilla auf das Sofa. «Das war toll! Aber jetzt bin ich doch ein bisschen müde, Mami. Ich mach nur mal kurz den Fernseher an, ja?»

«Und die Hausaufgaben?», fragte Stefania.

«Ja, gleich.» Einen Moment später war sie eingeschlafen.

Stefania sammelte die Luftballonfetzen und alles andere ein, räumte die Teller und Schälchen, die sich im Spülbecken stapelten, in die Geschirrspülmaschine und machte den Fernseher aus. Sie nahm ihre Tochter auf den Arm und trug sie in ihr Zimmer. Nicht einmal, als sie ihr den Schlafanzug anzog, wachte Camilla auf.

Dann trat sie auf den Balkon. Die Nacht war klar und kühl, der Himmel voller Sterne. Sie zündete sich eine Zigarette an, verbarg das Gesicht in den Händen und weinte leise.

* * *

«Was sind denn das für Fotos!», schnaubte Piras, als er den Umschlag aus Lanzo in Empfang nahm. «Das hätten sie sich wirklich sparen können!»

Stefania sah sich eine Aufnahme nach der andern an. «Wirklich, keine Glanzleistung. Leg sie in den Ordner und alles andere auch. Da kann man nichts mehr machen. Und die Zeugenaussagen?», fragte sie an Lucchesi gewandt.

Er wies mit dem Kinn auf einen versiegelten Umschlag, der auf ihrem Schreibtisch lag.

«Wir müssen jetzt los, Chefin. Sonst kommen wir zu spät ins Stadion. Pokalspiel.»

«O. k., Jungs, bis dann. Forza Como!», rief Stefania ironisch.

Sie öffnete den Umschlag und begann zu lesen.

Alle am Fundort anwesenden Arbeiter und der Bauleiter waren vernommen worden. Fünfzehn vollkommen unnütze Zeugenaussagen. Was für ein Schwachsinn! Nur die aus Lanzo konnten auf die Idee kommen, sämtliche Arbeiter einer so großen Baustelle zu vernehmen, sogar diejenigen, die drei Kilometer entfernt gearbeitet hatten. Aber der Baggerführer, wo steckte der, Himmel noch mal?

Sie fischte die Aussage von Giandomenico Vitali aus dem Stapel heraus: «Fahrzeugführer, zuständig für die Maschinen, spezialisiert auf Erdbewegung.» Stefania vertiefte sich in den Text. Das Italienisch des Carabiniere, der das Protokoll geschrieben hatte, war um keinen Deut besser als das des Arbeiters.

«Der Bauleiter hat mir Anweisung gegeben, alles abzureißen, was von der Hütte übrig war, und dann das ganze Zeug auf den Lastwagen zu laden. Also habe ich angefangen, etwa anderthalb Meter Wand abzureißen, Natursteinwand ohne Putz. Dann habe ich den Bagger genommen, um aufzuladen. Aber schon beim zweiten Mal habe ich gemerkt, dass der Arm ins Leere greift. Also bin ich hin und habe gesehen, dass da an einer Mauerseite plötzlich ein tiefes Loch war. Ich bin mit der Taschenlampe runter und habe dann die Knochen gesehen und das alles. Ich bin gleich zum Bauleiter und hab Bescheid gesagt.» Selbst gelesen, genehmigt und unterschrieben.

Stefania dachte einen Augenblick nach, dann zog sie zwei von den Fotos aus dem anderen Umschlag. Das erste war mitten am Tag aufgenommen und zeigte die Ruine aus einigen Metern Entfernung. Auf der linken Seite war deutlich ein Haufen mit Steinen und frisch ausgehobener Erde zu erkennen, der ziemlich genau der Schaufelladung eines Baggers entsprach. Das etwa achtzig Zentimeter breite Mauerstück auf der rechten Seite war hingegen noch intakt. Es war zum Teil von den Wurzeln des wilden Feigenbaums bedeckt, den sie vor Ort gesehen hatte. Nur der äußere Mauerteil war nicht überwuchert. Dadurch waren einige der Steine dort recht deutlich als Ecksteine erkennbar. Aber das, was die eine Ecke des Hauses zu sein schien, endete völlig unvermittelt im Erdreich. Seltsam! Unter diesem Mauerstück befand sich das «Loch», wie es der Baggerfahrer genannt hatte. Aber die *Nevera* war viel länger, mindestens zwei Meter lang. Sie ging an der rechten Seite darüber hinaus, also lag nur ein Teil von ihr unterhalb des Hauses oder dem, was davon übrig war.

Das zweite Foto zeigte die gesamte Hütte, oder vielmehr Ruine, aus noch größerer Entfernung, sodass ihre Lage besser zu erkennen war. Die Seite mit dem «Loch» war mit Sicherheit die Bergseite, und genau an dieser Stelle ging die *Nevera* noch ein gutes Stück weiter. Sie endete mitten im Hang.

Und das ist der springende Punkt, dachte Stefania, ein Haus befindet sich für gewöhnlich am Berg, nicht *im* Berg. Die anderen Fotos stammten aus dem Innern der Kammer. Sie waren so unterbelichtet, dass nichts zu erkennen war. Nicht einmal die Knochen und die anderen Überreste waren zu sehen.

Stefania griff zum Telefon und rief Giulio Allevi an.

«Ciao. Hast du etwas über die Fundstücke gehört, die ich euch geschickt habe?»

«Ciao, Stefania! Du könntest wenigstens fragen, wie es mir geht.»

«Dir geht's doch immer bestens, Giulio, du bist ein Fels in der Brandung. Gibt es etwas Neues?»

«Nein, nichts. Die Sache interessiert mich nicht besonders, Stefania. Selvini hat mir einen Umschlag für dich gegeben und bittet um deinen Rückruf.»

Giulio war stets auf dem Laufenden.

«Und wo ist dieser Umschlag jetzt?»

«Noch bei mir. Eine gute Gelegenheit, dich blicken zu lassen. Also komm und hole ihn dir ab!»

«Gegen halb elf?»

«O. k., ich erwarte dich. Und wann heiraten wir?»

«Später, wenn du mir den Umschlag gegeben hast. Halte dich bereit.»

Auf dem Weg nach unten traf sie Marino mit der Post.

«Guten Morgen, Dottoressa. Carboni sucht Sie. Wenn ich Sie sehe, soll ich Ihnen sagen, dass …»

«Aber du hast mich heute Morgen nicht gesehen, Marino», sagte Stefania augenzwinkernd.

«Und die Post?»

«Lies du sie. Und sag mir später Bescheid, ob was Wichtiges dabei war.»

Sie ging in die Garage, informierte einen Kollegen, dass sie zu Allevi fuhr, und nahm einen Streifenwagen. Nicht dass sie nicht mit Carboni reden wollte, aber sie hatte noch nichts Konkretes vorzuweisen. Und das, was sie vorhatte, würde er womöglich nicht billigen. Carboni war einer von denen, die prinzipiell versuchten, sich keinen Ärger einzuhandeln. Am Ende aber tat er doch meist das Richtige.

Lieber stelle ich ihn vor vollendete Tatsachen, dachte Stefania.

«Sehr schön, Stefania! Ein tolles Panorama und ein atemberaubender Seeblick. Ein paar kleine Restaurierungsarbeiten, und es ist perfekt. Wann ziehen wir ein?»

«Lass den Quatsch, Giulio! Es ist die Almhütte von San Primo, wo wir die Knochen gefunden haben.»

«Dann bin ich nicht interessiert.»

«Schau doch mal hier rechts, dieses Stück Mauer.»

«Das sehe ich. Und?»

«Findest du es normal, dass es im rechten Winkel mitten im Erdreich endet? Sieht das nicht aus wie die Ecke zwischen Seiten- und Rückwand?»

Giulio hob das Foto bis zur Nasenspitze. «Stimmt. Eigentlich müsste das die vordere Ecke sein, aber das ergibt keinen Sinn. Kein Maurer würde eine Außenmauer hochziehen ohne entsprechenden Abstand zum Hang.»

Ein drittes Mal schaute er auf das Foto, dann zu Stefania.

«Gut, also?», drängte sie.

«Also halte ich es für denkbar, dass es hier ursprünglich auch einen oberirdischen Teil des Gebäudes gegeben hat und der Erdwall später aus irgendeinem Grund nach unten gerutscht ist. Das hieße, dass dadurch der ganze hintere Teil verschüttet wurde und vielleicht sogar andere Mauern eingefallen sind. Den Rest haben die Zeit und die Vegetation besorgt.»

Bingo!, dachte Stefania.

«Genau. Für den ahnungslosen Betrachter sieht es aus wie ein natürlicher Hang. Die halbzerfallenen Mauern könnten alles Mögliche sein. Niemand käme auf die Idee, dass ein Hohlraum darunterliegt, ein Keller, eine *Nevera* oder was auch immer, nicht zuletzt, weil es dazu keinen Zugang gibt. Und eine Falltür kann es auch nicht gegeben haben, denn selbst wenn der Holzdeckel inzwischen vermodert wäre, hättet ihr im Deckengewölbe der *Nevera* eine entsprechende Öffnung finden müssen.»

«Na schön, aber worauf willst du hinaus?»

«Ich denke, die Schlussfolgerung lautet: Der Junge wurde ermordet und dann in dieses unterirdische Verließ gebracht. Und wer immer das getan hat, hat anschließend dafür gesorgt, dass man seine Leiche nicht findet. Es muss ihm auf irgendeine Weise gelungen sein, durch einen Erdrutsch oder etwas Ähnliches einen Teil des Gebäudes an der Bergseite zum Einsturz zu bringen, sodass der Zugang zur *Nevera* verschüttet wurde. Außerdem hat er sogar einen Teil der Außenmauer einstürzen lassen, obwohl das gar nicht nötig war, weil das Haus an dieser Stelle vom Hang gestützt schien.»

Giulio zog nachdenklich die Stirn in Falten.

«Aber mal angenommen, jemand sucht nach einer vermissten Person, würde er sie dann nicht genau an dieser Stelle vermuten? Eben weil es hier einen Erdrutsch gegeben hat und ein Teil eines Gebäudes eingestürzt ist? Es hätte ja auch ein Unglück sein können, ein Unfall.»

«Wenn jemand genau hier nach einem Vermissten gesucht hätte, dann ja. Wenigstens in den ersten Tagen nach dem Einsturz und wenn derjenige die Gegend gut genug gekannt hat. Aber mal angenommen, dass niemand etwas von dem Verschwinden des Jungen wusste oder ihn zumindest niemand in dieser Gegend vermutete, aus welchen Gründen auch immer. Was dann? So ließ sich auf jeden Fall Zeit gewinnen. Zeit, in der die Vegetation die Spuren überdeckt hat und die Erinnerungen verblasst sind.»

«O.k., Commissario, bis hierher ist das schlüssig. Aber was ist mit den Besitzern der Hütte? Sie war doch vermutlich bewohnt, im Sommer wenigstens. Und wenn sie versucht hätten, sie wieder herzurichten? Dann hätten sie dabei womöglich die Leiche gefunden.»

«Du hast recht, daran habe ich auch schon gedacht. Es sei denn ...»

«Verflixt, das stimmt! Es sei denn!»

Sie wechselten einen vielsagenden Blick. Es geschah oft, dass sie beide gleichzeitig denselben Gedanken hatten. Eigentlich wären sie ein gutes Team, und im Grunde hätte Stefania Spaß daran, mit Giulio zu arbeiten. Aber Tag für Tag eng aufeinandersitzen? Als sich die Gelegenheit bot, hatte sie sie nicht ergriffen, aus Sorge, dass sie es nicht mehr geschafft hätte, ihre Beziehung in den gewünschten Grenzen zu halten. Ihren Grenzen, die nicht mit denen von Giulio übereinstimmten.

«Und die Fotos von Selvini? Deswegen bist du doch hier, oder nicht?»

«Die hätte ich fast vergessen.»

Sie öffnete den Umschlag. Er enthielt einen Stapel fein säuberlich nummerierter und auf Pappkärtchen geklebter Fotografien. Eine ausgezeichnete Arbeit! Selvini war nicht nur Gerichtsmediziner und Fotograf, sondern ein Genie im Dienst der Abteilung Spurensicherung. Er war in so vielen Dingen bewandert, dass Giulio sich voll und ganz auf ihn verlassen konnte. Auf jedem Pappkärtchen klebte ein Etikett mit den wichtigsten Angaben zum Objekt. Stefania setzte ihre Brille auf und fing an, die Fotos durchzusehen. Hätte sie nicht gewusst, dass es die Gegenstände waren, die man neben der Leiche gefunden hatte, hätte sie Mühe gehabt, sie wiederzuerkennen. Sie waren akribisch gereinigt, gewogen, gemessen, analysiert und bis ins Detail beschrieben worden.

«Wirklich eine gute Arbeit! Ich werde mir das nachher

noch in Ruhe ansehen. Ah, ein Metallbügel, also war unser Unbekannter wohl Brillenträger. Schau mal hier, Giulio! Was, glaubst du, ist das?»

Sie reichte ihm das Pappkärtchen mit dem Fundstück Nummer 11.

«Metallgegenstand, bearbeitetes Gold, 18 Karat, Gewicht 4,722 Gramm, größter Durchmesser 3,5 cm, Juwelierarbeit, Deckel eines ovalen Anhängers vom Typ Porträtmedaillon.»

«Ja, so was habe ich schon gesehen. Meine Großmutter hat eins um den Hals getragen, mit einem Foto von meinem Großvater und einem ihrer Söhne, der mit zwei Jahren gestorben ist. Links und rechts war Platz für ein Foto, und durch einen kleinen Schnappmechanismus an der Seite ließ es sich öffnen und schließen. Solche Anhänger waren damals ziemlich beliebt, glaube ich.»

«Sicher, wenigstens bei denen, die sich Goldschmuck leisten konnten. Und sieh mal, das hier!»

Giulio betrachtete die Fotos auf dem Pappkärtchen von Objekt Nummer 18. Der «flache metallische Gegenstand» hatte sich als dünnwandiges silbernes Zigarettenetui erwiesen, leicht fleckig und eingedellt, aber sonst gut erhalten. Im Inneren fanden sich schwarz gewordene Zigarettenreste.

«Selbstgedrehte, wie früher üblich», sagte er mit Blick auf die hervorragend vergrößerte Detailaufnahme des Inhalts. «Hast du den Deckel gesehen?»

«Ja.»

Sie zeichneten sich klar ab, eingraviert in einer schlichten, aber eleganten Kursivschrift: die Initialen K und D.

4. KAPITEL

Ganz gegen ihre Gewohnheiten verließ Stefania an diesem Tag in der Mittagspause ihr Büro. Sie steckte den Umschlag mit Selvinis Fotos in den kleinen Rucksack, schnappte sich das Fahrrad und fuhr Richtung See.

Vorsichtig den Fußgängern ausweichend, durchquerte sie das gesamte Zentrum innerhalb der Stadtmauern, und richtete ab und zu einen Blick auf die farbenprächtigen Balkone an den Häusern längs der gepflasterten Gässchen. Auf der Piazza San Fedele schaute sie bei der neuen Buchhandlung herein. Ihr Eingang lag direkt gegenüber der romanischen Kirche unter einem uralten historischen Bogengang. Sie bestellte das Buch von De Felice, das Valli erwähnt hatte, und warf einen Blick auf die Kunstbände – ihre Leidenschaft. Dann fuhr sie am Dom und dem Broletto vorbei bis zur Piazza Cavour. Die Seepromenade auf der anderen Straßenseite zeigte sich von ihrer besten Seite: Gerade legte ein Schiff ab, und eine Gruppe japanischer Touristen klebte an den Fotoapparaten. Ganz in der Nähe befand sich einer ihrer Lieblingsplätze, ein wenig abseits, im Viale Geno, nicht weit von der Seilbahnstation nach Brunate entfernt. Sie setzte sich auf eine freie Bank und sah den Möwen zu. Schließlich lockte sie die Sonne in Richtung Seeufer.

Noch war es kalt, das Ufer kaum bevölkert. Aber die Mauer, die den See von der Promenade trennte, bot genügend Schutz. Warme Sonnenstrahlen streichelten ihr Gesicht. Sie zündete sich eine Zigarette an und schloss die Augen.

Es gelang ihr nicht, das Bild zu verscheuchen, das ihr seit dem Verlassen von Giulios Büro im Kopf herumspukte: Ein blonder junger Mann zieht eine selbstgedrehte Zigarette aus seinem Etui und raucht mit dem Blick zum Horizont, nicht ahnend, dass hinter seinem Rücken der Tod lauert. Auch ihr Vater hatte gern so dagesessen und rauchend auf den See hinausgeschaut. Als sie noch ein Kind war, hatte sich Stefania oft neben ihn gesetzt und war in sein Schweigen eingetaucht. Keiner von beiden hatte gewusst, dass der Tod bereits ein Auge auf ihn geworfen hatte.

Sie dachte mit Bedauern daran, wie abweisend sie heute zu Giulio gewesen war.

«Wollen wir noch eine Kleinigkeit zusammen essen?», hatte er gefragt, und sie hatte mit einem «Nein, du weißt genau, dass ich nicht mit verheirateten Männern ausgehe» geantwortet.

Sie hätte sich bedanken und vielleicht sogar mit ihm essen gehen sollen. Stattdessen war sie mit den üblichen Ausreden aufgebrochen: die Eile, das Büro und so weiter. Doch die stumme Bitte, die unausgesprochene Frage in seinen Augen, störte sie, ärgerte sie, machte sie befangen. Eigentlich tat es ihr leid – für ihn, nicht für sich selbst. Aber das Einzige, was Giulios Avancen bei ihr bewirkten, war ein heftiger Fluchtreflex.

Seufzend zuckte sie mit den Achseln. In der Nähe ertönte das Geräusch eines abfahrenden Motorbootes.

Erneut öffnete sie den Umschlag mit den Fotos und betrachtete eins nach dem andern. Das 18 Zentimeter lange Kettenfragment war in der Tat aus Silber und passte in seiner Schlichtheit gut zu einem Mann. Die Vergrößerung ließ deutlich erkennen, dass das letzte Kettenglied an beiden Enden verbogen war, als wäre das fehlende Stück der Kette abgerissen worden. Es musste noch einmal mindestens 20 Zentimeter lang gewesen sein, damit die Kette um den Hals eines Mannes passte.

«Vorausgesetzt, es ist tatsächlich abgerissen worden und nicht etwa zufällig abgerissen», hatte Giulio mit seinem sprichwörtlichen Scharfsinn kommentiert. «Und vorausgesetzt, er trug die Kette wirklich um den Hals und nicht in seiner Hosentasche, zum Beispiel.»

Der Anhänger war wirklich kein Schmuckstück für Männer, und es war kaum vorstellbar, dass ihn ein Mann um den Hals getragen hatte, schon gar nicht an einer Silberkette.

«Wobei das ästhetische Feingefühl des Durchschnittsmannes in puncto Schmuck weniger ausgeprägt sein dürfte als deines», hatte sie erwidert. «Vielleicht hat sich unser Mann nicht so viele Gedanken gemacht, ob man einen Goldanhänger an einer Silberkette tragen darf oder nicht.»

Wenn es das Geschenk einer geliebten Person war, dann hätte er es immer bei sich getragen, vielleicht unter seinen Kleidern verborgen.

«Ja, könnte sein. Genauso gut könnte er aber auch das eine wie das andere gestohlen haben, unser Herr K. D. – wenn man mal annimmt, dass zumindest das Zigarettenetui ihm gehörte und er nicht auch das geklaut hat.»

«Du bist unerträglich, Giulio.»

«Nein, ich bin Polizist.»

Stefania überflog die Bilder der anderen Fundstücke. Der

Großteil der Metallfragmente hatte trotz Reinigung und Vergrößerung nicht identifiziert werden können – bis auf zwei: Das eine sah aus wie die Hälfte eines Taschenverschlusses, das zweite konnte das Überbleibsel eines Brillengestells sein, wahrscheinlich ein Bügel. Das letzte Pappkärtchen, die Nummer 24, enthielt einige Fotos und Vergrößerungen von hölzernen Fragmenten. Auf dem Etikett war lediglich vermerkt: «Holz: wird noch geprüft.» Auf einigen der Holzstücke bemerkte Stefania eine Art grünlichen Belag. Was könnte das bedeuten? Sie beschloss, am Nachmittag unbedingt bei Selvini anzurufen.

Der Erste, der ihr auf der Treppe entgegenkam, war Carboni.

«Ah, Valenti. Genau Sie habe ich gesucht.»

«Wirklich? Das hat mir niemand gesagt, Commissario.»

«Die Staatsanwaltschaft fragt nach, wie weit die Untersuchungen gediehen sind.»

«Welche?», fragte Stefania mit unschuldiger Miene.

«Zu den Funden auf der Valentini-Baustelle.»

Carboni hatte offenbar schlechte Laune.

«Ach so, natürlich. Also: Nach der Sammlung und Auswertung einer Reihe von Bestandteilen der aufgefundenen Überreste sind wir zu der Annahme gekommen, dass …»

«Ich weiß. Da Sie nicht auffindbar waren, habe ich darüber bereits mit Piras und Lucchesi gesprochen. Mich interessiert, was Sie jetzt zu tun gedenken.»

«Die Besitzer der Almhütte finden, selbstverständlich.»

«Aber es handelt sich dabei um eine Ruine. Wer weiß, wie lange sie schon in diesem Zustand ist!»

«Schon, aber irgendjemandem muss sie ja gehört haben, als sie noch stand. Wenn wir den Besitzer ausfindig machen, können wir ihn dazu befragen. Schließlich entdeckt man ja nicht alle Tage eine Leiche im eigenen Keller.»

«Aber Sie wissen doch bereits, dass dieses Areal mit allen Ruinen und Hütten der … der Familie Cappelletti gehört.»

«Genau, mit denen wollte ich anfangen.»

«Aber sie sind lediglich die aktuellen Besitzer.»

«Eben. Darum müssten sie wissen, von wem sie die Hütte gekauft haben, oder?»

Capo Commissario Carboni nickte resigniert.

«Einverstanden. Aber gehen Sie mit äußerster Besonnenheit vor, und halten Sie mich über jede Neuigkeit auf dem Laufenden.»

«Selbstverständlich! Trinken Sie einen Kaffee?»

Carboni winkte ab und verschwand kopfschüttelnd in seinem Büro.

«Derjenige von euch, der Carboni alles ausgeplaudert hat, macht morgen einen Ausflug in die Berge», sagte Stefania, während sie die Tür zu ihrem Büro aufriss.

Lucchesi und Piras wandten sich überrascht um. Anscheinend hatten sie die Sache bis eben diskutiert.

«Morgen früh ruft einer von euch bei Bordoli in Lanzo an. Dann macht ihr bei der Gemeinde einen dringenden Termin mit dem Liegenschaftsamt oder dem Baureferenten aus. Sie sollen schon mal die früheren und aktuellen Katasterauszüge heraussuchen, alte Lagepläne, Vermessungskarten, notarielle Urkunden. Alles, was sie haben. Wir wollen von sämtlichen Almhütten und Bauernhäusern im Gebiet von San Primo wissen, wem sie gehören und gehört haben. Ich möchte eine detaillierte Aufstellung aller Eigentumsübertragungen, sagen wir vom Anfang des zwanzigsten Jahrhunderts bis heute. Klar?»

Piras errötete und räusperte sich. «Commissario, tut mir

leid, aber morgen kann ich wirklich nicht. Ich habe um zwei einen Termin, beim Arzt.»

«Was fehlt dir denn, Giovanni?»

«Um mich geht es nicht, Dottoressa, sondern um meine Frau. Wissen Sie, sie will dabei nicht allein sein. Es ist eine etwas delikate Sache.»

Stefania lächelte ihm zu. «Das Dritte in sieben Jahren, Piras. Wenn du so weitermachst, musst du dir am Ende noch einen anderen Job suchen.»

«Das Vierte, Commissario, mit Gott.»

«Mit Gott, ja. Und du, Lucchesi, hast du morgen auch eine Verabredung mit deiner Frau?»

«Aber ich bin doch nicht mal verheiratet, Dottoressa!»

«Eben, also übernimmst du das. Hast du mitbekommen, um was es geht?»

«Ja, Dottoressa, ich habe mir alles notiert.»

«Gut, dann sind wir uns ja einig. Übrigens, geh lieber in Zivil hin, aber ohne deine Freundin, sonst geht es dir am Ende noch wie Piras. Aber du solltest in Pian delle Noci Station machen, in der Locanda del Notaio gibt es ein phantastisches Hirschragout, und sie haben einen unerschöpflichen Weinkeller. Und du», wandte sie sich an Piras, «sieh nach, ob die Staatsanwaltschaft die Freigabe geschickt hat, dass die Knochen auf dem Friedhof von Lanzo beigesetzt werden können. Dann rufst du beim Institut an und fragst sie, bis wann sie die Kiste für den Transport fertig machen können. Das war's. Wenn ihr jetzt bitte nicht mehr stören würdet, ich habe zu tun.»

Als die beiden gegangen waren, öffnete sie den Ordner und legte den Stapel Fotos hinein. Dann strich sie das Wort «unbekannt» und schrieb darüber: «K. D.»

Wieder sah sie den jungen Mann vor sich sitzen: mit dem

Rücken zu ihr, im Begriff, schweigend eine Zigarette zu rauchen und auf den See hinauszuschauen. Noch wissen wir nicht viel von dir, Junge, aber das wird sich ändern. Sei unbesorgt!

Tags darauf beschloss Stefania, die Sache mit den Fundstücken genauer unter die Lupe zu nehmen.

«Ihrer Meinung nach handelt es sich also um lackiertes Holz. Habe ich Sie da richtig verstanden, Dottor Selvini?»

«Richtig. Es sind Reste einer Dielenbohle, die ursprünglich lackiert war, vermutlich mit grüner Farbe. Buche, würde ich sagen. Eines der Fragmente weist zwei gut sichtbare Löcher auf, die von großen Nägeln stammen müssen. Ich hatte Dottor Allevi die Bitte um einen Rückruf ausrichten lassen, weil ich mit diesen Details noch nicht so weit war.»

«Sie haben außergewöhnlich gute Arbeit geleistet, Dottore. Ich habe selten die Gelegenheit, mit einem so zuverlässigen Experten zusammenzuarbeiten. Eine letzte Frage: Das Holz ist also auf keinen Fall angebrannt?»

«Mit absoluter Sicherheit nicht. Es gibt keinerlei Brandspuren. Ausgehend von den mir bekannten Fakten, würde ich sagen, dass das Holz lange Zeit unter der Erde gelegen hat, in einer Umgebung mit relativ hoher Feuchtigkeit. Ein minderwertiges Holz. Im Lauf der Jahre wäre es durch Regen oder Eis auf jeden Fall verfault, selbst wenn es über der Erde gelegen hätte.»

«Danke, Dottore, ich will Ihre Zeit nicht länger beanspruchen. Sie haben mir sehr geholfen.»

«Es war mir ein Vergnügen, Dottoressa!»

«Bingo!», rief Stefania, nachdem sie aufgelegt hatte. «Wir haben die Tür gefunden.»

Sie zündete sich eine Muratti an und schlug das Telefonbuch auf: Es gab keinen Eintrag, der irgendwie auf einen Cappelletti in der Villa Regina hinwies. Ich kann ja verstehen, dass Senator Cappelletti seine Nummer ungern im Telefonbuch stehen hat, dachte sie. Aber wie finde ich sie dann?

Kurz erwog sie, sich an die Wache der Carabinieri in Lenno zu wenden. Doch beim Gedanken an die «Kollegen» in Lanzo entschied sie sich vorläufig dagegen. Dann kam ihr Tata Lucia in den Sinn. Sie wählte ihre Nummer. Hoffentlich hatte sie daran gedacht, ihr Hörgerät einzuschalten, sonst würde es ewig dauern.

«Hallo, wer ist da?», rief eine schrille Stimme auf der anderen Seite.

«Hier ist Stefania. Erkennst du mich?»

«Germania?»

«Stefania!»

Grabesstille, dann Stimmen, Stühlerücken.

«Pina, komm mal, da ist jemand am Telefon, aber ich verstehe nicht, wer», hörte Stefania im Hintergrund. «Geh du ran!»

«Hallo, wer spricht da bitte?»

Pina war ein paar Jahre jünger, während Tata Lucia gerade mit Bravour ihr einundneunzigstes Lebensjahr hinter sich gebracht hatte. Im ehrwürdigen Alter von zweiundachtzig galt Pina noch immer als die Kleine in der Familie.

«Ich bin es, Stefania! Ciao, Tante Pina!»

«Ciao, Stefanina! Wie geht es dir?»

«Gut, Tante, und euch?»

«Alt sind wir, aber der Herr will uns noch nicht. Und deine Kleine? Wie alt ist sie jetzt?»

«Neun, Tante Pina, nächstes Jahr wird sie zehn. Hör mal, ich habe eine Frage.»

«Und wie heißt noch mal deine Tochter? Ich hab's vergessen.»

«Camilla heißt sie, Camilla. Sag mal, Tante, erinnerst du dich an die Familie Cappelletti aus der Villa Regina? Die *Herrschaften*, zu denen Tata Lucia schon als junges Mädchen zum Bügeln gegangen ist …»

«Weißt du, dass ich deine Mutter neulich in der Messe gesehen habe? Sie hat mir gesagt, dass sie Arthrose in den Händen hat und nicht mehr nähen kann.»

«Ja, Tante, aber hast du eine Ahnung, wie ich die Cappellettis am Telefon erreichen kann?»

«Welche Cappelletti?»

Stefania begriff, dass sie die Sache anders anpacken musste.

«Tante Pina, ich werde in den nächsten Tagen mal bei euch vorbeischauen.»

«Ja, sehr gut. Kommst du zum Abendessen?»

«Nein, Tante, ich komme später, nach dem Essen.»

«Schön, ich mache Risotto mit Barsch, ich weiß ja, das magst du.»

Als würde man gegen die Wand reden, dachte Stefania. Aber insgeheim freute sie sich über die Aussicht auf einen Abend bei ihrem alten Kindermädchen und deren beiden Schwestern. Zusammen brachten es die drei auf mehr als zweihundertfünfzig Jahre.

Ich muss Giulio sagen, dass Frauen länger leben, wenn sie nicht heiraten, dachte sie.

«Haben sie dich hingehalten, oder hatten sie wirklich nichts?» Stefania war verärgert. «Wenn sie nicht mit uns zusammenarbeiten, sorgen wir für einen Anruf von Staatsanwalt Arisi.»

«Ich glaube nicht», sagte Lucchesi. «Ich habe den ganzen Nachmittag dort verbracht, und sie haben mir einen Berg von Karten herausgesucht, aber einen Flächennutzungsplan haben sie erst seit zwanzig Jahren, nicht länger. Auch in den Grundbüchern der Gemeinde stammen die ältesten Einträge aus der Nachkriegszeit. Für die Zeit davor sind die Häuser und Hütten in den Bergen nicht einmal erfasst worden, oder vielleicht eins von zehn Gebäuden.»

«Hast du denn überhaupt irgendetwas mitgebracht?», fragte Stefania ungehalten.

«Das hier.»

Lucchesi reichte ihr einen gutgefüllten Ordner mit Fotokopien und einen Umschlag mit einigen Fotos. Stefania setzte ihre Brille auf, prüfte ein Blatt nach dem anderen und breitete sie ordentlich auf ihrem Schreibtisch aus.

Schließlich hob sie den Kopf und fixierte Lucchesi über den Brillenrand hinweg. «Ich werde dich für eine Beförderung vorschlagen, Antonio.»

Lucchesi starrte sie überrascht an.

«Ich habe gehört, dass du um eine Versetzung an diese hübsche kleine Wache am Meer in der Nähe von Palermo gebeten hast. Ich könnte ein gutes Wort für dich einlegen …»

«Aber ich habe nicht um Versetzung nach Palermo gebeten, Dottoressa. Ich bin Toskaner, und wenn überhaupt, dann würde ich mich um einen Posten in Massa bewerben, damit ich näher bei meiner Familie bin.»

Er unterbrach sich und errötete mit einem unsicheren Lächeln.

«Magst du Puzzles, Lucchesi?»

«Ehrlich gesagt, ich habe keine Ahnung. Habe ich noch nie gespielt.»

«Dann kannst du jetzt damit anfangen. Das hier sind acht

Messtischblätter. Der gesamte Plan war wahrscheinlich eineinhalb Meter mal achtzig Zentimeter groß, eine Art persischer Teppich mit einzelnen Parzellen. Gut, dass du das fotokopiert hast, Lucchesi, aber leider in taschentuchgroßen Ausschnitten, die nicht einmal nummeriert sind. Und ausgerechnet die Verbindungskarte und die allgemeine Übersicht hast du vergessen. Das heißt, du darfst dich jetzt hierhersetzen und alle Kartenteile wieder zusammenfügen. Ich bin in zwei Stunden zurück. Wenn du willst, kannst du Piras anrufen, damit er dir hilft.»

Lucchesi sah seufzend auf die Uhr.

«Wenn ich zurückkomme und nicht alles fertig auf meinem Schreibtisch liegt, kannst du schon mal Handtuch und Eimerchen für das Meer einpacken.»

«Das Meer?», fragte der Beamte.

«Das bei Palermo», sagte Stefania ohne weiteren Kommentar.

Draußen auf dem Korridor lächelte sie in sich hinein. Sie mochte die beiden Jungs und wollte ihnen helfen, in ihren Beruf hineinzuwachsen. Daher griff sie lieber persönlich ein und korrigierte kleine Irrtümer oder Fehler, die ihnen aus Unerfahrenheit unterliefen, bevor die Sache aus dem Büro herausdrang und Carboni auf irgendeine Weise davon Wind bekam.

Sie stieg die Treppe hinunter und betrat die Pförtnerloge.

«Marino, kann ich bitte ein paar Anrufe von deinem Apparat aus machen?»

Zuerst rief sie in der Bar an. «Ciao, Isa. Hier ist Stefania Valenti. Kannst du eine gefüllte Focaccia und ein Bier für Lucchesi in mein Büro bringen? Und den üblichen Kaffee für Marino, natürlich. Danke. Ich komme später vorbei und zahle.»

Sie legte auf und wählte die zweite Nummer. «Raffaella, Stefania hier. Können wir uns in einer Stunde bei dir treffen?»

Raffaella Moretto arbeitete in der Redaktion der «Provincia di Como», wo sie mit Leidenschaft und Verstand die Kulturseite betreute. Früher, zu Beginn ihrer Laufbahn, war sie auch für die Lokalnachrichten zuständig gewesen, und in dieser turbulenten Zeit hatten sie beide einander kennengelernt. Obwohl sie auf verschiedenen Seiten standen, war eine spontane Freundschaft daraus erwachsen, die nun schon lange hielt.

Im Jahr zuvor hatte die Zeitung unter Raffaellas Federführung eine Artikelserie über die schönsten Kirchen und Villen am See veröffentlicht, und Stefania glaubte sich zu erinnern, darin auch etwas über die Villa Regina gelesen zu haben.

Sie bat Raffaella, ihr den Artikel aus dem Archiv herauszusuchen. Normalerweise gingen sie bei solchen Gelegenheiten zusammen in die Stadt, um eine Kleinigkeit zu essen oder einen Kaffee zu trinken. Diesmal schien Raffaella allerdings schon am Telefon in Eile. Vielleicht hatte sie noch eine andere Verabredung.

Stefania stellte ihr Auto auf dem Parkplatz ab und betrat das lichte, rundum verglaste Foyer. Die Zeitung hatte eine Tagesauflage von fünfundvierzigtausend Exemplaren und residierte in einem brandneuen, supermodernen Verlagshaus auf den Hügeln über der Stadt. Ein futuristisches, monumentales Stück Architektur.

Sie meldete sich am Empfang und fuhr in den ersten Stock zur Redaktion hinauf.

«Na, Raffa, wie geht's?»

«Blendend, siehst du das nicht?»

«Unmöglich, ohne Sonnenbrille!»

Raffaella schnitt eine Grimasse und umarmte sie. «Verwässerter Kaffee mit Milch und Sahne auf Schweizer Art?»

«Ja bitte.»

«Wann lernt ihr Nordlichter endlich, was ein ordentlicher Kaffee ist?», gab sie zurück und wedelte mit den Armen. Typisch Raffaella: immer in Bewegung, immer voller Energie, eine Art Vulkan im Dauerausbruch.

«Hier, Süße, ich habe dir alles auf dem Tisch bereitgelegt. Setz dich in Ruhe her und tu alles, was du tun musst. Unsere Anna ist für dich da, wenn du Kopien oder irgendwas anderes brauchst. Beim Kaffee kann ich dir ein bisschen was erzählen, aber dann muss ich weg.»

«Für mich keinen Zucker», sagte Stefania.

«Hier ist der Artikel, in der Fassung, in der er veröffentlicht wurde», fuhr Raffaella fort, «und hier das ganze Dossier. Ich habe dir auch eine Ausgabe von ‹Die schönsten Residenzen› hingelegt. Vor ein paar Jahren haben sie sich die Villa Regina vorgenommen. In der Fotostrecke findest du auch Bilder von den früheren Besitzern der Villa. Das hier sind die aktuellen Eigentümer. Sind sie nicht wahnsinnig sympathisch? Hier: ein offizielles Familienporträt mit großem Pomp, Weihnachten letztes Jahr. Aber warum interessieren dich die Cappelletti überhaupt?»

Sie zeigte auf ein Farbfoto, das auch in dem Artikel abgedruckt war.

«Hier sind andere Bilder vom selben Tag. Nur hat sie die Familie nicht ‹genehmigt›.»

«Kannst du mal einen Moment stillstehen? Ich werde noch seekrank. Wer ist das hier? Und die da?»

«Ich habe sie ja nicht alle kennengelernt! Ich habe mich bloß mit der Matriarchin und einem amerikanischen Enkel unterhalten … Sofern man das Unterhaltung nennen kann, er konnte kein Wort Italienisch. So was von arrogant … ziemlich unangenehm. Ich musste ihnen alles aus der Nase ziehen, und am Ende wollten sie, dass ich nur die üblichen Geschichten erzähle, die jeder kennt.»

«Ist doch klar, du hast sie sicher aus dem Konzept gebracht, wahrscheinlich hast nur du geredet, wie immer. Andererseits … Was sind das für Leute? Marsmännchen? Dass sie jede Einzelheit genehmigen oder nicht genehmigen wollen?»

«Bis ins kleinste Detail, Süße. Sie haben sich erst nach mehreren Anfragen zu dem Interview bereit erklärt und sich dann schriftlich bestätigen lassen, dass ihnen vor der Veröffentlichung der Artikel und alle Aufnahmen von der Familie oder der Villa zur Begutachtung und Autorisierung vorgelegt werden. Ganz im Ernst!»

Stefania schüttelte den Kopf.

«Und stell dir vor, als sie mir den Artikel zurückgegeben haben, war er dermaßen verändert, dass ich ihn kaum wiedererkannt habe.»

«Und die Villa?», fragte Stefania neugierig.

«Die Villa ist wunderschön. Innen und außen. Und der italienischen Öffentlichkeit so gut wie unbekannt. Anna», wandte sie sich an die Redaktionssekretärin, «ruf Dottor Rivolta an und sag ihm, ich möchte ihm eine Freundin vorstellen.»

Stefania sah sie liebevoll an. Raffaella blieb immer dieselbe: klein, mollig und quirlig. Sie erledigte mindestens drei Sachen gleichzeitig und trippelte lachend in dem mit Papieren und Büchern vollgestopften Büro herum. Nur sie konnte sich in all dem Durcheinander zurechtfinden.

«Wieso willst du mich mit Rivolta bekannt machen? Abgesehen davon, dass ich nicht auf der Suche bin, scheint es mir auf keinen Fall ...»

«Unsinn! Wenn er anbeißt, kannst du es dir immer noch überlegen. Vielleicht zeigt er Interesse, und dir würde womöglich was entgehen. Wann läuft dir schon einmal so jemand über den Weg? Obendrein ist er frei.»

«Na ja, ich sage ja auch gar nicht, dass er mir nicht gefällt. Aber er interessiert mich einfach nicht.»

«Lass das nur Lella machen. Wie Oma immer gesagt hat: ‹Man verkauft den Fisch nur am ersten Tag.› Am nächsten nimmt ihn keiner mehr. Dottor Rivolta!» Sie wandte sich in theatralischem Ton an den grau melierten Herrn, der in der Tür erschienen war. «Kommen Sie herein, ich will Ihnen eine enge Freundin vorstellen, Commissario Valenti.»

Stefania hatte sich abrupt umgedreht und wurde rot wie eine Tomate. Sie wusste nicht, wo sie hinschauen sollte.

Hoffentlich hat er nichts von alldem gehört, dachte sie.

Gerade, als sie Rivoltas Hand schüttelte, kam jemand aus der Tür zum Archiv direkt gegenüber. Ein Gesicht, das sie kannte. Die Brille auch. Allerdings hätte sie nicht damit gerechnet, ihm hier zu begegnen.

Auch Valli schien überrascht, sie zu sehen. «Unser Commissario. Wie geht es Ihnen?»

«Nicht schlecht, und Ihnen?»

«Ein bisschen gestresst. Zum Glück steht Ostern vor der Tür. Ich brauche unbedingt ein paar Tage frei und kann nur hoffen, dass mir niemand einen Strich durch die Rechnung macht.»

Darauf grüßte Rivolta in die Runde und kehrte mit einer Entschuldigung an seinen Schreibtisch zurück.

Raffaella ging darüber hinweg. Sie war nicht der Typ, der sich entmutigen ließ.

«Wusstest du, dass unser Freund Valli eine Wohnung am See hat, genau wie du?», fragte sie Stefania.

«Eigentlich ist es das Haus meiner Eltern», korrigierte Valli. «Oben in Lanzo, in den Bergen. Dort sieht man von ferne den See. Den Luganer See.»

«Und wo steht noch mal dein Zuhause, Stefi?»

«Etwas weiter oben, in Ossuccio.»

«Schau an, was für ein schöner Zufall!» Raffaella amüsierte sich. «Unser Herr Abgeordneter wandert genau wie du mit Begeisterung durch die Berge. Es muss wirklich schön sein da oben, und mir würde ein bisschen Bewegung guttun, aber was hilft es, ich bin hier festgenagelt. Sagt mir trotzdem Bescheid. Wann bist du denn wieder dort?»

«Wenn Camilla morgen Nachmittag aus der Schule kommt, fahren wir.»

«Und Sie, Valli?»

«Bis Samstag bin ich leider beschäftigt: Am Freitagabend ist Ratssitzung.»

«Und was steht dann auf der Tagesordnung? Ich werde mir im Dom Verdis *Requiem* anhören, mit dem Chor des Tessiner Konservatoriums. Aber entschuldige, Stefania, jetzt muss ich wirklich los. Ich bin spät dran.» Und an Valli gewandt fügte sie hinzu:

«Du kommst mit mir, Herr Landvermesser.»

Sie schmatzte ein Küsschen auf Stefanias Wange, zwinkerte ihr zu, hakte Valli unter und verschwand mit ihm im Fahrstuhl.

Heiliger Himmel, dachte Stefania, hoffentlich bringt sie mich nicht noch mehr in Schwierigkeiten.

5. KAPITEL

Im Jahr 1765 ließ Ludovico Antonio Borsari, Marchese von Stabio, die Villa Sorgente bauen (damaliger Name der heutigen Villa Regina, Anm. d. R.). Sein Sohn Giovanni erweiterte das Anwesen um die Orangerie, das Labyrinth und die Nymphengrotte.

Im Jahr 1812 wurde die Villa Teil der Mitgift von Enrichetta Borsari, die sich im selben Jahr mit Conte Prospero Parravicini vermählte. Das Paar ließ den am Berg liegenden Park im Stil englischer Gärten anlegen und erwarb weitläufige Grundstücke mit Waldbestand und Weingütern.

Im Jahr 1862 wurden unter der Ägide von Maria Giulia Parravicini Gewächshäuser für die Kamelienzucht errichtet. Sie lieh ihren Namen der berühmten Kamelie Rosa Julia, die alle passionierten Blumengärtner noch heute schätzen. Als die Gräfin im Jahr 1878 starb, ohne direkte Erben zu hinterlassen, ging die Villa in den Besitz ihres Cousins zweiten Grades über. Conte Leopoldo Parravicini lebte jedoch niemals in der Villa und vernachlässigte ihren Erhalt. Schließlich fiel sie seinen Spielschulden zum Opfer und musste im Jahr 1896 versteigert werden. Der neue Eigentümer Luigi Davide Montalti aus einer bekannten Mailänder Bankiersfamilie musste große Teile des Gebäudes erneuern lassen.

Im Verlauf von zwei Jahrzehnten gaben die neuen Besitzer der Villa ihren alten Glanz zurück, opferten allerdings für die gewaltigen Instandhaltungskosten einen großen Teil der Berggrundstücke. Der neue Besitzer änderte den Namen der Villa zu Ehren seiner erstgeborenen Tochter Regina, geboren im Jahr 1902.

Regina Montalti ließ 1924 das imposante gusseiserne Tor erneuern und eine Zufahrt von der Landstraße bauen, die den Namen Viale dei Platani erhielt.

Mitte der vierziger Jahre ging das Anwesen in den Besitz der Familie Cappelletti über. Heute beherbergt das Innere der Villa neben vierzig umfassend restaurierten Zimmern und Salons eine wertvolle Gemäldesammlung des französischen Impressionismus aus dem Besitz der Genfer Antiquare Durand.

Das nebenstehende Foto zeigt Germaine Durand Cappelletti im herrschaftlichen Salon der Villa, umringt von ihren vier Kindern. Zwei von ihnen leben in den Vereinigten Staaten. Einer ihrer Söhne ist ein renommierter Anwalt, und Paolo, ihr jüngster Sohn, ist Senator der Republik.

Fehlt nur noch ein Steuerberater, dann sind wir vollzählig, dachte Stefania.

Sie überflog den Rest des Artikels, der die Villa in allen Einzelheiten beschrieb: Stuck, Marmor, Fresken, Gobelins und architektonische Besonderheiten. Weder die Familie Cappelletti noch die Durands wurden noch einmal erwähnt.

In der Mappe, die Raffaella ihr hingelegt hatte, befanden sich drei weitere Fassungen des Artikels, jede mit einem anderen Datum. «Wie gut, dass sie die jedes Mal ausgedruckt hat», murmelte sie vor sich hin und dachte an die unzähligen Male, bei denen sie auf ihrem PC die ursprünglichen Entwürfe mit neuen Berichten überschrieben hatte.

Diese Leute müssen wirklich eine Zumutung sein, dachte Stefania. Wie hatte Raffaella das nur ausgehalten?

Wahrscheinlich handelte es sich bei dem ältesten Entwurf

um die ursprüngliche Fassung. Sie verglich sie mit der Version, die letztlich veröffentlicht wurde, und stieß dabei auf eine Passage, die ihre besondere Aufmerksamkeit weckte.

> Nach Kriegsende erwarb Remo Cappelletti die Villa, doch die Familie ließ sich erst 1947 dort nieder, als sich der älteste Sohn Giovanni mit Germaine Durand, aus einer reichen Familie Genfer Antiquare, vermählte. In den darauffolgenden Jahren wurden hier die vier Kinder des Paares geboren: Paolo, heute Senator der Republik; Marie Claire und Augusto, die in der Nachfolge des Großvaters Gustave das weite Netz von Antiquitätenläden in der Schweiz und den Vereinigten Staaten betreiben, sowie Filippo, bekannter Strafverteidiger am Mailänder Gerichtshof. Nach Giovanni Cappellettis Tod im Jahr 1979 übersiedelte Germaine Durand gemeinsam mit ihrer Tochter in die Schweiz.
> Das rechte Foto zeigt die Familie Cappelletti im Jahr 1944. Auf dem linken Bild ist Germaine Durand Cappelletti im herrschaftlichen Salon zu sehen …

Was ist an diesen Informationen so bedeutsam, dass man ganze Sätze gestrichen oder verändert hat?, fragte sich Stefania.

Sie sah sich noch einmal alle Fotos der Villa an, auch die unveröffentlichten. In diesem Fall war die Auswahl der Besitzer nachvollziehbar: Sie hob die Besonderheiten des Gebäudes hervor und verbarg kleine Mängel.

Aufmerksam betrachtete Stefania das Familienporträt von 1944. Ihm fehlte zwar der große Glamour, doch ein hässliches Foto war es nicht. Allerdings ließ das Bild erkennen, dass die Cappelletti recht plötzlich zu ihrem Reichtum gekommen waren. Die Anzeichen dafür konnten einem geschulten Auge jedenfalls nicht entgehen: Die Familienmitglieder waren zweifellos würdig gekleidet, doch die ganze Szenerie, ihre Haltung und der Ausdruck in ihren Gesichtern offenbarten etwas Verlegenes und Hölzernes. Kurz gesagt: Ihnen fehlte jene physische Eleganz, wie sie bei der Familie Durand durchaus zu finden war. Auch dass kein aristokratischer Windhund das Bild schmückte, sondern nur ein bombastischer Blumenhintergrund, verriet die neureiche Familie aus der Provinz.

Dafür waren fast alle Mitglieder der Familie Cappelletti sehr attraktiv. Vor allem zwei von ihnen, eine Frau und ein Mann, vermutlich Geschwister. Sie waren außerordentlich schön, zwei Edelsteine, die noch geschliffen werden mussten. Das konnte man von den Durand nicht sagen, sie waren sehr elegant und vornehm, aber, abgesehen von Germaine, eindeutig hässlich.

Vielleicht schämte sich die Familie Durand ein bisschen für ihre so wenig elegante Verwandtschaft? Stefania bekam wirklich Lust, sie näher kennenzulernen.

Nach einem Blick auf die Uhr sprang sie auf. Sie steckte das Foto in die Tasche, schrieb Raffaella einen kurzen Gruß und verließ mit eiligen Schritten die Redaktion.

Zurück im Polizeipräsidium, nahm sie sich die mit Klebeband zusammengehefteten Flächenpläne vor. Lucchesi hatte sie nummeriert, eine gute Arbeit. Auf ihrem Schreibtisch stand ein großes Kinderüberraschungsei, verpackt in rosa Einwickelpapier aus der Metzgerei. Sie brauchte den beiliegenden Zettel nicht zu lesen, um zu wissen, dass es ein Geschenk von Lucchesi und Piras war.

Stefania musste lächeln: Auf dem Weg ins Büro hatte sie ebenfalls bei einer Pasticceria haltgemacht und für alle jetzigen und zukünftigen Mitglieder der Familie Piras einen riesigen *Zuccotto* gekauft, außerdem für Lucchesi und Marino jeweils einen Schokoladenhasen.

Sie zündete sich eine Zigarette an und beugte sich über das Kartenmaterial. Es handelte sich um den Entwurf für den Bau der Straße und des riesigen Viadukts bei San Primo. Gut sichtbar prangte darauf das Logo der Valentini Strade AG, zusammen mit dem eines bekannten Planungsbüros aus Mailand. Die übliche Klientel, die sich ausschließlich für Großprojekte in Bewegung setzt.

Die Gemeinde Lanzo hatte Lucchesi eine Kopie der Reliefkarten vom Zustand vor dem Beginn der Abbau- und Abrissarbeiten überlassen. Eine dieser Karten verzeichnete auch Standort und Lage aller Gebäude auf dem Baustellenareal.

Es dauerte einen Moment, bis sie die Almhütte gefunden hatte. Sie kreiste sie rot ein, heftete den Plan mit Reißzwecken an die Rückseite der Tür und betrachtete ihn aus zwei Metern Entfernung von ihrem Schreibtischstuhl aus.

Die Hütte lag ziemlich einsam. Das nächste Haus war, den Maßstabsangaben zufolge, mindestens einen Kilometer entfernt.

Merkwürdig, dachte Stefania.

Alle anderen Gebäude lagen dicht beieinander und bildeten fast eine kleine Siedlung, eine ländliche Ortschaft auf dem Höhenzug des Berges, in unmittelbarer Nachbarschaft zu dem alten Saumpfad, der zum Pass hinaufführte. Stefania konnte sich gut an diesen alten Weg erinnern: Er kletterte in fast gerader Linie die Berge hinauf und kreuzte dabei der Länge nach einige Serpentinen der Landstraße.

Die Hütte, in der die Knochen von «K. D.» geborgen worden waren, lag nicht nur weitab, sondern auch in einer leichten Senke, hinter einem dreieckigen Waldstück verborgen. Der Wald in diesen Breiten war ziemlich dicht. Für mindestens drei Viertel des Jahres, bis die Blätter fielen, musste er das Haus wie ein Schutzschirm umgeben und für die anderen Hütten und Ställe so gut wie unsichtbar gemacht haben.

Außerdem waren es nur wenige Meter Luftlinie bis zum ebenfalls bewaldeten Grenzgebiet. Die Hütte lag näher an der Schweiz als jedes andere Haus. Und dabei so weit wie möglich vom nächsten Grenzposten entfernt, dachte Stefania.

Zwischen dem Hang und der Hütte erstreckte sich ein weiterer schmaler Waldstreifen, dessen Bäume an einigen Stellen geradezu senkrecht über dem Gebirgsbach zu hängen schienen, der sich weiter unten entlangschlängelte. Der Karte zufolge gab es nirgends Pfade oder Verbindungswege zu den anderen Gebäuden. Und um vom Gebirgsbach aus dorthin zu gelangen, hätte man eine Bergziege sein müssen. Wahrscheinlich hat es dort einmal einen Weg gegeben, schloss Stefania, wenn auch schmal und inzwischen vergessen.

Merkwürdig, dass manche Dinge aus der Nähe nicht erkennbar waren, während dieselbe Sache aus einer anderen Perspektive plötzlich ganz anders aussah.

Beethoven, in einer Version des dritten Jahrtausends, unterbrach ihre Überlegungen.

«Mami! Hast du gehört, was für einen schönen Klingelton ich dir draufgespielt habe? Martina hat mir dabei geholfen, sie sagt, er heißt *Elise.*»

«*Für Elise*, wenn du es genau wissen willst, aber sag nicht, du rufst mich nur an, um mir das zu sagen.»

«Nein, ich wollte dir sagen, dass ich meinen Klingelton auch geändert habe, aber sie haben mir sofort fünf Euro abgezogen, und deshalb …»

«Und deshalb ist dein Guthaben fast aufgebraucht. Macht nichts, dann musst du halt sparen. Wo ist das Problem, Cami?»

«Kann ich dann trotzdem noch bei Papi anrufen?»

«Sicher, ab und zu schon. Also ciao, Liebes, bis heute Abend.»

«Nein, warte, Mami: Ich habe Vale eingeladen, dass sie mitkommt.»

«Vale eingeladen? Wohin denn? Ostern steht vor der Tür, wir fahren heute Abend rauf und bleiben drei Tage bei Oma.»

«Eben, ich hab ihr gesagt, wenn sie heute Abend mitkommt und morgen noch ein bisschen bleibt, dann bringen wir sie nach Gravedona.»

«Gravedona?»

«Da wohnen ihre Großeltern.»

«Ja, natürlich. Und das konntest du mir nicht früher sagen – nur damit ich Bescheid weiß? Ist wenigstens ihre Mutter einverstanden?»

«Ja sicher, wir haben sie angerufen, und sie hat gesagt, sie erlaubt es, wenn du es erlaubst. Können wir Vale einen von meinen Schlafanzügen ausleihen?»

«Dann kommst du also heute Abend nicht mit mir zu Tata Lucia?»

«Mami, bei Tata Lucia ist es echt nervig! Sie fragt mich jedes Mal dieselben Sachen: Wie alt bist du, in welche Klasse gehst du, wie geht es deiner Oma? Außerdem ist sie so taub, dass sie dann nicht mal die Antworten versteht.»

«Ja, taub ist sie, aber ihre Augen sind sehr gut, und sie ist sicher traurig, wenn sie dich nicht sieht. Außerdem hat sie ein Geschenk für dich, glaube ich.»

«Macht nichts, Mami. Das Geschenk nimmst du für mich mit. Also?»

Stefania musste lachen.

«Na gut, na gut. Seht zu, dass ihr um fünf fertig seid, wir fahren sofort los, es ist sicher viel Verkehr.»

«Danke, Mami!»

Stefania schaute auf die Uhr. Es war fast halb drei. Um drei fand die alljährliche Feier beim Polizeidirektor statt, wie immer ein paar Tage vor den eigentlichen Feiertagen. Ihr blieb kaum Zeit, sich umzuziehen und die Uniform anzulegen.

«Marino!», rief sie übers Haustelefon. «Komm einen Augenblick hoch. Ich muss dir was geben und brauche Hilfe beim Krawattenknoten.»

Wieder klingelte das Handy. «Giulio Allevi», sagte das Display.

«Ciao, Giulio. Natürlich komme ich. Als hätte ich eine Wahl. Gut, erzähl mir alles später. Ich habe keine schlechte Laune. Vielleicht liegt es am Salzgebäck. Du weißt, dass ich es nicht vertrage.»

Das Foyer war voller Leute. Händeschüttelnd und in alle Richtungen nickend, kämpfte sich Stefania durch die Menschenmenge und hatte es schon fast geschafft, auf der gegenüberliegenden Seite anzukommen, wo sie versuchte, sich unauffällig und mit Unschuldsmiene direkt neben dem Sicherheitsausgang zu postieren. Mittlerweile kannte sie die Zeremonie in- und auswendig. Sie wusste, dass sich die meisten Kollegen um den Polizeidirektor scharen und ihm ihre Glückwünsche aussprechen würden, sobald seine Begrüßungsrede zu Ende war. Der Großteil aber versammelte sich am liebsten in der Nähe des Buffets. Stefania stand eine Zeitlang allein herum und vertraute darauf, dass sie den richtigen Augenblick finden würde, um sich möglichst schnell davonzumachen.

In dem Moment nahm sie jemand beim Arm. «Ciao, Commissario, die Uniform steht dir, du solltest sie öfter tragen.»

Das sagte Giulio absichtlich. Er wusste, dass Stefania die Uniform nicht ausstehen konnte.

«Ja, Blau steht mir wirklich. Und dann ist sie auch noch so bequem.»

«Hast du das Kursprogramm gesehen, das ich dir geschickt habe?»

«Tja, schön wäre es schon. Amalfi im Frühling muss herrlich sein.»

«Aber du kommst nicht mit.»

«Soll ich alles stehen und liegen lassen, inklusive meiner Tochter?»

«Kannst du nicht, oder willst du nicht?»

In diesem Moment kam der Polizeidirektor auf sie zu. Stefania gab Giulio ein Zeichen. Ein Glück, dachte sie, er kommt im richtigen Moment. Bevor Giulio das Thema wieder aufnehmen konnte, schlüpfte sie hinter eine Gruppe von Kollegen.

Schöne Feiertage, mein Lieber!

Sie eilte ins Büro zurück, um sich umzuziehen. Glücklicherweise traf sie niemanden, aber auf ihrem Schreibtisch stand ein riesiger Strauß orangener Rosen. Giulio hatte die Karte nicht unterschrieben: «Frohe Ostern! Ich warte auf dich. In Amalfi oder anderswo.»

Warum tust du das, Giulio?

Du machst alles nur noch komplizierter.

* * *

Die Straße am Seeufer entlang war unberechenbarer als das Wetter in London. Die Fahrt von ihrer Wohnung in Como nach Ossuccio, wo ihre Mutter und Tata Lucia mit ihren Schwestern lebten, konnte zwischen fünfunddreißig Minuten und eineinhalb Stunden dauern.

An diesem Tag lief alles glatt. Sie starteten genau um halb

sechs und waren um sieben Uhr in Ossuccio – nach einem ausgiebigen Halt in der Pasticceria Manzoni in Menaggio mit viel Schokolade und *Maritozzi*. Stefania lud die Mädchen, die Katze und das Gepäck bei ihrer Mutter ab und fuhr weiter zum Haus ihrer Tata.

Bei Tata Lucia stand der Tagesablauf seit mindestens sechzig Jahren fest. Abendessen gab es im Sommer um Punkt sieben, im Winter um halb sieben. Spätestens um halb zehn musste alles fertig, die Töpfe und das Geschirr abgewaschen sein, denn schon um zehn lagen die drei Schwestern im Bett, nicht ohne vorher ein Dutzend Rosenkränze gebetet zu haben.

Das Haus befand sich im Dorfzentrum, mitten in einem undurchschaubaren Labyrinth aus schmalen Gassen und eng aneinandergelehnten Häusern. Stefania musste das letzte Stück der abschüssigen Kopfsteinpflasterstraße zu Fuß gehen, beladen mit Päckchen und Lebensmitteln aller Art. Bei jedem dieser Besuche fühlte sie sich wie auf einer Zeitreise: dicke Steinmauern, kleine, grau gepflasterte Innenhöfe, Eisengitter in Kreuzform vor den Kellerluken und überall der Geruch von Most, Schimmel und Feuchtigkeit, der sie an die Orte ihrer Kindheit erinnerte.

Seit Jahren brachte sie immer die gleichen Geschenke mit: Kaffeebohnen von Chicco d'Oro, Filzpantoffeln, geblümte Schürzen, Helancastrümpfe, Amaretti Virginia, Rhabarberbonbons, Haarnadeln und Haarnetze – alles Dinge, die mittlerweile kein Supermarkt mehr im Angebot hatte.

Sie entriegelte das kleine Tor, überquerte den Hof und ging zur Küche, die im Erdgeschoss lag. Alles stand offen, wie seit ewigen Zeiten. Nur wenn die Schwestern im Frühling im Garten hinter dem Haus arbeiteten, blieb die Küche zu. Doch der Schlüssel lag immer über dem Türbalken.

«Komm rein, das Essen ist fertig», rief Tante Pina vom Herd aus. «Sieh mal, unsere Stefanina ist da, Milin. Und du gehst raus!» Das galt der alten Hauskatze.

Tante Ermellina, genannt Milin, war selten zu sehen. Sie saß fast immer am Kamin, rezitierte die Litaneien oder hörte Radio Maria. In seltenen Fällen sah man sie mit der Katze, von der sie sich nie trennte, unter der Pergola im Hof.

Stefania schaute sich in dem alten Haus um; dann betrachtete sie die Tanten. Am liebsten hätte sie den Augenblick festgehalten, um ihn jederzeit wieder abrufen zu können, wenn sie es brauchte: als einen Hort des Friedens.

«Also, Stefanina, wie geht es dir?», begann Tante Pina. «Und dein Töchterchen, wie alt ist es jetzt? In welche Klasse geht sie?»

Nach dem Risotto mit Barsch sollte es Käse von den benachbarten Almen, gekochtes Gemüse und Birnenkompott geben.

«Du hast Kompott für mich gemacht?»

Tante Pina nickte, ein Lächeln im faltigen Gesicht.

Nach dem Abendessen half Stefania den Tanten, die Geschenke auszupacken, und setzte sich vor den Kamin. Milin nickte ein. Das Hörgerät von Tata Lucia pfiff ein wenig.

«Tata, sieh mal diese Fotografie. Kannst du mir sagen, wer die da sind?», sagte Stefania und reichte ihr das Foto, das sie von Raffaellas Schreibtisch mitgenommen hatte.

Lucia setzte die Brille auf und blickte aufmerksam auf das Bild. *«Ossignur de Còmm!»*, rief sie aus und wies dann mit dem Zeigefinger auf eine Person nach der anderen.

«Die *feinen Herrschaften* Cappelletti! Das hier ist Caterina, die Mama, sie ist nach dem Krieg an einem Herzleiden gestorben. Das ist ihr Mann, der arme Remo. Und die da, das ist Margherita, die jüngste Tochter. Guck mal, wie hübsch sie ist, da trug sie noch Zöpfe und Kniestrümpfe. Der da hinten ist Giovanni, der Sohn, Margheritas Bruder, bevor er die *Französische* geheiratet hat.»

«Und die anderen beiden?», fragte Stefania, die begonnen hatte, sich auf einem kleinen Schreibblock Notizen zu machen.

«Das hier ist Battista, der andere Sohn. Der Ärmste, er war nicht ganz normal, er hatte die Fallsucht, hat aber niemandem etwas Böses getan. Und das ist Maria, glaube ich, die älteste Tochter, die nie geheiratet hat.»

«Wie viele Kinder hatten sie denn insgesamt?»

«Oh, es war ja nicht wie heute. Caterina hatte sich sechs oder sieben Kinder angeschafft, aber ein paar sind gestorben, da komme ich auch nicht mehr mit. Ihr Mann Remo war manchmal monatelang weg, und wenn er wieder zu Hause war, kamen die *bagai* und die *tusann*, die Jungen und die Mädchen, wie der Herr sie schickt. Du weißt ja, wie das ist.»

«Und sie wohnten alle zusammen in der Villa Regina?»

«Nein, Caterina wollte später nicht in der Villa bleiben. Sie meinte, das Haus bringe Unglück. Sie hat zusammen mit Battista immer oben im alten Haus gewohnt, zumal sie den Jungen in der Villa nicht haben wollten, weil er so oft geschrien hat. Die Schwiegertochter, die *Französische*, wollte ihn in eine Anstalt stecken, aber Caterina hat das nicht zugelassen. Sie hat den Battista gerngehabt.»

«Warum glaubte sie, dass die Villa Unglück bringt?»

«Weil das Mädchen gestorben ist, die Margherita. Remo ist von da an nicht mehr er selbst gewesen. Arme Caterina, erst stirbt die Tochter und dann der Mann. An so viel Unglück ist sie zugrunde gegangen.»

«Was ist denn mit Margherita passiert? Sie war doch noch jung.»

«Sie war noch nicht mal zweiundzwanzig, als sie gestorben ist. Und sie war die Einzige, die sich gut mit der *Französischen* verstanden hat, weil sie beide im gleichen Alter waren. In den Jahren, als Giovanni mit der Signorina verlobt war, kam sie im Sommer in die Villa und war immer mit Margherita zusammen. Sie hat ihr beigebracht, sich Locken in die Haare zu drehen und Seidenstrümpfe und enge Röcke zu tragen wie sie.»

Jedes Mal, wenn Tata Lucia «Signorina» oder «die Französische» sagte, gestikulierte sie mit den Händen und rümpfte die Nase.

«Du hast sie nie gemocht, die *Französische*, stimmt's?»

«Ich war zum Bügeln da, und das war's. Aber sie bildete sich wer weiß was ein auf ihre Seidenunterwäsche und die Leinenlaken mit dem gestickten Rand ... Und sie war nie mit irgendetwas zufrieden.»

«Wie meinst du das?»

«An dem Tag, als ihre Mitgift aus Frankreich ankam, wurden drei Gepäckträger gebraucht, um den Lastwagen abzuladen. Der war noch nicht mal angekommen, da wollte sie schon die Vorhänge wechseln und die Tapeten, alles. Nach einer Woche hat sie die von der Firma Bargna gerufen, damit sie ihr in ihrem Zimmer ein eigenes Bad einrichten.»

«Dabei war es noch gar nicht ihr Haus.»

«Ich sage dir, sie war die geborene Befehlshaberin. Und doch gab es eine Zeit, da wäre die Hochzeit fast ins Wasser gefallen!»

«Wie kam das?», fragte Stefania neugierig.

Tata Lucia senkte die Stimme, als ob jemand in der Nähe mithören könnte. Milin war inzwischen auf dem Sofa eingeschlafen und schnarchte leise, während Pina immer noch mit dem Abwasch beschäftigt war, natürlich alles mit der Hand.

«Mir haben sie nie etwas erzählt, weißt du. Aber als Margherita gestorben ist, gab es im Dorf viel Gerede. Du kennst ja die Leute, die um jeden Preis alles schlechtmachen, neidische Leute. Immerhin war Krieg, und viele hatten ganz andere Sorgen, aber für bösen Klatsch hatten sie trotzdem genug Luft.»

Stefania wartete ungeduldig, dass Tata Lucia auf den Punkt kam.

«Also, es war ein ziemlicher Skandal, die Signorina ist in diesem Sommer nicht gekommen, mit der Ausrede, die Straßen wären nicht sicher. Alles Geschwätz, sage ich, sie wollte nur sehen, wie sich die Sache entwickeln würde, bevor sie in die Familie einheiratete.» Sie machte eine kleine Pause. «Aber es gab halt das», setzte sie schließlich hinzu und rieb Zeige- und Mittelfinger am Daumen, «und davon so viel, dass es auch einer Zicke wie ihr den Mund wässrig gemacht hat.»

«Und woran ist Margherita gestorben?»

Tata Lucia senkte erneut die Stimme.

«Das hat eben nie jemand genau erfahren. Sie haben sie in einer geschlossenen Kiste nach Hause gebracht, und niemand durfte hineinschauen, nicht einmal der Amtsarzt. Es muss ein furchtbarer Anblick gewesen sein. Arme Margherita, sie war so schön!»

Allmählich verlor Stefania die Geduld.

«Aber was ist ihr denn geschehen?»

«Einige meinten, die Partisanen hätten sie getötet, oben in den Bergen. Andere sagten, es wären die Deutschen gewesen. Wer weiß das schon! Aber Remo, das Familienoberhaupt, ist darüber verrückt geworden. Er hat angefangen, Selbstgespräche zu führen, ist auf die Berge gelaufen und hat nach Margherita gerufen. Dauernd ist er im Hemd herumgerannt, bei Regen und bei Sonne, und schien noch närrischer als sein Sohn Battista. So war es auch in der Nacht, in der er gestürzt ist. Ach, wie viel Unglück die Familie gehabt hat!»

Tata Lucia wischte sich eine Träne ab.

«Von dem Tag an hat die Signorina alles in die Hand genommen, obwohl das Haus den Cappelletti gehörte und nicht ihr. Und Giovanni war viel zu gutmütig und hat sie immer und überall herumkommandieren lassen. Sie hat den Battista in die Anstalt gesteckt, sobald seine Mama, Caterina, im Krankenhaus war, und sie haben es ihr bis zu ihrem Tod nie gesagt. Die beiden haben geheiratet, da war Remo noch nicht mal ein Jahr unter der Erde. Unmöglich, sage ich dir! Wenigstens den Toten muss man doch ein bisschen Respekt zollen!»

Aus der Tiefe der Küche rief Tante Pina: «Soll ich dir einen Kaffee machen, Stefanina?»

Es war das Zeichen, dass der Abend seinem Ende zuging. Kaffee und Anisplätzchen bildeten stets den offiziellen Abschluss ihrer Treffen.

Stefania nutzte die letzten Minuten, um an einer Stelle nachzuhaken, die sie hellhörig gemacht hatte.

«Habe ich richtig verstanden, dass Remo gestürzt ist?»

«Ja. Bei seiner Herumrennerei in den Bergen bei Tag und bei Nacht, bei Regen und Schnee, haben sie ihn eines Tages tot nach Hause gebracht. Er ist die Böschung zum Bach hinuntergerutscht. Vielleicht ist er dabei mit dem Kopf unten aufgeschlagen, ich weiß es nicht, aber der ganze Kopf war verbunden, als wir ihn angezogen haben. Er ist ein großer, starker Mann gewesen, und da war er nur noch Haut und Knochen.»

«Ich habe dir einen Zettel gemacht», sagte Tante Pina, als sie die Kaffeetassen wegtrug.

«Einen Zettel, Tante?»

«Hast du mich nicht am Telefon nach der Nummer der Cappelletti gefragt? Ruf Armando an, den Verwalter, und verabrede dich mit ihm. Und zwar früh, denk dran, um halb sieben ist er schon aus dem Haus.»

«Vor halb sieben an einem Feiertag?»

Pina schaute sie vorwurfsvoll an.

«Die Arbeit macht sich auch an Ostern nicht allein.» Und sie drückte ihr einen Schokoladenhasen mit Glöckchen in die Hand: «Für die Kleine», und eine Schachtel Lindor-Schokolade: «Für die Mama.»

Zu Hause saß ihre Mutter vor dem Fernseher und wartete auf sie. Die Kinder spielten noch mit der Katze, der sie ein Häuschen aus Karton gebaut hatten – allerdings hatte Ron nicht die geringste Lust hineinzugehen.

Stefania war hundemüde. Sie trat für einen Moment auf die Terrasse: Es war stockfinster. Leichter Nieselregen fiel, eisig wie geschmolzener Schnee. Sie schlug den Kragen ihrer Jacke hoch und ging fröstelnd wieder nach drinnen. In Gedanken noch immer bei den Gesprächen des Abends.

Auf dem Rückweg von ihrem Besuch bei den Tanten war sie an einer Seite des Parks entlanggefahren, der die Villa Regina umgab. Wenige Meter hinter dem Haupteingang befand sich ein kleines Eisentor, das sie nie offen gesehen hatte, auch nicht in ihrer Kindheit. Im Herbst war sie oft mit anderen Kindern aus dem Dorf dort gewesen. Besonders nach einem windigen Tag, weil man dann die Nüsse und Kastanien aufsammeln konnte, die von den jahrhundertealten Bäumen des Parks herabgefallen waren.

Sie schaute aus dem Fenster: Es regnete ununterbrochen, unaufhaltsam.

Das Bild eines Mannes kam ihr in den Sinn. Ein Mann, der im Regen umherirrte, ohne zu bemerken, dass er durchnässt und steif vor Kälte war, ein Mann, der nur an seine Margherita dachte. Er suchte überall nach ihr, aber sie war nicht mehr da, und mit jedem Tag, der verging, erschien ihm das riesige Haus feindseliger.

Bis morgen, Villa Regina, sagte sie zu sich und ging zu Bett.

6. KAPITEL

Am folgenden Morgen erinnerte sich Stefania schlaftrunken an Tata Lucias Rat, Armando anzurufen. Es war ihr wirklich unangenehm, jemanden um sieben Uhr zu behelligen, aber sie fasste sich ein Herz und beschloss, es trotzdem zu versuchen.

Als am anderen Ende endlich abgenommen wurde, hatte sie das Gefühl, in einem Ameisenhaufen gelandet zu sein. Man verband sie blitzschnell von einem Apparat zum nächsten: erst ins Gewächshaus, dann zu den Ställen.

«Ja, Armando war hier, aber ich glaube, jetzt ist er bei den Pferden. Versuchen Sie es später noch einmal. Nein, warten Sie, hier ist er!»

Im nächsten Moment ertönte im Hintergrund eine dröhnende Stimme. Stefania schaute auf die Uhr. Sie brauchte dringend einen Kaffee.

«Guten Morgen, Signor Armando, ich bin Stefania Valenti, ja genau – die, die bei der Polizei arbeitet, die Nichte von Pina.»

«Worum geht es, Dottoressa?», fragte der Mann kurz angebunden.

«Eine Verabredung mit Signora Cappelletti, Signora Germaine Cappelletti. Ein zwangloses Gespräch.»

«Heute Morgen um neun schaut Signora Cappelletti nach den Pferden. Ich sage es ihr dann. Am Nachmittag gebe ich Ihnen Bescheid. Rufen Sie mich um zwei unter der folgenden Nummer an.»

«Sehr freundlich von Ihnen. Bis später.»

Sie schrieb die Handynummer auf und drehte sich noch einmal im Bett um, konnte aber nicht wieder einschlafen. Schließlich stand sie auf, ging in die Küche und kochte Kaffee. Der Duft zog durch das ganze Haus. Ihre Mutter schlief noch.

Nicht einmal unter Folter hätte sie es zugegeben – doch, sie war angespannt. Sie schaute aus dem Fenster. Es war schon hell, die Sonne war soeben hinter dem Monte Legnone aufgetaucht. Der See mit den dunklen Bergen im Hintergrund wirkte ruhig. Leichter Nebel wogte dicht über der Oberfläche, ringsum herrschte tiefe Stille. Der klare, vom Regen gewaschene Himmel versprach einen wolkenlosen Tag.

Auch die Mädchen schliefen noch. Heute durften sie lange im Bett bleiben, spielen und plaudern.

Sie zog eine alte Jeans, einen Wollpullover mit Zopfmuster, Stiefel und einen gestreiften Schal über, hinterlegte einen Zettel mit der Nachricht «Bin bald wieder da» und ging hinaus.

Zwanzig Minuten später hatte sie Ossuccio durchquert und die Sport-Bar von Lenno erreicht, ein hübsches Café mit Tischen im Freien direkt an der Promenade. Der Duft von frisch Gebackenem wehte über die Straße. Sie setzte sich nach draußen, den «Corriere di Como» auf den Knien gefaltet, und betrachtete zerstreut die ersten Touristen, die am Kai entlangspazierten.

Endlich empfand sie sich wieder einmal als Herrin über ihre Zeit, und es war ein schönes Gefühl. Mindestens bis halb elf hatte sie nichts vor. Fast drei Stunden, eine Ewigkeit im Vergleich zur Hektik ihres Alltags.

Sie bestellte eine Apfeltasche, kniff die Augen zusammen wie eine Katze und beobachtete das Tragflächenboot «Voloire» bei seinem Anlegemanöver an der nahen Landungsbrücke vor dem Hotel San Giorgio. Fünf Leute stiegen aus: eine vierköpfige Familie, Vater, Mutter und zwei kleine Kinder, wahrscheinlich Engländer, und ein einzelner Passagier.

Gerade wollte sie sich die erste Muratti des Tages anzünden, als sie einen kühlen, nach Rasierwasser duftenden Luftzug spürte. Noch in Gedanken versunken, blickte sie auf.

«Dottoressa, was machen Sie hier so früh?», sagte eine vertraute Stimme.

«Dasselbe könnte ich Sie fragen, immerhin bin ich hier praktisch zu Hause.»

Wenn sie sich nicht schon ein paarmal begegnet wären, hätte sie ihn heute kaum wiedererkannt. Er trug Kniebundhosen aus Kord, ein kariertes Hemd unter einem blauen Pullover und hatte einen Fotoapparat umgehängt. Aber die dunklen, spöttischen Augen hinter den rechteckigen Brillengläsern waren unverkennbar, genau wie das flüchtige Lächeln.

«Was tun Sie hier am See in einer Pfadfindermontur, Valli?», fragte Stefania lächelnd.

«Um die Wahrheit zu sagen: Ich bin gerade aus dem Internat abgehauen.»

«Am Balkon festgeknotete Bettlaken hinunterlassen – so in der Art?»

«So ungefähr. Wir hatten einen ziemlich bewegten Abend beim Umweltverein.»

«Ich verstehe. Und da blieb Ihnen nichts anderes übrig, als aus dem Fenster zu fliehen.»

«Genau. Und die Flucht ist gelungen, auch weil ich das Handy ausgeschaltet habe. Eine Befreiung. Niemand außer Ihnen weiß, dass ich hier bin. Und bis Mittwoch will ich von keinem mehr etwas hören. Nur Spaziergänge und Berge.»

Pause. Mit einer Selbstverständlichkeit, die sie selbst überraschte, rückte sie den Stuhl neben ihrem beiseite.

«Sie können sich auf meine Diskretion verlassen, es sei denn, es ist ein hohes Kopfgeld auf Sie ausgesetzt. Ein Kaffee vor der Bergwanderung? Hier gibt es Apfeltaschen, die ...»

Sie unterbrach sich mitten im Satz und errötete leicht. Luca Valli dagegen wirkte völlig unbefangen. Er nahm den Rucksack ab, schob ihn unter einen der Plastikstühle und setzte sich. Dann sah er sie an und lächelte.

«Zu einer Apfeltasche kann ich unmöglich nein sagen. Wie geht es Ihnen? Offensichtlich gut – aber wenn Sie nicht den Kopf zu mir hingedreht hätten, dann hätte ich Sie nicht wiedererkannt. Sie sehen irgendwie anders aus als letztes Mal.»

«Soll ich Ihnen etwas verraten? Auch Kommissare sind manchmal im Urlaub. Aber in einem Punkt haben Sie recht: Sobald ich hierherkomme, ändert sich meine Stimmung schlagartig.»

«Vielleicht weil hier alles so schön ist. Es geht einem besser, wenn man schöne Dinge sieht.»

Wieder eine Pause. Diesmal lächelte Valli. Sie schauten gemeinsam zur Promenade hinüber. Die Sonne erhellte das Braun der immer noch kahlen Wälder auf der anderen Seite der Bucht.

«Bleiben Sie das ganze Wochenende über hier?», fragte Stefania.

«Ja. Heute mache ich eine Bergtour und übernachte bei

Freunden in Plesio oberhalb von Menaggio. Morgen Vormittag nehme ich den Bus und fahre zu meiner Familie nach Lanzo. Wie ein kleiner Student. Mein Auto ist bis Mittwoch in der Werkstatt. Und Sie?»

«Oh, nichts. Ich bin mit meiner Tochter und ihrer Freundin bei meiner Mutter, wir haben kein Programm.»

Stefania begann sich zu fragen, warum es ihr in Gegenwart dieses Mannes, der doch neben ihr wie ein Junge wirkte, nicht gelingen wollte, drei zusammenhängende Sätze zu formulieren. Sie vermisste ihre gewohnte Ungezwungenheit. Also beschloss sie, sich auf neutrales Terrain zu begeben, das berufliche.

«Weißt du, dass ich heute Nachmittag vielleicht Signora Cappelletti besuche?»

Unversehens war ihr das «Du» herausgerutscht.

«Wirklich? Guter Coup, Commissario. Nicht jeder schafft es, von jemandem aus dieser Familie empfangen zu werden. Sie müssen Beziehungen nach ganz oben haben.»

«Die habe ich, und sehr einflussreiche: meine Tata Lucia und ihre beiden Schwestern, an die hundert Jahre alt.»

Valli lachte. Er war schön, wenn er lachte, fand Stefania. Sein Gesicht leuchtete, und er wirkte umso mehr wie ein kleiner Junge.

«Aber was versprechen Sie sich von diesem Treffen – abgesehen von dem zweifellos großen Vergnügen, mit Madame Cappelletti zu sprechen, womöglich auf Französisch? Wenn ich unsere letzte Unterhaltung richtig in Erinnerung habe, waren Sie mit einer Leiche beschäftigt, die man in einer Almhütte gefunden hat.»

«Und Sie fragen sich, welche Verbindung es da gibt?»

«Ja, das habe ich mich schon gefragt, als Sie zum Umweltverein kamen, um mich zu sprechen.»

«Ein Gefühl. Witterung. Weibliche Intuition, wenn Sie so wollen. An einem bestimmten Punkt der Geschichte begann ich zu glauben, dass es irgendeine Beziehung zwischen der Besitzerfamilie und dem jungen Mann geben muss, der in der Hütte ermordet wurde. Wieso, weiß ich nicht, oder genauer, noch nicht, aber ich spüre es. Abgesehen davon, dass die Familie als Eigentümerin der Hütte und der umliegenden Grundstücke sowieso in der Sache gehört werden muss ...»

«Eine Dienstvorschrift?»

«Genau. Ich hätte sie auch auf das Kommissariat bestellen können. Aber ich bin sicher, dass sie nicht erschienen wären. Sie hätten einen dieser unerträglichen Anwälte vorbeigeschickt, der die üblichen Sachen erzählt – dass die Familie nicht das Geringste mit den Dingen zu tun hätte und so weiter. Ich ziehe es vor, sie mir aus der Nähe anzuschauen, zu hören, was sie zu sagen haben und sie, falls nötig, aus der Reserve zu locken. Eine Improvisation ohne allzu viele Vorgaben.»

Valli sah sie an, nickte und sagte nichts.

Sie schauten über den See und die Uferstraße, die sich nach und nach belebte. Die ersten Touristen. Familien mit Kindern. Ein paar alte, gebeugte Nonnen.

Ein Hupen beendete den Moment angenehmer Versunkenheit. Vor dem Café hielt ein Geländewagen.

«Das sind die Freunde, die mich abholen kommen, Dottoressa. Ich werde auf einen Sprung mit zu ihnen fahren und dann in die Berge aufbrechen, vermutlich ohne sie, denn sie haben nie Lust zu laufen. Ich will da oben in einer Kirche Fotos machen.»

«Na dann, einen schönen Spaziergang, Valli. Bis zum nächsten Mal!»

«Auf Wiedersehen, Dottoressa. Ein schönes Wochenende!»

Als der Cherokee losfuhr, winkte ihr eine Hand aus dem Autofenster zu.

* * *

Am Eingang der Villa empfing sie ein Butler in weißer Jacke und schwarzer Hose.

«Die Signora erwartet Sie, Dottoressa. Bitte. Ich gehe voran.»

Wie im Traum war Stefania den breiten Zufahrtsweg hinaufgegangen. Sie fühlte sich in einen Film von Visconti versetzt oder in einen französischen Roman des neunzehnten Jahrhunderts. Armando war schneller und effizienter gewesen als alle ihre Kollegen von der Polizei. Er hatte ein Treffen für denselben Tag vereinbart. Um fünf Uhr. Zur Teestunde.

Hinter dem graziös tänzelnden Butler durchquerte Stefania stille Säle und Vorzimmer im Erdgeschoss und stieg dann auf einer herrschaftlichen Marmortreppe hinauf in den ersten Stock. Über eine wunderschöne Veranda und eine verglaste, zum See hin offene Galerie gelangten sie schließlich in einen kleinen Salon mit einer blassgrün geblümten Seidentapete.

«Bitte machen Sie es sich bequem. Die Signora wird gleich da sein.»

Sobald sie allein war, schaute sich Stefania um. Im Gegensatz zu den strengen, monumentalen, aber etwas kalten Räumen des Erdgeschosses war dieses Zimmer warm und einladend. Die Einrichtung mit den farblich abgestimmten Sesseln und dem kleinen Tisch voll silbern gerahmter Porträts war wirklich reizend. Ein Korbgefäß mit weißen Gardenien stand in der Nähe des großen Kamins, in dem ein Feuer brannte.

Stefania trat zum Fenster, das auf einen Innenhof hinausging, eine Art rechteckigen Kreuzgang mit schlanken Säulen. Die Mitte bildete ein Brunnen, halb verdeckt von Buchsbaumhecken.

Dieser Teil der Villa wirkte unbewohnt: Alle anderen Fenster zum Hof waren geschlossen. Auch die Hecken um den Brunnen herum schienen lange nicht beschnitten worden zu sein. Nur ein geübtes Auge konnte darin noch das ursprüngliche geometrische Muster erkennen, ein raffiniertes Zusammenspiel von Linien, die von einem Punkt aus aufeinander zuliefen oder sich kreuzten: Dreiecke vielleicht, einander gegenüberliegend, oder Sterne. Sie hatte das Gefühl eines Déjà-vu. Dieses Ornament war ihr irgendwie vertraut, es erinnerte sie an etwas schon einmal Gesehenes.

Sie kehrte zum Kamin zurück und blieb dort stehen, um sich die Hände zu wärmen. Das Holzscheit, um das die Flammen züngelten, war wahrscheinlich Eiche. Erst jetzt bemerkte sie das Bild, das über dem Kamin hing. In einem prachtvoll vergoldeten Rahmen. Sie war so überrascht, dass sie ihre Brille hervorholte, um es genauer zu betrachten. In ihrer Versunkenheit merkte sie nicht, dass sich die Tür hinter ihr geöffnet hatte.

«Gefällt es Ihnen? Es ist ein altes Familienerbstück», sagte die Stimme in ihrem Rücken.

In jüngeren Jahren musste Germaine Durand eine recht schöne Frau gewesen sein. Sie war noch immer ansehnlich, schlank, überdurchschnittlich groß, mit aufrechter Haltung. Ihre Augen hatten einen ungewöhnlichen Blauton. Zumindest für uns hier ungewöhnlich, dachte Stefania, ohne die

Lider vor dem hochmütigen Blick zu senken, der sie in Sekundenschnelle von oben bis unten abschätzte. Die alte Dame stützte sich auf einen Stock, besaß aber wahrscheinlich dieselbe unverwüstliche Konstitution wie in ihren besten Jahren.

«Mögen Sie Paris im Herbst, meine Liebe?»

«Ja. Auch wenn ich manchmal finde, dass es traurig wirkt oder vielleicht nur ein bisschen schwarzweiß. Ähnlich wie Venedig mit seinen Kanälen.»

«Nicht jeder, der dieses Zimmer betritt, schenkt dem Bild so viel Aufmerksamkeit.»

«Nun ja, schließlich hat man nicht alle Tage Gelegenheit, einen Sisley aus nächster Nähe zu betrachten. Außerhalb eines Museums, meine ich.»

Madame Durand schwieg und taxierte sie erneut, diesmal mit prüfendem Interesse. Sie schien überrascht, doch sie war nicht der Typ, sich das anmerken zu lassen. Stefania wandte sich noch einmal dem Bild zu, diesmal mit der klaren Absicht, dabei beobachtet zu werden. Dann sagte sie: «Ich danke Ihnen, dass Sie mich heute empfangen haben, und hoffe, dass ich nicht störe. Ich möchte Sie nur ein paar Dinge fragen. Zehn Minuten, und ich überlasse Sie wieder Ihrer Familie.»

Aber Madame Durand sprach weiter, als hätte Stefania nichts gesagt.

«Im Haus gibt es noch weitere Sisleys, doch dieses war das Lieblingsbild meines Vaters. Nachdem er es bei einer Auktion in Berlin erworben hatte, wollte er es niemals weiterverkaufen. Alle Angebote, auch die unserer besten Kunden, hat er abgelehnt. Am Ende ist es hiergeblieben. In der Familie, sozusagen.»

Stefania fragte sich, was dieser letzte Satz bedeuten sollte, wo doch die Familie nicht in der Villa wohnte, aber sie beließ es dabei. Bei Madame war es ganz offenbar nutzlos, auf etwas zu beharren: Sie würde sowieso nur sagen, was sie sagen wollte.

Madame Durand ließ sich auf einem der Sessel nieder, zog sich ihren Schal um die Schultern und machte Stefania ein Zeichen, sich ihr gegenüberzusetzen. Dann fragte sie in höflich reserviertem Ton: «Was wollten Sie mich fragen, Commissario?»

Die Geringschätzung, die sie in das Wort «Commissario» legte, entging Stefania nicht.

«Ich vermute, Sie wissen bereits, dass vor ungefähr zehn Tagen beim Abriss einer halbverfallenen Almhütte menschliche Überreste gefunden wurden, die wir zu identifizieren versuchen. Das betreffende Gebäude liegt in der Ortschaft San Primo, auf dem Baustellenareal für den Grenztunnel, und gehört zu Ihrem Grundeigentum.»

«Ja, unser Verwalter hat mir davon erzählt. Er hat allerdings auch gesagt, dass bereits alles angemessen geregelt wurde.»

Angemessen, dachte Stefania, diese Formulierung würde Carboni gefallen.

«Wenn Sie sich auf die Tatsache beziehen, dass die Überreste gesammelt, wieder zusammengesetzt und im Beinhaus des Friedhofs von Lanzo aufbewahrt wurden, dann scheint mir das die richtige Bezeichnung. Jetzt versuchen wir gerade, dem Jungen einen Namen zu geben.»

«Dem Jungen?»

«Ja, Madame. Ein junger Mann, aller Wahrscheinlichkeit nach. Kennen Sie den Ort, wo er gefunden wurde, also die Almhütte und ihre Umgebung?»

«Kaum. Vielmehr gar nicht. Seit Jahren erlauben mir die

Beine nicht mehr, das zu tun, wonach mir der Sinn steht. Schon gar keinen Ausflug in die Berge. Um diese Grundstücke hat sich immer mein Mann gekümmert, wie um alles, was die Besitzungen seiner Familie betraf. Er, unser Verwalter und unser Anwalt und Steuerberater. Ich muss sagen, ich habe mich nie besonders für diese Dinge interessiert.»

Stefania horchte auf den Unterton, mit dem Madame Durand «seine Familie» sagte.

«Und Sie haben diese Besitzungen niemals gesehen?»

«Nur einige. Als die Kinder klein waren, haben sie in manchen Jahren dort einen Teil ihrer Sommerferien verbracht. Und wenn wir gemeinsam Ausflüge in die Berge unternommen haben, auf den Sighignola zum Beispiel, ist es gelegentlich vorgekommen, dass wir an einer Hütte haltgemacht und ein Glas Wasser getrunken haben.»

«Aber die fragliche Hütte liegt fernab der Straße.»

«Wie ich schon sagte, ich kenne diese Gegend nicht besonders gut. Haus, Hütte, Rustico, Kate, Ruine – für mich ist das alles dasselbe. Ich glaube nicht, dass ich Ihnen da weiterhelfen kann. Vielleicht ist Armando, unser Verwalter, dafür ein geeigneterer Ansprechpartner. Er ist in den Bergen zu Hause, hat immer hier gelebt und arbeitet seit dreißig Jahren für unsere Familie. Sie können sich gern an ihn wenden, wenn Sie das für nötig erachten. Er müsste inzwischen zurück in der Villa sein.»

Die Aussage klang höflich und zugleich abschließend.

«Ja, danke, das wäre sicher hilfreich.»

«Gut. Dann lasse ich ihn kommen. Bis dahin einen Kaffee?»

«Gerne», antwortete Stefania, unsicher, ob sie die Frau gegen ihren Widerstand für sich eingenommen hatte.

Madame rief in der Küche an und gab Anweisung, den

Kaffee heraufzubringen. Dann meldete sie sich über den Pager bei Armando.

«Armando, wären Sie so nett, in den grünen Salon hinaufzukommen? Ja, sofort. Danke.»

Madame sprach eher leise und ruhig, und doch klangen jedes Wort, jeder Satz wie ein Kommando. Jede ihrer Gesten bewies, dass sie es gewohnt war, mit Autorität und Befehlsgewalt zu agieren. Der Ton, den sie anschlug, duldete keinen Widerspruch.

Ein paar stumme Augenblicke vergingen.

Stefania wandte sich wieder dem Bild zu.

«Um zu den schönen Dingen zurückzukehren: Ich kann gut verstehen, dass Ihr Vater das Bild nicht wieder aus der Hand geben und es lieber für sich und seine Lieben bewahren wollte.»

«Umso mehr waren alle erstaunt, als er es der Schwester meines Mannes schenkte. Deshalb ist es hier, im ehemaligen Zimmer von Margherita.»

Ein Schauer lief Stefania den Rücken hinunter.

«Auch Ihre Schwägerin mochte die französischen Impressionisten?»

«Nun ja, eigentlich nicht. Als ich Margherita kennenlernte, hatte sie keine Ahnung von den französischen Impressionisten, aber sie verfügte über ein natürliches Gespür für Schönheit und damit über ein instinktives Kunstverständnis. Als würde sie alles Schöne sofort erkennen und magisch davon angezogen werden. Mein Vater war anderen Menschen gegenüber ausgesprochen streng. Aber Margherita war etwas Besonderes, sie hatte so viel natürliche Anmut. Was auch der Grund war, warum wir uns alle sofort in sie verliebten, schon bei unserer ersten Begegnung – hier an dieser Stelle.»

Madame Durand schwieg einen Moment und schaute aus dem Fenster. Auf den Stock gestützt, nahm sie eines der Porträts von dem kleinen Tisch und reichte es Stefania.

«Das ist Margherita auf einem Porträtfoto von Heinrich Hoffmann. Wir waren gleich alt, sie und ich.»

Stefania betrachtete die Fotografie: zwei dunkle Augen, die in die Ferne schauten, ein klares Gesicht, umrahmt von kastanienbraunem Haar, das ihr lose auf die Schultern fiel.

«Ihr Vater», fuhr Madame Durand fort, «der Vater meines Mannes, war nur ein einziges Mal in Genf. Später, als mein Vater die Galerie in Lugano eröffnete, kam er ab und zu in das Geschäft, immer allein, oft auch, wenn es schon geschlossen hatte. Wir wussten nichts über seine Familie, bis zum Frühling 1943, als ich mit meinem Vater hierherkam. Bei dieser Gelegenheit lernte ich Margherita und Giovanni kennen. Das Haus war damals ganz anders.»

Eine Hausangestellte kam herein und stellte das Tablett mit dem Kaffee auf das Tischchen. Stefania betrachtete noch immer das Porträt. Margherita trug ein helles Sommerkleid und darüber ein einziges Schmuckstück, eine Art Medaillon, das an einem Band hing. So konzentriert sie es auch anschaute, die Details waren kaum auszumachen. Zweifellos war es oval. Glatt und ziemlich massiv. Stefania dachte daran, dass es sich bei dieser eleganten jungen Frau auf dem Porträt eines berühmten Fotografen um dieselbe Person handelte, die ihr Raffaella in der Redaktion gezeigt hatte. Doch auf dem Bild, das sie jetzt vor sich hatte, sah Margherita anders aus, irgendwie noch schöner.

Madame Durand rührte schweigend in ihrem Kaffee. Stefania, die alles dafür gegeben hätte, die Unterhaltung fortzusetzen, sprach aus, was ihr als Erstes in den Sinn kam:

«Ein sehr schönes Mädchen.»

«Bezaubernd.»

«Mit einer freundlichen Ausstrahlung.»

«Ja. Ihr Verlust war für uns alle eine Tragödie.»

Nichts zu machen, dachte Stefania enttäuscht, Ende der Durchsage. Ihr fiel nichts Passendes mehr ein, um das Gespräch fortzusetzen.

Madame Durand wandte den Blick zum Fenster. Es sah aus, als würden ihre Augen den See streicheln.

«Armando», sagte sie, als der Verwalter hereinkam, «Dottoressa Valenti braucht Informationen über die Hütte, in der diese traurigen Überreste aufgefunden wurden. Ich kümmere mich ja längst nicht mehr um diese Grundstücke. Kennen Sie den Ort?»

«Ja, Madame. Es ist eine einsame Gegend, am Steilhang über dem Wildbach. Es gibt nicht einmal einen Pfad, um zur Hütte zu gelangen. Dort kommt niemand mehr vorbei. Seit Jahren. Vielleicht ab und zu ein Jäger. Solange ich mich erinnern kann, ist es eine Ruine, hier und da ein Stück Mauer. Der Wald ist dicht darübergewachsen. Wer nicht wusste, dass sie existiert, konnte nicht einmal ahnen, dass darunter etwas sein könnte.»

«Gut», sagte Stefania resolut, «aber bis wann wurde die Hütte genutzt? Und wer nutzte sie?»

«Niemand, wenn ich mich recht erinnere. Diese Gebäude fanden nur als Almhütten Verwendung. Unsere Bauern brachten im Sommer die Tiere hin, den Rest des Jahres waren sie unbewohnt. Die Hütte, um die es geht, habe ich allerdings nie in intaktem Zustand gesehen, und ich bin seit über dreißig Jahren dort unterwegs.»

Stefania rechnete im Geist nach. Armandos Erinnerung reichte höchstens bis zum Anfang der siebziger Jahre zurück.

«Und vorher?»

«Oh, da müssen Sie jemand anderen fragen. Als ich meine Stellung hier antrat, das war 1971, hat mich mein Vorgänger mitgenommen, um alle Hütten zu sichten, die noch brauchbar waren und die den Bauern zur Miete überlassen wurden. Schon damals war an dieser Stelle nichts mehr.»

«Und der Anwalt des Hauses weiß nichts darüber?»

«Wir haben eine Person, die sich um die Verwaltung der Immobilien kümmert», warf Madame Durand ein, «aber erst seit dem Tod meines Mannes. Vorher hat er das persönlich besorgt.»

Mit gelangweiltem Ausdruck hatte Germaine Durand das Gespräch verfolgt und dabei zweimal auf die Pendeluhr neben dem Kamin geschaut.

«Und der ehemalige Verwalter ist sicher seit einer ganzen Weile tot», sagte Stefania mit einem Schuss Ironie.

«Ja, seit mehr als zehn Jahren. Kannten Sie ihn?»

«Nein, aber ich habe es mir gedacht.»

Stefania hatte das Gefühl, in einer Sackgasse gelandet zu sein, oder besser: von den beiden in eine Sackgasse geführt worden zu sein. Sie lächelte, stellte mit einem Räuspern die Tasse ab und erhob sich. Dann warf sie einen letzten Blick auf das Porträt von Margherita.

«Ich danke vielmals für Ihr Entgegenkommen, Madame. Und für den Kaffee. Aber jetzt muss ich wirklich gehen. Bitte entschuldigen Sie nochmals die Störung. Die letzten Formalitäten können wir nächste Woche besprechen, sofern Sie sich noch so lange in Italien aufhalten.»

Madame starrte sie an. Dann fragte sie in gleichgültigem Ton: «Letzte Formalitäten?»

«Das Übliche. Papierkram. Dienstvorschriften, wie wir es nennen. Es geht nur darum, eine Erklärung zu unterschreiben, dass Sie nicht wissen, wer die in der Hütte aufgefundene Person sein könnte. Möglicherweise wird Ihnen Commissario Carboni auch einige Fundstücke vorlegen. Alles Formalitäten.»

«Fundstücke?», fragte Madame Durand.

Stefania merkte, dass der Fisch endlich angebissen hatte, und beglückwünschte sich selbst zu dem gutkalkulierten Bluff. Wenn Carboni das erfahren sollte, würde es garantiert eine Standpauke geben.

«Persönliche Gegenstände des Mannes, die bei den Überresten gefunden wurden. Nichts Beunruhigendes, wie gesagt.»

Germaine Durand fixierte sie mit undurchdringlicher Miene.

«Wir stehen zu Ihrer Verfügung, Dottoressa. Auf Wiedersehen.»

Der Butler begleitete sie zum Tor zurück. Armando hatte sich mit der Hausherrin ins Arbeitszimmer zurückgezogen.

Natürlich sehen wir uns wieder, Madame, dachte Stefania, da können Sie ganz sicher sein.

7. KAPITEL

Es war schon nach halb sieben, als sie zum Haus ihrer Mutter zurückkehrte.

«Wo hast du denn so lange gesteckt?», fragte Camilla. «Wir haben heute Mittag schon warm gegessen.» Camilla und ihre Freundin Valentina lagen auf dem Teppich des Kinderzimmers und spielten Videospiele. Um sie herum herrschte ein unbeschreibliches Durcheinander von Schuhen und Kleidungsstücken.

«Und ich dachte schon, ihr hättet Kleiderwerfen gespielt. Jedenfalls schade um das, was ich mitgebracht habe», sagte sie und zeigte auf die Pizzakartons. «Na, macht nichts. Oma und ich essen sie.»

«Pizza? Wir können ja mal probieren.»

«O. k., ab in die Küche.»

«Können wir nicht hier essen und nebenbei spielen?»

«So weit kommt's noch, Cami! Hier ist es auch ohne Pizzakrümel und Ölflecken chaotisch genug. Ich warte in der Küche auf euch.»

Sie unterdrückte ein Lachen und ging aus dem Zimmer, um den Tisch für vier Personen zu decken. An diesem Abend standen die Flurfenster noch offen, und das Mondlicht, das den vom Wind gekräuselten See glitzern ließ, schien herein.

In der Küche schaute ihre Mutter fern, ohne Ton und bei laufendem Radio. Auf der Fensterbank schlief die Katze. Aus den Töpfen stieg noch der Duft von Braten und Röstkartoffeln auf, die Reste des Mittagessens.

Nach dem Essen streckte sich Stefania auf dem Sofa neben dem Fenster aus und überließ sich ihren Gedanken.

Der nächste Tag verlief geruhsam.

Sie schliefen lange und gönnten sich zum Frühstück *Maritozzi* aus der Pasticceria Manzoni in Menaggio, «ohne alles» für Stefania, für die Mädchen mit Schlagsahne und kandierten Maronen. Zum Mittagessen bereitete ihre Mutter den traditionellen Lammbraten zu. Der Duft von Knoblauch und Rosmarin erfüllte das ganze Haus. Nach dem Essen gingen sie, bevor Müdigkeit und Schläfrigkeit die Oberhand gewannen, auf einen kurzen Spaziergang zu einem hübschen Café in dem kleinen Park bei den Tennisplätzen. Von einem Tischchen im Freien aus beobachteten sie das Hin und Her der Motorboote auf dem See. Bruno erkundigte sich am Telefon nach ihrem Befinden und übermittelte Grüße an die Mädchen. Am späten Nachmittag brachten sie Valentina zu ihren Großeltern in Gravedona am oberen Ende des Sees. Wegen der unzähligen Touristen, die mit ihren Autos über die Orte am Seeufer hergefallen waren, verlief die Rückfahrt nur schleppend.

Erst in der Dämmerung kamen sie bei ihrer Mutter zu Hause an. Niemand hatte das Bedürfnis nach einem richtigen Abendessen. Eine Tasse Brühe für jeden, dann schlief Camilla, die den ganzen Tag herumgerannt und -getanzt war, mitten in einem Zeichentrickfilm vor dem Fernseher ein. Stefania hatte Mühe, sie ins Kinderzimmer zu tragen. Schon bald würde sie kein Kind mehr sein.

Als sie zurückkam, war das Wohnzimmer leer: Auch ihre Mutter hatte sich hingelegt. Schlagartig war Ruhe im Haus eingekehrt. Eine schöne Ruhe, bestehend aus altvertrauten Geräuschen: dem Ticken der Pendeluhr auf dem Flur, dem Tropfen des Wasserhahns in der Küche und dem fernen Rauschen des Tals, das tagsüber vom Lärm des häuslichen Lebens überdeckt war.

In diesem Augenblick fingen die Glocken der nahen Wallfahrtskirche an zu läuten. Die Madonna del Soccorso lag oben in den Bergen und war nur zu Fuß über einen mühseligen Serpentinenweg zu erreichen, an dem sich die Stationen des Kreuzweges aufreihten. Der hiesige Sacro Monte, einer der ältesten «Heiligen Berge» Norditaliens, war zu allen Jahreszeiten das Ziel von Pilgerfahrten und Andachtstourismus. Stefania zählte die Glockenschläge und staunte, wie spät es schon war.

Obwohl sie gerade Ostern feierten, kam ihr aus irgendeinem Grund die Mitternachtsmesse am Heiligen Abend in den Sinn. Seit einigen Jahren dachte Stefania darüber nach, wieder einmal die Mitternachtsmesse zu besuchen, hatte es jedoch immer wieder aufgeschoben. Vielleicht weil es bedeutete, das eigene Scheitern einzugestehen, wenn man allein dorthin ging.

Diesmal aber war es anders. Jetzt hatte sie keine Bedenken mehr.

Dieses Jahr gehe ich auf jeden Fall, und wenn die Welt untergeht, war ihr letzter Gedanke vor dem Einschlafen.

Auch der Ostermontag begann ruhig.

Camilla wollte ihre Schulfreundin Monica besuchen. Deren Eltern würden sie am späten Nachmittag zurückbringen.

Stefania war früh und in bester Laune aufgestanden.

Nachdem der Haushalt erledigt war, suchte sie im Schrank nach ihrem alten Invicta-Rucksack. Sie packte etwas Proviant, ein Fernglas, einen Roman von Camilleri und eine Schachtel Muratti Lights ein und verließ das Dorf in Richtung Berge. Sie nahm eine Gasse, die die Felder hinter dem Haus kreuzte und zum Sacro Monte hinaufführte.

Auf halber Strecke unterbrach sie den Aufstieg, um den Blick über den See und die Berge zu genießen. Aus dieser Höhe konnte sie bis hinüber nach Lezzeno und Bellagio schauen, die auf der Halbinsel zwischen den beiden Armen des Sees lagen. Die Diavolo-Brücke ließ sich ebenso deutlich ausmachen wie die Villa Lucertola oder die Villa Melzi d'Eril. Am anderen Seeufer sah man Lecco und Varenna und weiter nördlich die Valtellina-Berge mit ihren blendend weißen Gletschern. Direkt unter ihr lag die kleine Insel Comacina.

Erfrischt durch das Naturschauspiel, das sich in aller Herrlichkeit vor ihr ausbreitete, schlug Stefania instinktiv den Weg nach San Benedetto ein.

Diesen Pfad kannte sie gut, schon früher war sie oft hier hinaufgegangen. Jedes Mal, wenn sie um die Ecke des felsigen, steil zum Tal hin abfallenden Gebirgskamms kam, hielt sie an und bewunderte die strenge und ein wenig unheimliche Silhouette der Madonna del Soccorso.

An diesem Tag erschien ihr der Umriss der Wallfahrtskirche im klaren Frühjahrslicht wie ein Wunder. Sie knöpfte auch den letzten Jackenknopf zu und stieg weiter hinauf. Anstrengung spürte sie keine. Im Gegenteil. Mit jeder neuen Serpentine fühlte sie sich jünger und kräftiger.

In weniger als einer Stunde hatte sie ihr Ziel erreicht. Sie setzte sich auf den Wiesenstreifen an der Kirche und lehnte sich an der Außenseite der Apsis gegen die Steine, die so alt waren wie diese Berge.

Entspannt gab sie sich der Stille hin und sog den Harzduft ein, der vom Wald herüberwehte. Die trockene Hitze der Steine, der Schattenriss des Kirchendaches, alles an diesem Ort beschwor die Bilder einer fernen Vergangenheit herauf. Man konnte sich darin verlieren und der Wiederkehr vergangener Zeiten überlassen. Der Frieden dieses Ortes zog in ihre Seele ein.

In den letzten Jahren hatte sie einen heimlichen Widerwillen gegen volle Kirchen an Festtagen entwickelt, gegen die schwatzende Menge auf dem Kirchplatz und die ärgerlichen Verpflichtungen: grüßen, lächeln und langweiligen Geschichten zuhören. Bei diesen offiziellen Anlässen fand sie keinen Raum für eine innere Einkehr. Stattdessen ging sie, wenn sich die Gelegenheit bot, zur Madonna del Soccorso hinauf, wo ein sechzigjähriger Pater vor fünfzehn Leuten die Heilige Messe zelebrierte. Es schien ihr ganz natürlich, an diesem Ort zu meditieren, vielleicht weil sie wie ein Pilger früherer Jahrhunderte den Sacro Monte hinaufgestiegen war oder weil dieser Ort und die Schlichtheit der Kirche dazu einluden.

Auch die Abtei San Benedetto war ein Stück Mittelalter, das sich bis ins einundzwanzigste Jahrhundert erhalten hatte. Nur einmal im Jahr wurde dort die Messe gelesen, so einsam war der Platz: mitten im Tal, zwischen zwei Berge eingezwängt, in vollkommene Stille getaucht. Man hörte nur ein paar Kuhglocken in der Ferne und manchmal das Schlagen einer Axt, im Sommer den Ruf der Falken, vereinzelte Stimmen von den Wiesen und Hütten, Rufe nach Hunden oder auf den Wegen ein Lachen, das einem Gesellschaft leistete. Vor vielen Jahren hatte sie ihren Vater sagen hören: «Auf diesen Bergen ist man nie allein und nie zu eng beieinander.»

Versunken, mit geschlossenen Augen, blieb Stefania sitzen, spürte die Sonne auf der Haut und roch den Kaminrauch von irgendeiner Almhütte her. Sie war kurz davor einzunicken, als sie ein flinkes Trappeln hörte. Erschrocken schaute sie auf und sah sich einem braunen Labrador gegenüber. Er sprang bellend um sie herum, schnupperte an ihrem Hals und zerrte mit den Pfoten an ihrem Rucksack.

Sie hatte nie Angst vor Hunden gehabt. Das spürten die Tiere und ließen sich von ihr streicheln. Trotzdem: Dieser war zwar wie alle Labradore völlig harmlos, aber doch zu groß, um allein und ohne Leine herumzulaufen.

«Tommy, Tommy!», hörte sie seinen Herrn rufen.

Als Tommys Herrchen am Wiesenrand erschien, erkannte ihn Stefania sofort. Irgendeinen Grund musste sie für diese Wanderung nach San Benedetto schließlich gehabt haben, und wenn er noch so unbewusst war. Besser, sie ging. Es sollte nicht so aussehen, als sei sie ausgerechnet hierhergekommen, um ihn zu treffen.

«Keine Angst, er tut Ihnen nichts, seien Sie unbesorgt.»

Zu spät.

«Guten Tag, Valli. Wir haben uns ja ewig nicht gesehen. Und vielleicht ist es allmählich angebracht, dass wir uns duzen …»

Er lächelte überrascht und schien froh, sie zu sehen.

«Guten Tag. Was tust du in der Gegend hier?»

«Dasselbe könnte ich dich fragen.»

Sie tauschten einen Blick und lachten beide in Erinnerung an die Worte vor der Bar am Schiffsanleger.

«Ich sehe, du bist immer noch auf der Flucht.»

«Jetzt mache ich eine kleine Pause. Tommy war der Einzige, der heute Morgen mit mir raus wollte, und seinetwegen musste ich die ganze Strecke rennen. Ich bin völlig außer Atem.»

Er nahm den Rucksack ab und setzte sich mit einem erleichterten Seufzer neben sie. Auch Tommy war müde, er streckte sich vor ihnen aus und gähnte wohlig.

«Wirklich schön hier», sagte Valli.

«Nicht? Ich komme her, wann immer ich kann, um nachzudenken oder einfach, um ein bisschen Ruhe zu haben.»

«Also störe ich.»

«Du störst wirklich nicht, Luca. Ich bin sogar froh, dich zu sehen, vor allem, weil ich hoffe, du hast ein Feuerzeug.»

Valli lächelte und zog eine Schachtel Küchenstreichhölzer hervor. Wieder dachte Stefania, was für ein schönes Lächeln er hatte. Sie betrachtete seine Hände, während er ihr Feuer gab. Große, schützende Hände.

Sie rauchten schweigend. «Alles in Ordnung, Stefania?», fragte Valli unvermittelt.

Stefania sah ihn mit einer Mischung aus Überraschung und Dankbarkeit an.

«Es könnte tatsächlich besser gehen.»

Valli wartete, bis sie von selbst weitersprach.

«Ich will nicht zu weit ausholen. Aber der Fall, mit dem ich gerade zu tun habe, macht mir Kopfzerbrechen. Ich habe noch keine einzige brauchbare Spur.»

«Das ist doch ganz normal. Manchmal geht es trotz aller Anstrengungen nicht voran. Ich finde das weder ungewöhnlich noch schlimm.»

«Aber wenn es um ein Mordopfer geht, dem womöglich nie Gerechtigkeit widerfahren wird, dann beginnt meine Selbstsicherheit zu bröckeln.»

«Das passiert sicher nicht zum ersten Mal in der Geschichte. Und die Gerechtigkeit, liegt die nicht in Gottes Hand?»

«Zum Teil auch in meiner, entschuldige die mangelnde

Bescheidenheit. Es macht mich wütend, dass ich noch nichts zustande gebracht habe.»

«Geht es um denselben Fall, wegen dem du mit mir sprechen wolltest?»

«Genau. Ein paar Aspekte der Geschichte sind geklärt. Aber die Einzelheiten ergeben einfach kein zusammenhängendes Bild. Die wichtigsten Fragen in diesem Fall sind offen: Wer war der Tote? Warum wurde er getötet? Und von wem?»

«Aber bei unserem ersten Gespräch hast du mir Fragen zum Grenztunnel gestellt und zu den Eigentümern des Baulandes. Also hattest du doch da schon eine konkrete Spur.»

«Die Anfangshypothese war banal: Die Überreste des Mannes wurden in einer Ruine gefunden, die zum Grundbesitz einer bestimmten Familie gehört. Zuallererst habe ich herauszufinden versucht, ob diese Familie etwas davon weiß und ob sie in irgendeiner Weise darin verwickelt ist. Inzwischen habe ich mit ihnen sprechen können, auch dank deiner Hinweise.»

«Und ...?»

«Die Dame des Hauses hat mir keinerlei nützliche Hinweise gegeben. Also sind wir genauso schlau wie vorher.»

«Dann ist es vielleicht nicht die richtige Spur, und es wird sich ein anderer Weg ergeben.»

«Eben, da liegt ja das Problem. Bisher habe ich keine anderen Ermittlungsansätze. Außerdem bin ich überzeugt, dass zwischen der Familie und dem Toten eine Beziehung besteht, ein Zusammenhang, eine eindeutige Verbindung. Ich glaube, die Familie weiß mehr, als sie zugeben will. Das ist eine Art sechster Sinn: Ich spüre es, aber ich habe keine Beweise.»

Stefania schaute auf das sanft von der Sonne beschienene

Tal und den Zipfel des Sees in der Ferne. «Verstehst du?», murmelte sie. «Es ist, als ob man alle Puzzleteilchen in der Hand hätte. Keines fehlt, aber ich habe nichts, um mit dem Zusammensetzen anfangen zu können. Was für ein Bild ist es? Mit welchem Teil soll ich beginnen?»

Sie hielt inne. Valli schien nachzudenken. Dann setzte sie hinzu: «Manchmal frage ich mich, ob es nicht nur Anmaßung ist, der klassische Allmachtswahn des Ermittlers. Vielleicht verbeiße ich mich zu sehr in die Vorstellung, dass es da einen Zusammenhang gibt, und lasse andere Wege unbewusst außer Acht, nur um letztendlich auf einer Spur zu bleiben, die mich nirgendwohin führt.»

Erst das Zischen eines Streichholzes unterbrach die nachfolgende Stille. Valli zündete sich eine neue Zigarette an. Er ist wirklich eine ganz eigene Art von Umweltaktivist, dachte Stefania. Doch Valli hatte kaum die Hälfte geraucht, als er die Zigarette entschlossen an einem Stein ausdrückte und die Kippe in eine Tasche des Rucksacks steckte. Dann wandte er sich Stefania zu und sagte:

«Ich weiß, es geht mich nichts an, und ich bin weit davon entfernt, dir Ratschläge geben zu wollen. Aber wenn ich an deiner Stelle wäre, dann würde ich mich ein Stück weit in alle Richtungen bewegen, ohne die Spur zu vernachlässigen, die du im Kopf hast, aber auch ohne andere auszuschließen. Das heißt, ich würde ein möglichst großes Netz auswerfen, in der Hoffnung, dass sich früher oder später ein Fisch darin verfängt.»

Ohne es zu bemerken, hatte Valli Stefanias Handrücken berührt.

«Ich würde zum Beispiel die Lokalgeschichte dieser Zeit durchforsten: Zeitungen, Archive, Gemeinde, Meldebehörden, Pfarrbüros. Die Familie ist bekannt, und durch irgendein außergewöhnliches Ereignis taucht vielleicht auch das Gebiet in den Lokalnachrichten auf. Schon deshalb, weil es damals Schauplatz von Partisanenkämpfen war und zugleich Grenzgebiet, wo es Schmuggler und Flüchtlinge gab. Irgendetwas muss doch gewesen sein. Es gab hier zum Beispiel einige Kasernen von Mussolinis Soldaten und von den Deutschen: Sie haben sicher Erinnerungen hinterlassen, schreckliche vielleicht. Und du könntest nach Zeitzeugen suchen, nach jemandem, der noch am Leben ist und sich gut an diese Jahre erinnert. Das dürften alles Leute um die achtzig und darüber sein, aber es wird schon noch welche geben. Die Menschen hier leben lange.»

Er brach ab, als er Stefanias Blick bemerkte, und sagte etwas verwirrt: «Entschuldige, ich bin wohl im Eifer des Gefechts ein bisschen zu weit gegangen.»

«Weißt du, dass du ein netter Kerl bist, Valli?», sagte Stefania und lächelte. «Ich bin ehrlich froh, dass ich dich getroffen habe. Und vielleicht sollte ich mich jetzt bei dir bedanken. Aber lass uns trotzdem lieber das Thema wechseln und zum Beispiel darüber reden, ob du Lust auf ein halbes Schinkenbrötchen hast.»

«Ich würde es gern gegen ein halbes Tramezzino mit Braten und Mayonnaise tauschen – und eine Mandarine dazu.»

«Oha, wie vornehm! Ich werde mich im Gegenzug bei dir revanchieren und dir alles über diese Kirche erzählen, was ich weiß. Dann überlegst du es dir demnächst zweimal, bevor du mir hinterherläufst.»

«Aber ich bin dir nicht nachgelaufen. Tommy hat dich gefunden.»

* * *

«Warum muss ich unbedingt zur Schule gehen? Ich gehe schon so lange dahin, es reicht mir. Wieso muss man immer noch hingehen, wenn man schon Lesen und Schreiben gelernt hat?», fragte Camilla.

«Was meinst du damit?»

«Weil sie einen zwingen, lauter Sachen zu lernen, die man nicht braucht.»

«Was würdest du denn stattdessen gern machen?»

«Bestimmt nicht den Nachmittag damit verbringen, das große Einmaleins auswendig zu lernen.»

«Würdest du lieber arbeiten?»

«Nein, ich bin zu klein zum Arbeiten.»

«Wenn du nicht lernen und nicht arbeiten möchtest, was willst du dann tun, und wer ernährt dich?»

«Aber das hat doch nichts damit zu tun, Mami!»

«Doch, doch …»

Camilla fiel es immer schwer, nach den Ferien wieder in die Routine von Unterricht und Hausaufgaben hineinzufinden. Seit der Wecker geklingelt hatte, schimpfte sie ununterbrochen. Stefania, vom Wäscheaufhängen, Katzenmiauen und Telefonklingeln abgelenkt, hörte ihr nur mit halbem Ohr zu.

«Hast du gefrühstückt?»

«Die Kekse von Mulino Bianco mag ich nicht.»

«Dann iss etwas anderes.»

«Nämlich?»

Stefania schaute auf die Uhr. «Jetzt isst du gar nichts mehr, es ist zu spät. Hast du Zähne geputzt?»

«Noch nicht.»

«Und worauf wartest du?»

«Aufs Frühstück, worauf sonst?»

«Bist du heute wieder nett!»

«Du aber auch.»

Auch Stefania fiel die Rückkehr in ihre Wohnung in Como jedes Mal schwer. Taschen auspacken, Kühlschrank halb leer, Martina, bei der man nie wusste, ob sie Zeit hatte oder etwas für die Uni tun musste. Wieder der übliche Trott halt.

Sie fädelten sich in den Zentrumsverkehr ein und erreichten die Schule kurz vor dem ersten Läuten.

«Denk dran, du musst mich heute Nachmittag abholen.»

«Kuss, mein Liebes.»

Im Büro angekommen, warf Stefania einen Blick in den Metallkorb mit der Korrespondenz, dann griff sie zum Telefonhörer.

«Ciao, Raffaella, Stefania hier. Du könntest mir einen großen Gefallen tun. Ich muss in euer Archiv. Die Lokalnachrichten der dreißiger bis fünfziger Jahre, so um den Dreh.»

«Das ist alles?», fragte Raffaella spöttisch. «Und was ist mit den Vatikanischen Archiven und denen der Gestapo?»

«Wenn ihr auch ein historisches Fotoarchiv habt, würde ich gern reinschauen. Und dann bräuchte ich ein Verzeichnis der Vereine oder Stiftungen, die Zeugnisse von Überlebenden sammeln, Partisanen, frühere Militärs.»

«Süße, was ist heute Morgen los mit dir? Die Osterferien haben dir wohl nicht gutgetan? Atme erst mal tief durch und sag mir genau, was du brauchst. Auf gut Glück suchen geht nicht. Das Archiv ist unendlich.»

«In einer Stunde bei dir?», fragte Stefania nur.

«Gut. Für mich Kaffee und Brioches.»

Lachend legte sie auf, ohne Stefanias Antwort abzuwarten. Sie verstanden einander auf ein Zeichen, eine Änderung im Tonfall. Stefania ging hinunter zur Bar hinter dem Präsidium. So voll hatte sie die Bar selten gesehen. Nach einer

Zigarette fuhr sie zur Redaktion der «Provincia», fast gut gelaunt, ohne zu wissen, warum.

Raffaella erwartete sie an ihrem PC. Es war zehn Uhr.

«Allein?», fragte Stefania.

«Die anderen kommen nie, bevor um halb elf die Redaktionssitzung anfängt.»

Stefania schilderte der Freundin die Neuigkeiten in Ruhe, der Reihenfolge nach. Ein paar Einzelheiten, wie das Treffen mit Valli, ließ sie aus. Raffaella hörte aufmerksam zu, doch am Ende des Berichts blieb sie ganz gegen ihre Gewohnheit schweigend sitzen, offenbar ratlos.

«Und?», fragte Stefania. «Was machst du für ein Gesicht?»

«Ich helfe dir natürlich gern. Aber was du genau suchst, hab ich nicht verstanden.»

«Fangen wir mit dem Archiv an?», fragte Stefania.

«Achtziger Jahre?»

«Nein, früher.»

«Wie viel früher?»

«Dreißiger und vierziger Jahre, hast du mir am Telefon nicht zugehört?»

«Diese Jahrgänge gibt es nur auf Papier. Zu der Zeit wurden wer weiß wie viele Nummern zusammengebunden. Es sind riesige Wälzer.»

«Dann muss ich wohl auf dem Piazzale vor der Redaktion ein Zelt aufschlagen.»

«Na gut, komm, wir gehen runter ins Hauptarchiv. Hier oben haben wir nur die letzten zwanzig Jahre.»

8. KAPITEL

Stefania begann bei den Bänden mit den ersten Monaten des Jahres 1935. Nach wenigen Minuten war sie mit einem Monat durch und ging zum nächsten über. 1935, 1936: Die Stunden verstrichen, und unter ihren Fingern zog die Geschichte vorbei, die kleine der Provinz Como und die große des faschistischen Italiens. Das alles aus einem randständigen und durch die Nähe zur faschistischen Hauptstadt Salò zugleich privilegierten Blickwinkel. Eine Ausgabe nach der anderen blätterte sie durch und warf dabei immer nur einen schnellen Blick auf die erste Seite und die Artikel, die vom See und den Tälern handelten.

17. Juli 1936, ein Leitartikel über den Spanischen Bürgerkrieg. *Faschistische Jugendspiele in Menaggio in Anwesenheit Seiner Exzellenz des Polizeipräsidenten.* Im Gefängnis starb der berüchtigte Clemente Malacrida, genannt «Ul Màtt», der lokale Schmugglerkönig.

11. Januar 1937: Die Wirtschaftskrise erfasst die Textilindustrie. *Schuld sind allein die Sanktionen gegen Italien nach der Gründung des Kolonialreiches.* Krise des Baugewerbes. *Die großen öffentlichen Bauwerke mehren den Ruhm des Regimes. Einweihung des Kindergartens in Grandola. Einweihung des Hauses für Mutter und Kind. Einweihung des Palazzo der Faschistischen*

Industriearbeiter-Union. Neue Kaserne der faschistischen Miliz in Cernobbio: ein Gruppenfoto vor der Büste des Duce. *Alte Wagen der Standseilbahn aus dem neunzehnten Jahrhundert durch neue ersetzt. Zwei Jahre nach dem Beginn der Sammlung von Goldspenden für den Staat belegt Como einen der vordersten Plätze unter den italienischen Städten. Aktuelle Bauvorhaben: Erneuerung der Sanitäranlagen im Hotel Cortesella endlich eingeleitet.*

11. Januar 1938: Rassengesetze.

10. Juni 1940: Kriegseintritt Italiens.

Beim Klingeln des Handys zuckte Stefania zusammen. Raffaella.

«Bist du immer noch da? Weißt du, wie viel Uhr es ist?»

«Ich habe eben mit den vierziger Jahren angefangen. In der letzten Ausgabe sind wir gerade in den Krieg eingetreten.»

«Süße, wollen wir draußen ein *Panino* essen, bevor sie anfangen zu schießen? Du willst doch nicht bis spät in die Nacht bleiben, ohne wenigstens einen Kaffee zu trinken.»

Stefania hätte gerne weitergemacht, wollte aber nicht unhöflich sein. Schließlich war Raffaella so nett gewesen, ihr zu helfen.

«In fünf Minuten. Vor vier Uhr will ich mindestens bis zu den ersten Ausgaben auf Mikrofilm kommen.»

«Warum bis um vier?»

«Ich muss Camilla von der Schule abholen.»

«Und wann fangen die Ausgaben auf Mikrofilm an?»

«Ab 1945, glaube ich.»

«Gut, in Ordnung.»

Um kurz vor zwei beugte sich Stefania schon wieder über einen der dicken Wälzer. Die Pause hatte die Spannung erhöht.

1940–41, erste Kriegsjahre: *Verteuerung der Grundnahrungsmittel. Ausstellung drahtloser Radios im Broletto: großer Publikumserfolg. Abkommen mit den schweizerischen Zollbehörden über die Verhinderung des illegalen Grenzverkehrs, Gruppenfoto mit Zollbeamten am Grenzübergang San Primo.*

Stefania sprang auf. Rasch überflog sie den Artikel. Nichts Interessantes. Seufzend blätterte sie weiter. Es gab kaum Nachrichten über die Orte, an denen sie interessiert war. Die Lust auf eine Muratti war übermächtig, doch sie verbannte den Gedanken aus ihrem Kopf. Rauchen war absolut unmöglich in einem unterirdischen Bunker wie diesem.

26. Juni 1941: Aufmarsch des ruhmreichen 67. Regiments nach der Rückkehr aus Albanien. Aufwiegler unter den Arbeitern der Textilfabrik Omita in Albate gestellt. Sofortige Wiederherstellung der Ordnung. Verhaftung von Deserteuren und anderen gesuchten Personen an der Italienisch-Schweizerischen Grenze: Mehrere Juden mit einer beträchtlichen Menge Gold und Wertgegenständen verhaftet.

Sie hielt inne und las den Artikel, der sogar ein Foto enthielt, aber es ging nicht um den Grenzübergang von San Primo. Und weiter. Ihre Enttäuschung wuchs.

Seite um Seite mit Nachrichten über die verschiedenen Kriegsfronten, die Warteschlangen nach Brot, die Lebensmittelkarten, die immer offensichtlicher werdende Not der Bevölkerung, die den Gürtel enger schnallen musste, während das Regime in seinen Verlautbarungen den immer gleichen triumphalen Ton anschlug.

Blumenfest in Menaggio: Die jungen Italienerinnen, die in dem fröhlichen Uferstädtchen zusammengekommen sind, werfen den Zuschauern Blumen zu – ein floraler Gruß an die Gemahlinnen der Würdenträger auf der Ehrentribüne.

Allmählich bekam sie Rückenschmerzen. Schnell blätterte sie die nächsten Seiten durch und las dort nur die Schlagzeilen. Zwischendurch rief sie ein paarmal im Präsidium an und ließ sich über die laufenden Ermittlungen informieren.

Juli 1943: Entmachtung Mussolinis. 8. September: Das Chaos bricht aus. Kundgebung auf der Piazza del Duomo, führende Antifaschisten auf der Tribüne.

12. September: Die Deutschen besetzen Como. Ein großes Foto von der Piazza Cavour und dem Hotel Suisse, Sitz des Wehrmachtskommandos.

Von hier an fehlten einige Ausgaben der Zeitung. Im Rhythmus der Druckseiten ging es rasend schnell auf das große Finale zu.

1944: Die Repräsentanten der Italienischen Sozialrepublik zeigen weiterhin Optimismus. Auf den Fotos: die Familien von faschistischen Parteigrößen in den Villen am See, mit Kindern in Matrosenkleidern und Haushälterinnen mit gestärkten Häubchen.

Stützpunkte deutscher Soldaten in den Villen, deutsche Transportwagen vor den Statuen badender Schönheiten und vor monumentalen Freitreppen. Gruppenfoto mit Deutschen, faschistischen Republikanern und lächelnden örtlichen Beamten.

Auf einmal hielt Stefania inne, angezogen von einem Foto, das die halbe Seite einnahm. Es zeigte eine Gruppe deutscher Militärs: Ärzte mit langen weißen Kitteln über der Uniform, uniformierte Soldaten, die mit Verbänden um Kopf oder Beine im Rollstuhl saßen, und Krankenschwestern vor einigen Transportern mit dem Rotkreuzsymbol. Dahinter, unverkennbar, die Villa Regina.

«Und, etwas gefunden?», fragte Raffaella, als Stefania sich verabschieden kam.

«Ja, das hier.»

Raffaella schaute auf die Kopie, die ihr Stefania zeigte.

«Oh, wie hübsch. Was zum Teufel ist das?»

«Ein Artikel vom Frühjahr 1944. Es geht um die Villa Regina. Darin heißt es, dass die Villa den an verschiedenen Fronten verwundeten deutschen Militärs einige Monate lang als Lazarett diente. Die ruhige Atmosphäre und das heilsame Klima am See, der liebenswürdige Beistand der Militärärzte und Rotkreuzschwestern und so weiter. Die Offiziere, die in der Villa Regina untergebracht wurden, gesundeten schnell an Körper und Geist, um dann wieder in den Dienst des ruhmreichen Dritten Reichs zurückzukehren.»

«Wie wunderbar. Bringt dir die Nachricht was?»

«Wer weiß? Vielleicht. Für heute ist es jedenfalls mehr als genug. Jetzt muss ich Camilla von der Schule abholen und gehe danach noch mal auf einen Sprung ins Büro. Inzwischen denke ich darüber nach. Ich würde gern morgen früh wiederkommen. Von jetzt an ist alles auf Mikrofilm, damit geht es schneller, das Durchsehen und das Drucken.»

«Ich bin ab halb zehn hier.»

«Großartig. Du bist ein Schatz! Apropos, ich habe Anna gebeten, das Original dieses Fotos herauszusuchen, falls es überhaupt noch da ist, und mir eine Kopie zu machen. Oder das Negativ, das würde ich dann meinem Fotofachmann geben. Ich habe ihr gesagt, du würdest es bei ihr abholen, oder hast du was dagegen?»

Raffaella lächelte.

«Also bis morgen», sagte Stefania, pustete ihr einen Luftkuss zu und rannte Hals über Kopf die Treppe hinunter.

Als sie ins Auto stieg, klingelte ihr Handy. Es war Giulio. Sie zögerte, dann ließ sie es klingeln.

Keine Zeit jetzt, Giulio, sagte sie zu sich. In Wirklichkeit hatte sie keine Lust, mit ihm zu sprechen. Auf halber Strecke läutete es erneut. Ein-, zwei-, dreimal. Ich rufe ihn später an, dachte sie.

Sie hielt vor dem Schultor und machte Cami ein Zeichen einzusteigen.

«Ciao, Mami, heute hab ich sogar in Mathe eine gute Note gekriegt!»

Ein drittes Klingeln unterbrach Camillas Plappern. Er kann einem richtig auf die Nerven gehen, dachte Stefania. Mit der freien Hand griff sie nach dem Handy und antwortete.

«Giulio, was ist? Ich hab jetzt keine Zeit. Wenn ich nicht rangehe, wird das schon seinen Grund haben! Ich habe Camilla eben von der Schule abgeholt, und wir sind schon viel zu spät dran. Ich melde mich später, o.k.?»

Von der anderen Seite kam nichts, doch als sie eben das Gespräch beenden wollte, meldete sich eine zögernde Stimme.

«Hier ist Valli, Stefania, aber es ist wohl nicht der beste Zeitpunkt.»

«Valli, das heißt Luca, entschuldige, ich dachte, es wäre jemand anderes.» Stefania war rot geworden.

Hinten auf dem Rücksitz schnaubte Camilla. Das tat sie immer, wenn die Mutter ihr nicht zur vollen Verfügung stand.

«Mami, mit wem redest du?»

«Mit einem Freund, es geht um die Arbeit. Sei doch mal eine Minute still, Cami. Luca, tut mir leid, ich meine, wir stehen gerade vor der Schule meiner Tochter und …»

«Wir reden später in Ruhe, schon gut. Übrigens, danke für den *Freund.*»

Stefania zögerte und suchte nach einer Antwort, doch Valli hatte die Verbindung schon abgebrochen.

«Wer ist dieser Valli?», fragte Camilla in inquisitorischem Ton.

«Ein Freund, habe ich gesagt.»

«Dann hättest du ihn an mich weitergeben können. Mit Giulio lässt du mich immer reden.»

«Aber es war nicht Giulio. Wie lief es heute bei dir?»

Camilla fing an, sämtliche Neuigkeiten des Tages zu erzählen, und vergaß die Sache schnell. Zu Hause wartete Martina schon auf sie. Zum Abendessen würde es Pizza vom *Gran-Pizza*-Imbiss und Meringe mit Waldfrüchten aus dem Supermarkt geben, weil der Kühlschrank immer noch leer war und Stefania keine Zeit für den Einkauf gehabt hatte.

«Aber wieso musst du wieder ins Büro?», fragte Camilla.

«Nur eine Kleinigkeit. Zum Abendessen bin ich zurück. Und wenn es doch ein bisschen später wird, ist ja Martina da. Ihr könnt ruhig schon essen. Lasst mir ein Stück Pizza übrig, wenn's geht.» Sie griff sich eine Schachtel Cracker und verschwand, während Martina ihr durch das Treppenhaus hinterherrief: «Ich muss um neun los, spätestens um halb zehn.»

Um zehn nach fünf war sie im Büro. Piras und Lucchesi waren bereits abgeschwirrt. Sie setzte sich an ihren Schreibtisch und sah ihre E-Mails durch. Sie war ziemlich müde.

Sie holte die Kopie des Artikels aus der Tasche und las ihn nochmals; dann betrachtete sie das Foto durch ein Vergrößerungsglas. Die Reproduktion war körnig und die Details verschwammen, sosehr sie sich auch konzentrierte.

Noch einmal ließ sie sich durch den Kopf gehen, was sie herausgefunden hatte. Die Villa war für die Rekonvaleszenz von Offizieren eingerichtet worden. Zweifellos ein idealer Ort für die Deutschen. Vielleicht hatten sie die Villa konfisziert. Aber wo waren dann die Besitzer? Waren sie profaschistisch? Hatten sie die Villa verkauft? Waren sie verjagt worden?

Sie griff nach dem Telefon und wählte Raffaellas Nummer.

«Ich bin's noch mal, Stefania.»

«Lang nicht gesprochen, Süße!»

«Könntest du nachsehen, ob sich in den Entwürfen für deinen Artikel über die Villa Regina irgendetwas über die Zeit findet, als sie von den Deutschen besetzt wurde?»

«Wie?»

«Nach den Montalti und vor den Cappelletti. Was geschah zwischen 1944 und 1947?»

«Ich schaue nach. Ist es dringend?»

«Aber nein, lass dir Zeit, ich bin noch mindestens bis sieben im Büro.»

«Zeit lassen heißt also spätestens um sieben, wenn ich recht verstehe. Gut, zu Befehl, Commissario.» Und sie legte auf. Jedoch lachend.

Raffaella ist wirklich schwer in Ordnung, dachte Stefania. Zum Glück.

Kurz darauf klingelte ihr Handy.

Donnerwetter, wie schnell, dachte Stefania.

«Was machst du gerade?»

Giulio.

«Arbeiten natürlich. Nicht so wie du, der nie was tut und das als kontinuierliche Weiterbildung verkauft.»

«Mit diesen Kursen bist du früher oder später auch dran. Wieso bist du heute nicht ans Handy gegangen?»

«Warum, hast du angerufen?»

«Zwei Mal.»

«Dann habe ich es nicht gehört.»

«Gibt es Neuigkeiten?»

«Leider nein», sagte Stefania, die beschlossen hatte, in diesem Fall vorerst zurückhaltender zu sein. Warum interessierte sich Giulio plötzlich dafür?

«Ich habe mit Signora Cappelletti gesprochen», fuhr sie fort, sich aufs Wesentliche beschränkend, «aber sie hat mir nicht viel gesagt. Dann habe ich ein bisschen bei der *Provincia* recherchiert, aber auch das war wenig ergiebig. Ich habe nur herausbekommen, dass die Villa 1944 von den Deutschen besetzt war. Sie haben ein Militärkrankenhaus daraus gemacht. Ich warte auf einen Anruf von Raffaella Moretto. Sie schaut nach, ob sie noch irgendetwas Interessantes findet, eventuell zum Schicksal der Montalti, der Familie, der die Villa vor den Cappelletti gehört hat.»

«Ich verstehe nicht, wohin dich diese Details führen sollen. Genauso wenig wie diese ganze Spur. Zurzeit bringt niemand den Toten mit diesen Familien oder der Villa in Verbindung – oder mit den Deutschen in Italien zu Kriegszeiten oder irgendetwas in dieser Richtung.»

Stefania schwieg einen Augenblick.

«Hör mal, trotzdem, falls ich ein Foto oder ein Negativ habe, das entwickelt und so weit wie möglich vergrößert werden muss, also eine wirklich gute Arbeit brauche, wen kann ich da fragen?»

«Ich überlege mal und sage Bescheid. Vermutlich kann Selvini auch das machen. Und jetzt du. Wenn du in den nächsten Tagen hier vorbeikommst, schaust du mal bei mir im Büro vorbei?»

Giulios Bemerkung hatte sie getroffen. Es stimmte ja, was er sagte. Alles, was sie bisher herausgefunden hatte, bewies gar nichts.

Vielleicht hatte die Tatsache, dass sie den ganzen Tag lang Nachrichten von Flüchtlingen, Soldaten und Kriegsereignissen gelesen hatte, ihrem Verstand einen bösen Streich gespielt. Unwillkürlich war sie in diese Zeit hineinkatapultiert worden, als wäre sie mitten in einem spannenden Film.

Aber vor allem: Warum interessierte sich Giulio plötzlich für den Fall?

Sie würde morgen darüber nachdenken. Vielleicht konnte sie in der Mittagspause auf einen Sprung in seinem Büro vorbeischauen. Sie war noch ganz in Gedanken, als sie die Tür hinter sich aufgehen hörte.

«Schon mal was von Anklopfen gehört?», sagte sie ärgerlich. Unglücklicherweise waren es aber weder Lucchesi noch Piras, sondern Carboni.

Der Capo Commissario blieb überrascht auf der Schwelle stehen. Stefania blickte ihm über die Brille hinweg direkt ins Gesicht und setzte hinzu, ohne den Ton zu wechseln:

«Guten Abend, Commissario.»

«Ich muss Sie wegen einer wichtigen Angelegenheit stören.»

«Bitte.»

«Also ganz ohne Umschweife: Die Staatsanwaltschaft hat sich wiederholt bei mir erkundigt, wie weit die Ermittlungen zu dem Fund der menschlichen Überreste auf der Valentini-Baustelle von San Primo gediehen sind.»

«Sie können ruhig weitergeben, dass wir wissen, dass es sich um eine männliche weiße Person handelt. Ein junger Mann. Und es war kein natürlicher Tod. Sondern Mord. Wir haben die Todesumstände rekonstruiert und einige neben den sterblichen Überresten aufgefundene Gegenstände identifiziert. Wir haben Informationen über die Almhütte gesammelt, in der der Tote gefunden wurde, und mit den derzeitigen Besitzern gesprochen. Im Moment ist das alles. Aber das wussten Sie ja schon, glaube ich.»

«Ja, aber jetzt frage ich Sie, ob Sie schon konkrete Hinweise zur Identität der Person, zum Motiv und zum Zeitraum des Geschehens haben.»

«Keine bis jetzt.»

Carboni setzte sich. Er nahm die Brille mit den dicken Weitsichtgläsern ab und rieb sich die Augen. Er war sichtlich müde.

«Hören Sie, Valenti, wir arbeiten seit Jahren zusammen, Sie, die Jungs und ich. Ich weiß, wie ihr arbeitet, und denken Sie nicht, dass ich Ihre Arbeit nicht schätze. Aber damit der Fall nicht sofort zu den Akten gelegt wird, brauchen wir irgendetwas: Beweise, Indizien, Tatsachen. Wir müssen Arisi etwas Greifbares liefern, ihm den Eindruck vermitteln, dass wir einen Ermittlungsansatz haben. Beziehungsweise noch besser, dass wir in *eine ganz konkrete* Richtung ermitteln, mit einem klaren Ziel. Habe ich mich deutlich genug ausgedrückt?»

«Vollkommen.»

Carboni erhob sich, um zu gehen. Die Hand an der Klinke, drehte er sich um und nickte Stefania zu, als wolle er sagen: «Ich verlasse mich auf Sie.»

Stefania kam zu dem gewohnten Schluss: Er war ein guter Kerl.

«Danke, Commissario.»

Sie stellte sich ans Fenster und zündete sich eine Zigarette an. Zurzeit rauchte sie noch mehr als sonst. Eigentlich musste sie Carboni recht geben. Wäre sie an seiner Stelle gewesen, in seiner Position, dann hätte sie wahrscheinlich genauso gehandelt.

Was sollte sie tun?

Sie sah auf die Uhr. Raffaella hatte nicht zurückgerufen, aber das war nicht so schlimm. Sie würde sie ja morgen früh wiedersehen. Was Giulio anging – der würde sich von selbst melden.

Sie dachte an Luca Valli.

Es war Zeit, nach Hause zu gehen.

Auch heute Abend war es wieder viel zu spät geworden.

Seufzend und müde stieg sie die Treppe zu ihrer Wohnung hinauf. Martina war schon gegangen, hatte ihr aber vorher eine SMS geschickt: *Abendessen o.k. Camilla guckt Video. Wäsche bitte aufhängen. Pizza in der Mikro.*

Sie überlegte, ob sie es am nächsten Tag schaffen würde, um vier Feierabend zu machen, Camilla von der Schule abzuholen, sie nach Hause zu bringen und auf Martina zu warten. Sie dachte an ihre Mutter, die sich vor vielen Jahren um ihre Enkelin gekümmert hatte. Vielleicht kann Bruno das übernehmen, immerhin ist er nun wirklich keine zweihundert Kilometer entfernt.

Sie würde das morgen schon hinkriegen.

Als Erstes ging sie ins Kinderzimmer: Camilla war vor Winnie Puuh eingeschlafen, der durch den Hundert-Morgen-Wald hüpfte. Stefania schaltete den DVD-Player aus und zog ihr die Bettdecke zurecht. Eine Weile lang betrachtete sie ihre schlafende Tochter. Sie war hübsch, mit den langen Wimpern und den Apfelwangen.

Mein kleines Mädchen, dachte sie.

Die Pizza in der Mikrowelle war hart und kalt. Sie entschied sich für die Meringe, die auf dem Teller warm geworden und geschmolzen waren. Als sie die in der Sahne schwimmenden Brombeeren herauspickte, klingelte ihr Handy.

Es war Giulio, und es war fast elf. Effizient zu jeder Tages- und Nachtzeit. Ihn konnte man auch nachts um drei anrufen, selbst dann hätte er ruhig und besonnen reagiert. Und er war fähig, innerhalb einer halben Stunde in Jackett und Krawatte im Kommissariat zu erscheinen.

«Gib das Foto bei Selvinis Sekretärin ab. Wenn es ein Negativ ist, umso besser.»

«Bitte?»

«Das Foto, von dem du mir erzählt hast. Wach auf, Stefania, Selvini! Der von neulich, weißt du noch? Er wird es dem Fotoressort weitergeben. Kapiert?»

«Sag mal, Giulio, schläfst du eigentlich in Anzug und Krawatte?»

«Was?»

«Nichts, nur so.»

«Alles in Ordnung? Was machst du gerade?»

«Genau in diesem Moment fische ich Brombeeren aus einem Sahnesee.»

«Sehr witzig. Stefania, vielleicht solltest du schlafen gehen.»

«Ja genau. Gute Nacht.»

«Wenn du etwas brauchst, ruf mich an. Und morgen kommst du auf einen Sprung in mein Büro.»

«Gut, ich versuch's. Ciao.»

Auf dem Weg ins Bett dachte sie noch einmal darüber nach, dass es einen guten Grund geben musste, wenn Giulio so darauf bestand, sie zu sehen.

Sie löschte das Licht und schlief ein.

9. KAPITEL

Die restlichen Jahrgänge auf Mikrofilm durchzusehen war ganz einfach: eine Taste, um weiter-, eine, um zurückzugehen, eine zum Vergrößern und eine zum Verkleinern. Mit gleichmäßigem Geräusch glitten jeweils zwei Seiten auf einmal an Stefanias Augen vorbei.

1944: Grundnahrungsmittel werden knapp; Wiederaufleben des Schwarzmarkthandels; Schmuggel entlang der Grenze, Schweizer Zollbeamte protokollieren mindestens 600 Fälle in den ersten 10 Monaten des Jahres 1944; Fluchtbewegungen über die Grenze, Dutzende verhafteter Personen, viele Juden. Ein Foto der ehemaligen Färberei Lamberti, die als «Sammellager» diente; eine Kaserne der deutschen Soldaten in Cernobbio, die SS-Kommandozentrale.

Einen Augenblick lang betrachtete Stefania die Fotos vom Eingang der Kaserne mit den von deutschen Soldaten eskortierten Menschen. Stumm liefen sie in einer langen Reihe, das Gepäck in der Hand. Sie gab den Druckbefehl ein und las weiter.

Streiks in den Fabriken: in Como die Färbereien Comense und Castagna, in Maslianico die Burgo-Papierfabriken. Verhaftung von Streikenden. Die Zahl der Kriegsdienstverweigerer steigt.

Die Partisanenverbände organisierten sich in den Bergen

von Lecco und Como – das ließ sich auch zwischen den Zeilen der Artikel lesen, die von *Deserteuren*, *Spionen* oder *Briganten* sprachen. Es gab Überfälle auf Militärkonvois und Kasernen. Bevorzugte Ziele: die Munitionsdepots, mit schnellen Sabotageakten.

Mit neugierigem Interesse bemerkte Stefania, wie sich die Maschen der Zensur zunehmend lockerten. Bis dahin war – auf ausdrückliche Weisung der persönlichen Kanzlei des Duce – höchste Aufmerksamkeit darauf verwendet worden, die Berichterstattung über Verbrechen zu verhindern.

Sie las nun langsamer, weil mittlerweile fast jede Ausgabe von Aktionen in den Bergen berichtete, wobei die Verfasser dieser Artikel das Wort «Partisanen» durchweg scheinheilig vermieden. Sie vergrößerte die Bilder, um die Namen der Orte entziffern zu können, an denen sich die Ereignisse abgespielt hatten.

18. Oktober 1944: Razzia in der Gegend von Pizzo d'Erna oberhalb von Lecco. 13. November 1944: Aufruf von General Alexander.

Sie war so vertieft in die Lektüre, dass sie Raffaella nicht kommen hörte.

«Na, wieder was entdeckt? Gestern habe ich nicht mehr angerufen, weil ich nichts Besonderes gefunden habe. Nur eine weitere Mappe mit Fotografien der Villa, die von den Besitzern verworfen wurden. Wir durften sie nicht für die Reportage verwenden. Hier, ich lege sie dir hin. Ich habe alles noch mal herausgekramt.»

«Bei diesen kleinen Buchstaben fallen mir bald die Augen aus dem Kopf», sagte Stefania. «Hast du das Original von dem Foto der Villa Regina finden können – das von 1944?»

«Sie haben mir eine Kopie davon gemacht, ich bringe sie

dir nachher. Und im Übrigen sollte man blinde Kommissare in Pension schicken! Wie wäre es zumindest mit einem Kaffee? Salvatore ist gerade aus Salerno zurückgekommen und hat einen superleckeren Kuchen mitgebracht.»

«Warum nicht? Dann nehme ich das Foto mit und schaue mir anschließend den Rest an.»

Eine Pause war ihr sehr willkommen. Es war anstrengend, dauernd so intensiv auf den Bildschirm zu starren.

Beim Kaffee sah sie sich aufmerksam den Inhalt der Mappe an.

«Willst du noch ein Stück? Du kannst es für Camilla mitnehmen.»

«Gerne, wenn was übrig bleibt. Schau hier.»

«Ein Innenhof mit kleinen Säulen, aber verlassen. Was ist daran so besonders?»

«Ich habe ihn gesehen, als ich in der Villa war. Sieh mal, die Hecke um den Brunnen. Es ist wirklich unglaublich, wie verschieden die Dinge aussehen, je nachdem, wann und aus welcher Perspektive man sie anschaut.»

«Soll heißen?»

«Als ich mir die Hecke letzte Woche vor Ort angesehen habe, konnte ich in den verwilderten Zweigen noch die Form erkennen, zu der sie einmal beschnitten wurde. Eine Art Zackenmuster, das mir vertraut vorkam. Aber in dem Moment konnte ich es mit nichts verbinden. Heute Morgen habe ich beim Durchblättern eurer Zeitung viele solcher Zacken gesehen. Es sind Sterne, Raffaella, ineinander verflochtene Davidsterne.»

«Also Juden?»

«Genau. Aber das muss ich noch überprüfen. Jedenfalls enthält auch das Torgatter, das Regina Montalti im Jahr 1924 bauen ließ, ein feines Ornament mit demselben Motiv. Man sieht es kaum, weil es sich in der restlichen Verzierung verliert, die so dicht ist wie Spitze. Wenn ich daran denke, wie oft ich an diesem Tor vorbeigegangen bin …»

«Und daraus folgt …?»

«Gar nichts. Ich habe nur laut darüber nachgedacht, dass wir die Dinge oft nicht sehen, obwohl wir sie direkt vor Augen haben. Beziehungsweise: Wir sehen sie, ohne sie zu verstehen. Gestern zum Beispiel habe ich den Artikel, auf den ich hier gestoßen bin, bestimmt zehnmal gelesen, aber erst jetzt bemerke ich ein interessantes Detail.»

«Welcher Artikel?»

«Der Artikel vom März 1944. Zu der Zeit sind die Deutschen in der Villa Regina, sie haben eine Art Lazarett aus ihr gemacht. Aber da ist keine Spur mehr von den alten Besitzern. Sie werden mit keinem einzigen Wort erwähnt. Als wären sie im Nirgendwo verschwunden. Und wie es der Zufall will, handelte es sich höchstwahrscheinlich um Juden. In den Entwürfen für deinen Artikel hast du geschrieben, dass die Villa 1944 in den Besitz von Remo Cappelletti überging. Aber nachdem die Familie den Artikel überarbeitet hat, fehlt jeder Hinweis darauf, dass sie die Villa zu diesem Zeitpunkt erworben hat.»

«Vielleicht war es ein Weihnachtsgeschenk. Wer weiß! Aber wenn bei dieser Geschichte Juden im Spiel waren, dann kann ich durchaus nachvollziehen, dass sie uns das nicht wissen lassen wollten. Seit dem Kriegsende ist zwar eine Menge Zeit vergangen, aber kein Jahrhundert. Vielleicht gibt es noch jemand, der sich daran erinnert.»

«Im Klartext: Sie haben etwas zu verbergen. Denn die Art, wie die Villa die Besitzer gewechselt hat, ist einfach seltsam, seien wir ehrlich. Ich gehe zurück an die Arbeit, sonst wird es heute noch einmal so spät!»

Sie versuchte, schneller zu lesen, aber es waren zu viele Artikel. Sich nur auf die großen Schlagzeilen zu beschränken, funktionierte auch nicht; was sie suchte, konnte sich ohne weiteres in einer kurzen Meldung auf den Lokalseiten verstecken. Sie entdeckte eine Reihe Fotos, auf denen sie an einem vertrauten Detail, einer charakteristischen Besonderheit, mehrere Orte wiedererkannte: einen Bergkamm, den Umriss eines Campanile, ein Stückchen vom See. In Gedanken ließ sie die Grona-Berge, die alte Militär-Eisenbahnstrecke und den Piano-See an sich vorüberziehen, den Dente della Vecchia, die Hänge des Rezzo-Tals.

Deserteure kurz vor der Schweizer Grenze gefasst und erschossen. Feuergefechte zwischen Milizionären der Nationalgarde und Freischärlern an der Grenze.

Auf einem der Fotos glaubte sie im Hintergrund das Profil der Berge oberhalb des Passes von San Primo zu erkennen, ja, sogar ein Stück des alten Grenzpfades. Es war ein Gruppenfoto, auf dem Schwarzhemden und SS-Soldaten mit angeleinten Hunden posierten.

Jetzt war es wirklich spät geworden. Sie raffte die Blätter zusammen, die über den Rand des Druckerkorbs gerutscht waren, und rannte los.

Es war eine dieser raren Gelegenheiten, in denen seltsamerweise alles glattging: wenig Verkehr, grüne Ampeln, kein Fahrschulauto vor der Nase.

Zehn Minuten vor der Zeit erreichte sie die Schule und fand sogar einen Parkplatz. Sie lehnte sich an die kleine Mauer und tauschte ein Lächeln mit den anderen Müttern, die miteinander schwatzten.

Sie kannte fast keine von ihnen, doch es freute sie, zusammen mit all den anderen dazustehen. Die kalten Tage waren vorüber, die Azaleen im Schulgarten aufgeblüht. Es war wieder Frühling, auch wenn sie das erst in diesem Moment voll und ganz begriff.

Camilla erschien mit der Daunenjacke in der Hand.

«Schon da, Mami?»

«Heute haben wir frei! Hast du Lust auf eine Schokolade in Cernobbio?»

Sie stiegen ins Auto. Eine halbe Stunde später saßen sie im Café Onda vor einem Tablett mit Pasticcini. Schokolade für Stefania, Erdbeeren mit Sahne für Camilla. Das Mädchen schwatzte ununterbrochen, erzählte sämtliche Neuigkeiten von Mitschülern und Lehrern. Von Zeit zu Zeit ließ Stefania ihren Blick zum Fenster schweifen. Der See lag ruhig in der Sonne. Sie genoss den Augenblick.

Im Supermarkt Bennet in Tavernola gingen sie einkaufen und kamen mit einem Berg Tüten nach Hause. Endlich war der Kühlschrank wieder einmal so voll, dass nichts mehr hineinpasste.

«Mami, wie schön, wenn man den Kühlschrank aufmacht, und es sind lauter gute Sachen drin!»

«Ja, aber iss jetzt nicht die Kinder-Schokolade, die Pasta ist fast fertig.»

Nach dem Abendessen legten sie sich in das große Bett, sahen sich einen Zeichentrickfilm an und schliefen zusammen ein. Gegen drei erwachte Stefania, streckte sich und schaute auf die Uhr. Sie richtete das Kissen unter Camis Kopf, gab ihr einen Kuss und fiel wieder in den Schlaf. Ron lag seelenruhig zwischen ihnen.

* * *

Am nächsten Tag war es im Kommissariat ruhig und still. Wegen der Jahresversammlung der Seidenindustrie waren fast alle Kollegen im Außendienst. Überall blaue Dienstwagen und ein dauerndes Kommen und Gehen.

In der Bar hinter dem Präsidium traf sie Lucchesi.

«Weißt du, wo Piras steckt?», fragte sie ihn, da sie beide fast immer zusammen waren.

«Er hat Urlaub, bis Samstag.»

«Und du?»

«Ich gehe heute Vormittag auf den Markt.»

«Einkaufen?»

«Nein, es ist dienstlich, Dottoressa. Ich muss zum Fischmarkt, weil sie dort heute Nacht den Wächter überfallen und zwei Container Austern mitgenommen haben, die eben aus der Normandie angekommen waren.»

«Wenn dir noch Zeit bleibt, gehst du bitte schnell für mich zu dieser Adresse? Vom Fischmarkt aus sind es fünf Minuten zu Fuß.»

Sie gab ihm einen Zettel.

«Es ist die Zweigstelle eines jüdischen Dokumentationszentrums. Lass dir alle verfügbaren Informationen zu einer Familie geben, den Namen habe ich dir aufgeschrieben.»

«Montalti? Ich kannte auch einen, als ich klein war, er hatte eine Buchhandlung ganz in unserer Nähe. Aber ich wäre nie darauf gekommen, dass er Jude war!»

«Aha? Meinst du etwa, man erkennt sie an der Nasenspitze, Lucchesi? Wenn wir in diesem Zentrum nichts finden, kannst du deinem Freund einen Besuch abstatten. Ich bin den ganzen Vormittag im Präsidium.»

Sie kehrte ins Büro zurück, erledigte schnell ein paar Berichte und zog dann die Fotokopien aus der Tasche, die sie bei der Zeitung gemacht hatte. Das Foto der Villa Regina rutschte aus dem Umschlag und fiel auf den Boden. Stefania hob es auf und studierte es. Es war eindeutig besser als die in der Zeitung abgedruckte Version, manches war deutlicher zu erkennen. Einer der Militärärzte hatte einen riesigen dunklen Schnurrbart. Von den Rotkreuzschwestern sahen zwei, eine ältere und eine jüngere, in ihren Capes und der Tracht mit dem Kreuzsymbol besonders würdevoll aus. Die drei anderen waren blutjung und trugen weiße Kittel mit gestärktem Brustlatz. Neben den Ärzten standen zwei der verletzten Soldaten, der eine mit dickverbundenem Auge, der andere auf Krücken, die unter seinem Militärmantel hervorschauten. Drei weitere Soldaten saßen davor: einer mit dem Arm in der Schlinge, ein Blonder mit Brille im Rollstuhl und ein dritter mit ausgestrecktem Gipsbein.

Die Gruppe posierte am Fuß der Freitreppe der Villa Regina. Im Hintergrund wehten mitten in einem wolkenlosen Himmel eine Hakenkreuzfahne und die Fahne mit dem roten Kreuz.

Stefania versuchte, die Gesichter und andere Einzelheiten zu erfassen, aber da war nichts zu machen: Unter dem Vergrößerungsglas verschwammen die Konturen, und mit bloßem Auge ließ sich kaum etwas erkennen. Einer der beiden Ärzte hatte sich im Profil aufnehmen lassen – eine lächerlich steife Pose wie auf einem repräsentativen Gemälde. Die älteste der Rotkreuzschwestern wirkte kräftig und üppig wie ein Suppenhuhn, und genauso reckte sie auch den Hals und streckte die Nase in die Luft. Unter den jüngeren waren eine brünette mit offenen Haaren und eine blonde mit Mädchenzöpfen.

Hoffen wir, dass die Vergrößerung etwas bringt, dachte Stefania. Was sie an Giulio erinnerte und die Tatsache, dass sie das Foto zu Selvini bringen musste. Sie schaute auf die Uhr und entschied, dass noch genügend Zeit blieb, um sich mit dem Artikel zu befassen. Dann würde sie das Foto abgeben und von dort direkt zu Giulio gehen. Auf dem Rückweg konnte sie ihr blaues Kostüm aus der Reinigung abholen.

Das Bürotelefon klingelte. Eine Privatnummer.

«Störe ich? Hier ist Valli, guten Tag.»

«Valli!», rief Stefania. «Du störst nie, im Gegenteil ...»

Sie unterbrach sich, wie immer besorgt, zu viel gesagt zu haben.

«Morgen Abend wird im Presseclub ein Buch vorgestellt, das von unseren Bergen handelt. *Bei Nacht und Nebel: Geschichten von Schmugglern und Schleppern.* Das Thema liegt dir doch am Herzen, oder? Ich habe mich gefragt, ob du vielleicht Lust hast, mit mir zusammen hinzugehen. Natürlich nur, wenn du keine anderen Verpflichtungen hast. Es wird höchstens ein Stündchen dauern.»

«Ich habe mit Sicherheit keine. Es kommt darauf an, ob Martina welche hat.»

«Deine Tochter?»

«Nein, unser Babysitter. Für Termine nach dem Abendessen muss man bei ihr etwas zeitiger vorsprechen.»

«Verstehe.»

«Ich rufe dich später zurück, wenn es dir recht ist.»

«Sehr recht sogar.»

Stefania lächelte.

* * *

«Was sagst du dazu?»

Stefania und Giulio blickten konzentriert auf das Foto.

«Ein altes Bild von einer Marschkolonne deutscher Soldaten, die einen Sanitärkonvoi eskortiert.»

«Ja, aber wohin gehen sie?»

«Steht doch alles in dem Artikel: ‹Aus strategischen Gründen wird das Militärhospital aufgelöst, das fast zwei Jahre lang die tapferen deutschen Soldaten aufnahm, die Verletzungen erlitten hatten. Diejenigen von ihnen, die wieder an der Waffe dienen können, werden erneut in Cernobbio stationiert›.»

«Gut. Aber wo sind sie im Moment der Aufnahme?»

«Zwei oder drei Kilometer vom Haus deiner Mutter entfernt, würde ich sagen.»

«Kurz vor dem Tor der Villa Regina.»

«Die du mir letztes Jahr gezeigt hast? Wahrscheinlich. Und?»

«Was sie da gerade räumen, ist ohne Zweifel das Lazarett in der Villa Regina, schau her!»

Sie tippte ungeduldig mit dem Zeigefinder auf das Foto.

«Na klar, aber um einen Ort zu räumen, muss man ihn vorher besetzt haben. Zwei Jahre scheinen mir dafür zwar ein bisschen weit hergeholt, aber der Artikelschreiber wird sich schon informiert haben.»

«Also wurde das Lazarett in der Villa Regina geschlossen, und die Soldaten, die noch einsatzfähig waren, wurden zurück in die Kaserne geschickt.»

«Sehr aufregend. Aber mal abgesehen von der Rhetorik, mit der hier die Umstände eines schlichten Rückzugs als ‹strategisch› bezeichnet werden: Was ist daran so besonders? Ist das alles?»

«Schau dir dazu den anderen Artikel an und hör mit diesem abfälligen Gehabe auf. Dort geht es um Deserteure, die gefangen und hingerichtet wurden, als sie versuchten, über die Grenze zu kommen, um Feuergefechte und Almhütten, die niedergebrannt wurden, um Briganten, deren Verstecke man in die Luft gesprengt hat, weil sie den Deserteuren geholfen haben – und wir sind in San Primo. Da ist der alte Saumpfad am Grenzübergang, ganz unverkennbar!»

«Phantastisch! Das ist zu der Zeit, besonders vom 8. September an, in dieser Gegend sicherlich fast täglich passiert.»

«Ja, aber vielleicht waren unter den Deserteuren auch deutsche Soldaten, die nicht mehr mitkämpfen wollten.»

«Schon möglich. Zusammen mit einer beachtlichen Anzahl von ehemaligen italienischen Soldaten, Juden, politisch Verfolgten, Partisanen und so weiter.»

«Warum bist du so, Giulio?», fragte Stefania.

«Wie ‹so›? Du bist es, die ‹so› ist. Meine Güte, du bist Polizeikommissarin. Du sollst eine Ermittlung führen und keine Romanhandlung erfinden. Verwechsle doch bitte nicht Realität und Phantasie! Erinnerst du dich, was man uns an der Akademie beigebracht hat?»

«Abgesehen vom strategischen Rückzug?»

«Dass man die Indizien nicht manipulieren soll, um einen Tathergang zu ‹konstruieren›. Man soll kritisch vorgehen, sich sämtliche Möglichkeiten offenhalten, und das bis zu dem Moment, wo die Hypothesen sich beweisen lassen.»

«Das ist doch Mist, Giulio!»

Giulio schwieg. Er trat ans Fenster und schaute auf das Gewühl der Autos zur Hauptverkehrszeit, dann fügte er unerwartet hinzu: «Pass auf dich auf, bitte!»

Stefania wandte sich abrupt um.

«Auf was?»

«Deine Spaziergänge zu den Villen am See und die entsprechenden Höflichkeitsbesuche haben auf höherer Ebene Missfallen erregt, um es mal vorsichtig auszudrücken. Auch Carboni hat versucht, dir das klarzumachen, aber du hast nichts begriffen. Die Ermittlung wird dir entzogen, sobald Arisi von seiner Dienstreise zurück ist. Also hast du noch eine Woche, vierzehn Tage, nicht mehr. Und vielleicht ist das auch gut so.»

«Warum?»

«Weil jemand mit viel Einfluss jemand anderem gesagt hat, dass du aufhören solltest, deine Nase überall hineinzustecken. Du hast nichts Konkretes in der Hand, und es ist schon zu viel Zeit vergangen. Wie weit willst du mit dieser Geschichte noch gehen?»

«Heiliger Himmel, das ist doch noch gar nichts. Manche Untersuchungen dauern Jahre. Und dieser Junge da oben wartet seit sechzig Jahren auf Gerechtigkeit.»

«Ich habe dich gewarnt. Wenn sie dich in den Zwangsurlaub nach Pantelleria schicken, dann beklag dich nicht bei mir, verstanden? Oder soll ich es dir auf Französisch sagen?»

«Unter diesen Umständen lieber auf Deutsch, danke.»

* * *

«Du lieber Himmel, du bist heute tatsächlich auf dem Fischmarkt gewesen!» Stefania blickte Lucchesi an und hielt sich die Nase zu.

«Natürlich, warum?»

«Schon gut. Hast du das andere auch noch geschafft?»

«Ja, sie haben mich über eine Stunde aufgehalten. Eine Angestellte, sehr freundlich, hat eine ganze Weile ihren Computer durchsucht und mir ein paar Dokumente ausgedruckt. Sie liegen auf deinem Schreibtisch.»

«Noch etwas?»

«Das ist alles. Sie meinte, dass sie mir nur ein paar allgemeine Informationen geben kann. Für alle anderen Angaben, zum Beispiel zu noch lebenden Personen, muss man eine schriftliche Anfrage einreichen.»

«Ich schaue mir die Sachen gleich an. Danke, Lucchesi!»

Zurück im Büro, zündete sie sich eine Muratti an und versuchte, ihre Gedanken zu ordnen. Ihr blieben nur noch wenige Tage. Was konnte sie in so kurzer Zeit tun? Die Vergrößerung der Fotografie würde sie nicht vor morgen auf dem Tisch haben, und sie wusste noch nicht einmal, ob sie ihr wirklich weiterhalf.

Sie öffnete den Umschlag, den ihr Lucchesi mitgebracht hatte, und überflog die Ausdrucke.

Montalti.

Eine Einführung in die Herkunft des Familiennamens, gefolgt von Graphiken zur geographischen Verbreitung der Familien, die ihn trugen. Es gab sie überall, auch in der Toscana, genau, wie Lucchesi gesagt hatte. Alle möglichen Varianten des Namens, der Stammbaum, die verschiedenen Familienzweige, bekannte Persönlichkeiten. Vor allem Goldschmiede, aber auch Kaufleute, Freiberufler und Bankiers.

Über die Mailänder Bankiersfamilie Montalti insgesamt nur drei Zeilen. Die Informationen zur Geschichte des Hauses endeten in der letzten Dekade des neunzehnten Jahrhunderts.

Stefania packte der Ärger: Zu dieser Zeit war Regina Montalti, der die Villa ihren Namen verdankte, noch nicht einmal geboren. Die kurze Durchsicht genügte, um zu erkennen, dass auch diese Informationen so gut wie nutzlos waren. Eigentlich hatte sie sogar Lucchesis Zeit vergeudet: Diese Daten hätte sie genauso gut im Internet recherchieren können.

Sie wählte die Nummer des jüdischen Dokumentationszentrums. Bei der freundlichen, aber reservierten Person am anderen Ende der Leitung musste es sich um die Frau handeln, die ihr Lucchesi beschrieben hatte.

«Commissario, wie ich heute Morgen schon zu Ihrem Kollegen sagte: Wenn Sie etwas anderes als Informationen allgemeiner Natur zur Geschichte des jüdischen Volkes oder der Juden in Italien wünschen, dann benötigen wir eine schriftliche Anfrage. Wenn Sie zum Beispiel eine Information zu einer bestimmten Familie brauchen, die noch lebende Nachfahren hat, oder zu jüngeren Ereignissen, sagen wir, vom zwanzigsten Jahrhundert bis heute, dann ist ein Auskunftsersuchen erforderlich, das die Gründe dieser Anfrage im Einzelnen darlegt. Unser Zentrum wird dann bewerten, ob die angegebenen Gründe mit den Zielen vereinbar sind, die es sich gesetzt hat.»

«Es handelt sich um eine Ermittlung», entgegnete Stefania knapp.

«Sicherlich, Dottoressa, sobald uns Ihre schriftliche Anfrage vorliegt, werden wir uns bemühen, Ihrem Anliegen zu entsprechen und Ihnen auf jeden Fall umgehend Antwort zukommen zu lassen. Ich wünsche Ihnen einen guten Tag.»

Fassungslos legte Stefania auf und wählte eine interne Nummer.

«Lucchesi, komm kurz rauf, es muss dringend ein Fax geschickt werden. Ich lege es auf meinen Schreibtisch und hole mir einen Kaffee.»

Auf der Treppe fiel ihr ein, dass sie Martina anrufen musste. Sie wählte ihre Nummer.

«Könntest du morgen Abend ein paar Stunden länger bei Camilla bleiben?»

Die Frage wurde bejaht.

Ein paar Minuten lang drückte sie sich um den Anruf, dann nahm sie das Handy und wählte Vallis Nummer.

«Hallo, hier ist Stefania. Also, das geht klar mit morgen

Abend. Wir treffen uns um neun direkt dort, es ist ja bei mir um die Ecke.»

Als das kurze Gespräch beendet und Stefania mit einem frischen Kaffee in ihr Büro zurückgekehrt war, widmete sie sich wieder ihrem Fall. Sie griff nach den Kopien aus der Zeitung und vertiefte sich erneut in die Artikel, die sie auch Giulio gezeigt hatte. Sie holte den schmalen Ordner aus dem Schrank, in dem alles Material über den toten jungen Mann gesammelt war und von dessen Vorderseite ihr die Initialen K. D. entgegenblickten.

Sie räumte ihren Schreibtisch frei und breitete alle Papiere darauf aus, wie die Teile eines Puzzles.

Schon als Kind hatte sie Puzzles geliebt. Sie bekam sie von ihrem Vater geschenkt. Gemeinsam setzten sie die Bilder zusammen, eine Art Familienritual. Wenn sie ein richtig schwieriges Puzzle erwischte und nicht vorankam, fing sie mit dem Rand an. Sie suchte zuerst sämtliche Teile mit einer geraden Kante heraus und dann die vier, die zwei davon hatten. Die Ecken des Bildes, die Ecksteine. Von den Rändern ausgehend, arbeitete sie sich zur Mitte vor, Teilchen für Teilchen.

Doch bei ihrer Ermittlung war es weit schwieriger, Bausteine mit geraden Kanten zu finden. Sie begann, die Blätter zu verschieben und in chronologischer Reihenfolge von links nach rechts anzuordnen.

1944: Remo Cappelletti erwirbt die Villa Regina. Für ein Familienporträt stellen sich alle Cappellettis vor dem Dorffotografen auf: das Familienoberhaupt stehend; Caterina, sitzend, hält Battista eng bei sich; die unverheiratete Maria und schließlich Giovanni und Margherita. Im März desselben Jahres heißt es in der Zeitung, dass die Villa Regina von den Deutschen besetzt und in ein Lazarett umgewandelt wurde.

Wie zum Teufel war das möglich?

Raffaella hatte gesagt, sie habe einen Teil der Informationen aus einem früheren Artikel übernommen, der einige Jahre zuvor in einer anderen Zeitschrift erschienen war. Trotzdem habe die Familie Cappelletti ihren Text minuziös kontrolliert.

Also Germaine Durand und ihre Kinder, dachte Stefania.

Denn im Jahr 2001, als der Artikel erschien, war ihr Mann Giovanni schon seit einiger Zeit tot. Wahrscheinlich war Raffaella bei ihren Recherchen nicht allzu sehr ins Detail gegangen. Andererseits: Was interessierten diese Einzelheiten schon die Leser im Jahr zweitausend?

Das Jahr 1945 schob sie nach oben rechts: Die Deutschen sind auf dem Rückzug, die Villa Regina wird evakuiert. Wer einsatzfähig ist, muss an die Front zurück. Viele versuchen, über die Schweizer Grenze zu fliehen. Einige schaffen es nicht: Erschießungen finden statt, als Strafmaßnahme werden Hütten verbrannt oder mit Dynamit in die Luft gejagt.

Sie prüfte die Daten der Artikel: 21. Januar, 20. Februar, 23. März 1945. Es ging auf das Ende zu, die große Tragödie stand vor ihrem letzten Akt.

1947 geschah jedoch etwas ganz anderes. Giovanni heiratete Mademoiselle Durand, und die Familie ließ sich in der Villa nieder. Doch welche Familie?

Das Brautpaar und die Kinder, die bald darauf kommen sollten, ein Heer von Hausangestellten, Kindermädchen, Gutsverwaltern und Kleiderfrauen wie Tata Lucia. Alle bis auf Giovannis Mutter Caterina. Mit dem Sohn, der in der Villa als Störung empfunden wurde, war sie in ihrem Haus in den Bergen geblieben. Caterina, die ohne Unterlass wiederholte, dass die Villa Unglück brachte.

Stefania erinnerte sich wieder an den tadelnden Ton, in

dem Tata Lucia erzählt hatte, dass «diese beiden», Giovanni und die *Französische*, für ihre Hochzeit nicht mal das Trauerjahr nach dem Tod von Remo abgewartet hatten, der in einer Novembernacht des Jahres 1946 eine regennasse und rutschige Böschung hinuntergestürzt war. Ausgerechnet er, Remo, der Schmuggler. Er, der die Wege besser kannte als jeder andere. Gestürzt, während er ziellos herumirrte und Margheritas Namen rief.

Ein knappes Jahr zuvor war die Tochter gestorben. Die persönliche Tragödie der Familie Cappelletti hatte sich im Schatten der großen Tragödie des Krieges abgespielt.

Sie zog mit dem Stift eine Linie zwischen 1945 und 1947: Genau auf dieser Strecke, in der Spanne dieser zwei Jahre, an einer bestimmten Stelle der Zeit und der Geschichte lag die Lösung ihres Falls. Aber es fehlten noch einige Puzzleteile.

Tata Lucia, die sich gut an Giovannis Verlobungszeit erinnerte, sprach stets naserümpfend von der *Französischen*. Sie hatte erzählt, wie die junge Durand, kaum angekommen, schon angeordnet hatte, Tapeten und Bäder auszuwechseln. Als wäre es schon damals ihr Haus gewesen.

«Sie war die geborene Befehlshaberin», hatte sie gesagt.

Dennoch hatte es einen Moment gegeben, in dem es so aussah, als könnte die geplante Hochzeit scheitern. Der «Skandal» nach Margheritas Tod. Tata Lucia zufolge hatte das ganze Dorf darüber geredet. Mit Bedacht hatte sich die französische Verlobte einen ganzen Sommer lang ferngehalten, vermutlich um abzuwarten, wie sich die Dinge entwickelten.

Doch Stefania glaubte nicht, dass alles eine Frage des Geldes gewesen war, wie die Leute im Dorf stillschweigend annahmen. Denn Geld hatte Germaine Durand nun wirklich mehr als genug. Etwas anderes musste sie zur Zeit von Margheritas Tod erschreckt haben.

Stefania dachte an das Treffen mit Madame Durand, an die Mischung aus Zärtlichkeit und Mitleid, mit der sie ihr in dem kleinen grünen Salon von Margherita erzählt hatte. Sie dachte an das Sisley-Gemälde, das dort hing, gut sichtbar, obwohl es auf mehrere Millionen Dollar geschätzt wurde – nur weil es, in gewissem Sinn, Margherita gehörte.

Margherita, Margherita.

Germaine hatte es geschafft, das Mädchen mit den Kniestrümpfen und Zöpfen auf dem älteren Foto innerhalb weniger Monate in die elegante Signorina mit dem Medaillon um den Hals zu verwandeln, die Stefania auf dem Porträt im Salon gesehen hatte. Zwei, höchstens drei Jahre waren darüber ins Land gegangen: von 1943, als Germaine und ihr Vater zum ersten Mal nach Italien kamen und Giovanni, Margherita und die anderen kennenlernten, bis zum Jahreswechsel 1945/1946.

Doch da war noch eine andere Frage zu klären.

Was hatten die Durand vor, als sie mitten im Bürgerkrieg herkamen, der Italien in Brand gesetzt hatte? Etwas sehr Wichtiges, ohne Zweifel, und dieses «etwas» musste zwangsläufig mit Remo Cappelletti zu tun haben, den sie schon vorher kannten. In diesem schwierigen Augenblick der Geschichte konnte es keine zufällige Reise gewesen sein.

Geschäftsbeziehungen, die sie in Lugano weiterführen wollten? Interessierte sich Remo etwa für antike Möbel und wertvolle Bilder? Schwer zu glauben.

Dem Familienfoto nach zu urteilen, sah er jedenfalls nicht wie ein Schöngeist aus, groß und stämmig, wie er war, fest in den Stiefeln stehend, mit Jägerjacke und entschlossener Miene. Auch sein Sohn war groß, aber schmaler und, wie auch Margherita, das Ebenbild seiner Mutter. Maria hingegen, die andere Tochter, hatte alles vom Vater geerbt: Sie war groß und ein wenig plump, mit ausladendem Busen und riesigen Händen. Niemand hatte sie bisher erwähnt, obwohl sie durchaus auffiel. Auch Tata Lucia hatte ihr die Bezeichnung «die Ärmste» verweigert, die sie gewöhnlich allen von ihr geschätzten Toten angedeihen ließ.

Vielleicht war sie ja gar nicht tot.

Aber wenn Maria noch leben würde – wie alt wäre sie dann?, fragte sich Stefania und gab sich gleich die Antwort: fünfundachtzig, vielleicht noch älter.

Sie machte sich in ihrem Kalender eine Notiz. So bald wie möglich würde sie die Tata danach fragen.

Immer noch in Gedanken, das Kinn auf die Hand gestützt, hörte sie ein vorsichtiges Klopfen an der Tür.

«Ich bin es, Lucchesi. Dottoressa, ich bringe Ihnen die Eingangsbestätigung für das Fax.»

«Leg sie da hin», sagte sie und zeigte auf einen kleinen Büroschrank. «Wie viel Uhr ist es eigentlich?»

«Viertel vor vier.»

Camilla.

Rasch griff sie nach Jacke und Tasche und rannte zum Parkplatz. An der ersten roten Ampel rief sie noch mal im Kommissariat an.

«Lucchesi?»

«Zur Stelle, Dottoressa.»

«Ich habe vergessen, dir zu sagen, dass da noch eine dringende Sache ist. Ruf in Lanzo an und sag ihnen, sie sollen sich vom Gemeindeamt eine Kopie der Totenscheine folgender Personen geben lassen: Remo Cappelletti, Margherita Cappelletti und Caterina Cappelletti. Mit Todesursache, wenn möglich. Sag ihnen, Commissario Valenti will die Unterlagen morgen noch vor zwölf auf ihrem Schreibtisch haben.»

«Verstanden.»

«Sehr gut, Lucchesi. Apropos, Caterina ist eine angeheiratete Cappelletti, ihren Mädchennamen kenne ich nicht. Auf jeden Fall ist sie die Frau von Remo Cappelletti. Margherita war ihre Tochter.»

* * *

«Wo gehst du heute Abend eigentlich hin?», fragte Camilla.

«Zu einer Buchvorstellung.»

«Und was ist das?»

«Da wird erklärt, wovon ein Buch handelt, das gerade herausgekommen ist.»

«Aber kannst du es dann nicht einfach kaufen und zu Hause lesen?»

«Eigentlich schon. Aber hier ist auch der Autor anwesend, man kann ihn kennenlernen und ihm Fragen stellen.»

«Und ist er böse, wenn du das Buch dann nicht kaufst?»

«Aber nein, er ist nicht da, um sein Buch zu verkaufen. Aber wenn man es dort kauft, dann schreibt er sogar sein Autogramm rein.»

«Also ist es wie eine Schulstunde.»

«So ungefähr.»

«Also todlangweilig. Und wie gehst du hin?»

«Mit dem Auto, mit dem Bus, zu Fuß. Wie hättest du es denn gern?»

«Nein, ich meine, wie musst du hingehen, in welchem Kleid?»

«Es ist doch kein Empfang, Cami.»

«Und warum ziehst du dich dann seit einer halben Stunde wieder und wieder um und hast schon drei Paar Schuhe und zwei verschiedene Taschen ausprobiert?»

«Cami, hast du eigentlich nichts zu tun?»

«Und mit wem gehst du?»

«Mit Dottor Valli, den kennst du nicht.»

«Der, mit dem du gestern telefoniert hast?»

Camilla hatte ein Elefantengedächtnis, das immer dann besonders gut funktionierte, wenn es sie nichts anging.

«Genau der. Um halb zwölf bin ich zurück. Seid brav.»

Eilig verließ sie das Haus.

Als sie beim Presseclub ankam, sah sie Valli schon im Atrium stehen. Hellblaues Hemd, Samtjacke.

«Ich hoffe, ich habe dich nicht warten lassen», begann Stefania.

«Ich bin auch gerade erst angekommen. Trinkst du einen Kaffee?»

«Gern.»

«Es ist noch niemand da.»

«Haben wir uns im Tag geirrt?»

Valli lachte.

«Niemals pünktlich da sein. Wenn man ankommt, bleibt man draußen, grüßt und lästert. So pflegt man die Beziehungen, die etwas zählen, und wirft ab und zu einen Blick in den Saal.»

«Um etwas über das Buch aufzuschnappen?»

«Um halbwegs zu wissen, worum es geht. Gleich hier draußen ist ein Café, ein paar Schritte zu Fuß.»

«Schon verstanden, du willst rauchen», sagte Stefania lächelnd.

Sie setzten sich an einen Ecktisch mit Blick auf den See. Die Jahreszeit der Abendspaziergänge im Freien war noch nicht angebrochen, und bis auf ein paar Jugendliche auf dem Weg zu einer der vielen kleinen Bars an diesem Uferabschnitt war die Promenade fast menschenleer.

«Du siehst gut aus, ein bisschen anders als letztes Mal. Aber eigentlich bist du jedes Mal, wenn ich dich sehe, irgendwie anders.»

«Besser die Nachmittagsausgabe oder die Abendausgabe?»

«Beide gut, würde ich sagen.»

«Deine Abendausgabe gefällt mir ebenfalls, aber die Kniebundhosen waren auch nicht schlecht. Fehlten nur noch die Lederhosenträger und das draufgestickte Edelweiß.»

«Und dazu womöglich noch ein Filzhut.»

Beide lachten und fingen an zu plaudern. Stefania war ein bisschen durcheinander, und nicht einmal sie selbst hätte das Gefühl genauer definieren können: leicht, etwas fehl am Platz. Sie spürte Vallis Blicke und deren seltsame Wirkung auf sie. Sie war nicht mehr daran gewöhnt, aber es war durchaus angenehm. Sie verließen das Café und setzten sich auf eine Bank, um eine Zigarette zu rauchen. Obwohl nur ein leichter Wind den See bewegte, gelang es ihr nicht, das Feuerzeug brennen zu lassen. Valli schützte die Flamme mit seinen Händen, und sie beugte sich vor, um die Zigarette darüberzuhalten. Für einen Augenblick berührte er ihre Hand. Sie hob das Gesicht und sah seine Augen von nahem, kaum eine Sekunde lang. Dieser Duft nach Bittermandeln.

«Jetzt müssen wir gehen, sonst versäumen wir auch noch das Ende», sagte Stefania.

«Das ist der beste Moment, normalerweise stößt man jetzt auf den Erfolg des Buches an.»

Lachend setzten sie ihr Gespräch fort, hörten aber nebenbei auch den letzten Bemerkungen der Diskussion im Saal zu. Dann schaute Stefania auf die Uhr: fast halb zwölf.

«Himmel, ich muss gehen. Ich muss auch noch Martina nach Hause bringen, tut mir leid.»

«Soll ich dich begleiten?»

«Nein, bleib nur, dann kannst du mir sagen, wie es war.»

«Musst du wirklich los? Das ist schade, es war wirklich nett mit dir.»

Valli gab ihr die Hand, während Stefania vom Stuhl aufstand. In der Tür blieb sie stehen und drehte sich um: Er schaute ihr nach. Lächelnd winkte sie nochmals und ging.

Sie war fast am Haus, als eine Nachricht auf dem Handy ankam.

Gute Nacht, Stefania. Danke für den schönen Abend.

10. KAPITEL

Guten Morgen, Lucchesi. Hast du schon einen Kaffee getrunken?»

«Nein, Dottoressa. Dottor Allevi war da. Er hat nach Ihnen gefragt.»

«Wann?»

«Um halb acht, ich war gerade angekommen.»

«Ich rufe ihn gleich zurück, aber erst einmal trinken wir einen Kaffee. Und danach sei bitte so nett, ruf noch einmal in Lanzo an und mach Druck wegen der drei Totenscheine, um die wir gebeten haben. Sie sollen möglichst vor zwölf Uhr hier sein.»

Nach dem Kaffee rief sie Giulio an.

«Hier bin ich. Du hast nach mir gesucht?»

«Nimm bitte mit Selvini oder jemandem von der Dienststelle Verbindung auf. Noch besser, du gehst selbst vorbei. Die Vergrößerung des Fotos ist fertig, jetzt musst du ihnen zeigen, welche Details dich interessieren, Dinge oder Personen. Sie können dir einzelne Ausschnitte noch mehr vergrößern wie mit einem Zoom.»

«Können sie mir das Material nicht ins Büro schicken? Heute Vormittag habe ich eine Menge dringender Sachen zu erledigen.»

«Sie könnten natürlich auch ihr Zweitausend-Euro-Gerät abbauen und dir ins Büro bringen, am besten mit zwei eigens angeheuerten Technikern. Darum bittest du sie aber lieber selbst, einverstanden?»

«Giulio …»

«Ja, meine Liebe?»

«Ich hatte gedacht, sie machen größere Fotoabzüge.»

«Von der Sorte, die man in einem dunklen Kabuff mit Wäscheklammern zum Trocknen an die Leine hängt?»

«Ach, geh doch zum Teufel.»

«Gern, Verehrteste, nach Ihnen. Und wann gehen wir zusammen abendessen?»

Stefania lachte und legte auf. Giulio war wirklich unverbesserlich.

Sie durchforstete gerade ihren Schreibtisch auf der Suche nach Selvinis Nummer, als sich die Zentrale meldete.

«Ja, Marino?»

«Da ist ein Anruf für Sie. Ein gewisser Montali, oder so.»

«Stell ihn zu mir durch.»

Im Hintergrund rumorte es, dann ertönte am anderen Ende eine Stimme.

«Dottoressa Valenti?»

«Die bin ich. Mit wem habe ich das Vergnügen?»

«Hier ist Paolo Montalti, ich rufe von Genf aus an. Ich hörte, Sie suchen nach mir.»

Der Mann am Telefon redete mit ruhiger Stimme, sein Tonfall war ein wenig distanziert. Hinzu kam ein leichter französischer Akzent. Er klang ziemlich alt.

«Die Sekretärin des italienischen Dokumentationszentrums hat mir Ihr Informationsgesuch weitergeleitet. Wir waren einigermaßen überrascht, muss ich gestehen.»

«Überrascht? Warum?»

«Bisher hat noch nie jemand um Informationen über die Villa Regina gebeten.»

«Wirklich? Soweit ich weiß, handelt es sich um ein Gebäude von höchstem künstlerischen Wert.»

Stefania beschränkte sich auf Stichworte. Sie hoffte, dass ihr Gesprächspartner dann von selbst weitererzählen würde.

«Ganz ohne Zweifel, aber sicherlich wissen Sie, dass das Anwesen seit vielen Jahren nicht mehr in unserem Besitz ist. Worum geht es Ihnen denn im Besonderen?»

«Signor Montalti, die erste Frage, die ich Ihnen stellen möchte, ist die: Wann ist der Besitz von Ihrer Familie auf die jetzigen Eigentümer, die Familie Cappelletti, übergegangen? Unter welchen Umständen wurde die Villa verkauft? Falls es sich überhaupt um einen Kauf handelte ...»

«Im Sommer 1943.»

«Gut, das habe ich notiert. Sind Sie sicher?»

«Das genaue Datum weiß ich nicht mehr, aber es war auf jeden Fall im Juni, höchstens Anfang Juli 1943.»

«Verzeihen Sie die Offenheit, Signor Montalti. Aus den Papieren, die mir vorliegen, geht hervor, dass sich im Zeitraum von 1943 bis 1945 deutsche Besatzungstruppen in der Villa eingenistet hatten.»

Eine lange Pause entstand.

«Das ist richtig. Aber genau in dieser Zeit wurde die Villa verkauft. Der Vertrag wurde in der Kanzlei des Anwalts Durand in Genf aufgesetzt und in Mailand abgeschlossen. In der Schweiz ist manches leichter, wissen Sie, es gibt sehr viel weniger Bürokratie. Es war ein regulärer Verkauf, wenn auch unter recht ungewöhnlichen Bedingungen.»

«Der Anwalt Durand?», fragte Stefania gespielt gleichgültig. «Ich weiß von einer Familie Genfer Antiquare mit diesem Namen.»

«Es ist ein Zweig dieser Familie», antwortete Montalti. «Cousins ersten Grades, glaube ich. In seiner Kanzlei wurde ein Kaufvertrag zwischen meinem Vater, seinen beiden Brüdern und Signor Cappelletti aufgesetzt.»

«Haben Sie Signor Cappelletti bei diesem Anlass kennengelernt?»

«Nein, schon davor.»

«Und kannten Sie auch die Antiquare Durand?», drängte Stefania.

«Nicht persönlich, jedenfalls nicht alle. Mein Vater hat mir häufig von ihnen erzählt. Ich hatte zweimal Gelegenheit, Auguste Durand zu treffen, das erste Mal in unserem Haus in Mailand, das zweite Mal in der Villa Regina.»

«Jetzt würde ich Ihnen gern eine andere Frage stellen, Signor Montalti. Was hat Ihrer Meinung nach die Familie Cappelletti später zu der Behauptung veranlasst, sie hätte die Villa erst nach Kriegsende erworben?»

Eine lange Pause, gefolgt von einem Knistern.

«Dottoressa, ich habe gerade die Freisprechanlage eingeschaltet. Bei mir sind einige Familienangehörige, die unser Gespräch gern mithören wollen. Das stört Sie doch nicht?»

«Nein, nein, solange Sie meine Fragen beantworten.»

Stefania war sicher, dass Paolo Montalti ihre Frage nicht vergessen hatte, beschloss aber, diese Hürde später zu nehmen.

«Sie sagten eben, dass Sie Auguste Durand kennengelernt haben. Hatte damals irgendjemand aus Ihrer Familie ein Interesse am Geschäft mit Antiquitäten?»

Lebhaftes Stimmengewirr im Hintergrund.

«Meine Onkel und mein Großvater Davide waren Kunden bei ihnen. In jenen Jahren kannten alle die Durands, denn sie waren seit Generationen Kaufleute, eine der prominentesten Familien. Aber um es klar zu sagen: Es ging damals nicht um Antiquitäten.»

«Worum dann?»

«Sehen Sie, Dottoressa, in diesem besonderen historischen Augenblick waren wir Montalti wie viele andere gezwungen, uns von einer großen Anzahl wertvoller Gegenstände zu trennen. Gemälde, Möbel, Schmuck. Genau betrachtet, haben die Durands in dieser Notlage vieles von dem wieder an sich genommen, was sie uns in den vorangegangenen Generationen verkauft hatten. Kurios, nicht?»

«Also hegten Sie nicht unbedingt große Sympathien für die Durands, vermute ich.»

«Missverstehen Sie mich nicht, Commissario. Auf Sympathie kommt es in diesem Fall nicht an. Auguste Durand war ein Kunsthändler, und zwar einer der fähigsten und erfahrensten. Er war zwar gebildet und kultiviert, aber eben ein Geschäftsmann. Gewiss ist er nicht zartfühlend mit uns umgegangen, doch zu unserem großen Glück hat er sich korrekt verhalten. Auf seine Weise anständig.»

Wieder war Stimmengewirr zu hören.

«Für ihn war es mit Sicherheit ein sehr lukratives Geschäft, Dottoressa. Um Ihnen aber ein vollständiges Bild der Situation zu geben, muss ich hinzufügen, dass er sich nicht wie ein Wucherer benommen hat. Vor allem verglichen mit anderen Leuten, an die viele von uns in dieser schwierigen Zeit unglücklicherweise geraten sind. Der für die Villa veranschlagte Kaufpreis war sicherlich geringer als ihr Marktwert. Dafür wurde alles, wie gewünscht, sofort und auf den letzten Pfennig bezahlt.»

«Im Wesentlichen heißt das also, Signor Montalti, dass sich Ihre Familie in dieser Situation an Durand wandte, weil sie mit ihm schon früher in geschäftlicher Beziehung stand.»

«Ganz richtig, Dottoressa. Auch weil durch ihn, und das war für uns besonders wichtig, der Erlös aus dem Verkauf zu einem Gutteil an Personen unseres Vertrauens in der Schweiz überwiesen wurde. Sie können sicher verstehen, Dottoressa, dass in dieser schwierigen Situation davon das physische und ökonomische Überleben unserer ganzen Familie abhing.»

«Ich verstehe vollkommen. Erstaunlich ist allerdings, dass man mitten im Krieg, ja sogar während der deutschen Besetzung Norditaliens, eine große Menge wertvoller antiquarischer Stücke in Italien kaufen und über streng bewachte Grenzen ins Ausland exportieren konnte. Was für ein Mensch war denn dieser Durand?»

«Auf seinem Gebiet war er ein außergewöhnlicher, oder besser gesagt, ein außergewöhnlich geschäftstüchtiger Mann. Wir wussten, dass wir uns auf seine Fähigkeiten verlassen konnten, und tatsächlich wurde alles perfekt organisiert. Es gab nicht das geringste Problem. Ich nehme an, dass er damals nicht nur in Italien, sondern in halb Europa sehr einflussreiche Geschäftspartner, Freunde und Gönner hatte.»

«Es sieht ganz so aus. Sie sind ihm also dankbar, verstehe ich Sie da richtig?»

«Ich würde es eher so ausdrücken: Die jeweiligen Interessen fanden damals eine Übereinstimmung, zu unserer gegenseitigen Zufriedenheit. Hätten wir uns an jemand anderen gewandt, dann könnte ich heute wahrscheinlich nicht mit Ihnen sprechen. Es gäbe mich nicht mehr, genauso wenig wie die meisten aus meiner Familie. Ich war zu der Zeit noch sehr jung, aber ich habe sein Bild genau vor Augen: den rötlichen Schnurrbart und die lange, dünne, immer grau gekleidete Gestalt. Unsere Besitztümer, all diese wertvollen Gegenstände, hat er der Reihe nach genau geprüft. Zu jedem einzelnen machte er sich Notizen. Ich erinnere mich gut an den Holzgeruch der strohgefüllten Transportkisten in unserer Garage. Es dauerte stundenlang. Das war damals unsere Begegnung in Mailand.»

«Beim nächsten Mal haben Sie ihn in der Villa Regina wiedergesehen. Ging es da um ähnliche Geschäfte?»

«In gewissem Sinn ja, denn auch da drehte es sich um Geld. Trotzdem waren die Umstände ganz anders.»

Einen Moment lang schwieg der Mann, und auch die Familienangehörigen, die im selben Raum waren und das Telefongespräch verfolgten, sprachen kein Wort.

Obwohl Montaltis Schilderungen mehr und mehr ihr Interesse weckten, war Stefania klar, dass sie nicht drängen durfte. In teilnahmsvollem Ton sagte sie: «Es tut mir leid, wenn ich schmerzliche Erinnerungen wecke. Wenn es Ihnen lieber ist, sprechen wir ein anderes Mal weiter.»

«Vielen Dank, das ist sehr taktvoll, aber nicht nötig. Eine Zeitlang war die Villa Regina ein Ort des Übergangs, eine Art Zwischenlager für die Kisten, die über die Grenze gebracht werden sollten und auf den geeigneten Zeitpunkt des Transports warteten. Anfangs ging die Sache gut voran, dann aber entstanden offenbar Probleme; jedenfalls glaube ich, dass es schwieriger wurde, über die Grenze zu kommen. Die letzten Sachen, die unser Haus in Mailand verließen, und das waren fast nur noch Einrichtungsgegenstände, wurden dann einfach in der Villa zurückgelassen: Einige kamen in die Räume im ersten Stock, andere wurden auf dem Dachboden verstaut.»

«Aber was hatte es für einen Sinn, all diese Dinge in die Villa Regina zu bringen? Sie war doch immerhin noch in Ihrem Besitz, und wer sie finden wollte, hätte leichtes Spiel gehabt.»

«Eine kluge Beobachtung, Commissario. Aber bedenken Sie, dass ein Teil der Möbel, die wir an Durand verkauft hatten, in Italien bleiben musste, weil es zu gefährlich geworden war, sie außer Landes zu bringen. Wenn sich die Ereignisse nicht so unerwartet überstürzt hätten, wäre die Unternehmung wahrscheinlich kontinuierlich weitergegangen.»

«Auch wenn ...»

«Mit einem Mal änderte sich die Situation grundlegend. Jetzt waren wir die ‹Gegenstände›, die weggeschafft werden mussten, und folglich wurde das antiquarische Mobiliar zweitrangig. Schon zu Kriegsbeginn waren einige von uns in die Schweiz ausgewandert: die Großeltern, meine Tante Regina, andere enge Verwandte und Cousinen. Die Jüngsten der Familie waren in die besten Schweizer Internate geschickt worden. Damals war es ein Kinderspiel, ungehindert über die Grenze zu kommen, selbst mit Auto und Gepäck. Andere Familienmitglieder waren trotz der Schwierigkeiten und Bedrängnisse in Italien geblieben. Viele dachten noch jahrelang, sie würden trotz allem in ihrem Land weiterleben können. Aber das war eine schwerwiegende Fehleinschätzung.»

Der Ton, in dem Montalti die Worte «in ihrem Land» aussprach, entging Stefania nicht.

«Spielte die Villa Regina auch bei Ihrer Emigration eine Rolle?»

«Machen Sie sich keine Mühe, Dottoressa. Sprechen wir ruhig offen von Flucht – denn etwas anderes war es nicht. Meine Mutter, meine Schwester, ich und zwei Cousins in meinem Alter waren schon zum Winteranfang 1943 am See. Man hatte uns aus den italienischen Schulen ausgeschlossen. Die Lage verschlimmerte sich erschreckend schnell.

Eines Abends tauchten plötzlich mein Vater und sein Bruder bei uns auf. Ich erinnere mich noch genau an jene Nacht: Es kam für uns völlig überraschend, als sie sagten, wir sollten Wandersachen anziehen und uns fertig machen. Mehr, als in einen Rucksack passte, durften wir nicht mitnehmen.»

Am anderen Ende war kein Laut mehr zu hören. Auch Stefania stockte der Atem.

«Die Villa lag vollständig im Dunkeln. Es war totenstill. Wir versammelten uns in einem Zimmer im Erdgeschoss, das zum Berg hin lag, mit Fenstern auf den Park. Eine lange Wartezeit folgte, bis wir auf einmal deutlich das Geräusch von Schritten und leises Flüstern hörten. Jemand klopfte vorsichtig an die Fensterscheibe. Durch die Hintertür trat ein Mann ein, den ich noch nie gesehen hatte: groß und kräftig, ein Gewehr umgehängt, in Stiefeln und Jägerjacke. Er redete kurz mit meinem Vater, dann machte er uns ein Zeichen, aufzustehen und hinauszugehen. Schweigend und im Gänsemarsch verließen wir das Haus durch den Hintereingang und gingen auf die rückwärtige Umfassungsmauer zu, wo es eine kleine Gittertür gab, die sonst nie offen stand. Sie führte auf einen dunklen Pfad. Dort draußen standen drei weitere bewaffnete Männer, die uns bedeuteten, ruhig zu sein. Sie trugen ein paar Holzkisten in den Park und verstauten sie eilig im Holzschuppen.»

«Ich nehme an, dass das keine Antiquitäten waren …»

«Ich glaube nicht. Jedenfalls waren wir wie in Trance und hatten keine Ahnung, warum die Männer diese Kisten hereintrugen. Alles ging sehr schnell: Sie versteckten die Kisten hinter einem Holzstapel und schlossen die Tür des Schuppens. Zwei von ihnen gingen mit uns, während der Dritte und Jüngste in der Villa blieb. Das Letzte, was mir von der Villa in Erinnerung geblieben ist, sind ebendieses rückwärtige Tor und der Riegel, der ins Schloss fiel. Seither bin ich nie mehr dort gewesen.»

«Der Mann, der Sie abholte, war Remo Cappelletti, richtig?»

«Ja, Commissario. Natürlich gab es weder eine Vorstellung noch andere Förmlichkeiten, und alles ging, wie gesagt, äußerst schnell. Mein Vater ermahnte uns, brav zu sein und alles zu tun, was er befahl.»

«Und was passierte dann?»

«Wir mussten ihnen folgen. Niemand durfte sprechen. Stundenlang liefen wir schweigend durch die immer tiefere Dunkelheit, größtenteils bergauf. Ich glaube, Remo hatte entschieden, einen großen Bogen um das Dorf zu machen. Wir durchquerten Wälder und Berge. Nachdem wir nur zweimal für ein paar Minuten haltgemacht hatten, erreichten wir in der frühen Morgendämmerung eine Lichtung mit ein paar Hütten und Ställen. Dort warteten andere Männer auf uns. Durch Zeichen verständigten sie sich mit Cappelletti, dann brachten sie uns in eine Hütte. In einem gewissen Sinn empfand ich das Ganze auch als Abenteuer: Ich hatte noch nie zuvor in einer Scheune geschlafen.»

«Welchen Eindruck machte Remo Cappelletti auf Sie?»

«Ein resoluter Mensch. Unterwegs sagte er kaum ein Wort. Und wenn, dann wandte er sich nur an meinen Vater. Sobald er uns in der Hütte untergebracht hatte, verschwand er im Wald. Wahrscheinlich war jemand dageblieben und bewachte uns aus der Entfernung. Aber wir haben niemanden bemerkt. Viele Stunden, praktisch den ganzen Tag lang, blieben wir in der Hütte.»

«Haben Sie erkannt, wo Sie sich befanden?»

«Das war nicht möglich, obwohl man durch die Öffnungen der Hütte ganz entfernt einen Zipfel des Sees sehen konnte. Sie lag auf einem kleinen Wiesenhang, und ansonsten war da nichts als Wald: dichte, grüne Wälder. In der Nähe muss es einen Bach gegeben haben. Man konnte deutlich das Wasser rauschen hören. Aber man sah keine Menschenseele. Am späten Nachmittag kam eine junge Frau mit Brot, Käse und einer Kanne Milch. Sie war sehr groß. Breites Gesicht, volle Wangen und ein ziemlich plumpes Benehmen. Auch sie redete kein Wort. Mein Vater erklärte uns, es wäre die Tochter der Cappelletti.»

«Ein sehr junges, hübsches Mädchen mit dunklen Haaren?»

«Hübsch würde ich nun wirklich nicht sagen, Commissario! Jung ja, aber mindestens so groß und kräftig wie ihr Vater und ebenso kurz angebunden. Zu meinem Vater sagte sie, wir sollten uns weiter versteckt halten. Sie würden uns nicht vor Einbruch der Dunkelheit abholen.»

«Und dann?»

«Es war halb zehn, vielleicht zehn. Cappelletti und die zwei Bewaffneten von der vorigen Nacht klopften an die Tür der Hütte. Wir folgten ihnen, und die Reise ging weiter.»

«In welche Richtung?»

«Das wussten wir nicht. Im Dunkeln stiegen wir noch weiter hinauf, immer im Schutz des Waldes, immer schweigend. Dieses Mal war die Strecke deutlich kürzer als am Tag zuvor. Es ging nur langsam voran, weil wir nun keinem richtigen Weg mehr folgten, sondern unseren Führern hinterher durchs Unterholz liefen und über Baumwurzeln stolperten. Später erklärte uns mein Vater, dass wir in jener Nacht unweit des Passes von San Primo die Grenze überschritten hätten, und zeigte uns den genauen Punkt auf einer Karte.»

«Und wie ging es weiter?»

«Schließlich gab uns Cappelletti ein Zeichen, uns zu setzen und still abzuwarten. Die Bäume waren spärlicher geworden, und im ersten Morgenlicht erkannte man dazwischen grüne, weite, offene Wiesen. Im Licht eines Streichholzes schaute Cappelletti auf die Uhr, dann rückte er nah an meinen Vater heran und sprach leise zu ihm; dabei zeigte er auf einen entfernten Punkt und machte wiederholt mit den Fingern einer Hand das Zeichen für ‹zwei›. Mein Vater wandte sich an mich und meinen Onkel und sagte, wir sollten schnell die Wiese überqueren, die vor uns lag. Er umarmte mich und bat mich, so schnell wie möglich zu rennen. Erst hinter einer Baumreihe, die in der Ferne zu sehen war, sollten wir anhalten. Es waren ungefähr zweihundert Meter über freies Feld, wenn nicht mehr. Hinter den Bäumen würde uns auf einem Weg, den man von hier nicht erkennen konnte, ein Auto erwarten. Ich weiß noch genau, wie er mir einen Kuss auf die Stirn gab. Dann schlug er meinem Onkel auf die Schulter. Schließlich war alles vorbei, wenigstens für diesmal.»

«Alles vorbei – wie meinen Sie das?»

«Wir zwei liefen zuerst über die Wiese. Fünf Minuten später folgten meine Mutter und meine Schwester, dann meine beiden Cousins und als Letzter mein Vater. Hinter der Grenze wartete wie geplant das Auto auf uns. Cappelletti hatte gute Arbeit geleistet. Das war's, aus und vorbei, wir waren in der Schweiz – und gerettet.»

«Kannten Sie den Mann, der im Auto auf Sie wartete?»

«Es war derselbe, den Durand zu uns nach Mailand geschickt hatte, um die wertvollsten Sachen aus unserem Haus mitzunehmen. Offensichtlich ein Mann seines Vertrauens.»

Wieder folgte eine Pause. Stefania redete als Erste weiter.

«Signor Montalti, mir ist klar, dass ich Ihre Geduld strapaziere, aber für mich und meine Ermittlung ist es wichtig. Nur noch ein, zwei Dinge: Kehren wir kurz zum Verkauf der Villa Regina zurück. Wie ging er unter den gegebenen Umständen vor sich?»

«Sie meinen: Wie konnten wir etwas ‹verkaufen›, das wir ohnehin auf der Flucht zurücklassen mussten?»

«Genau. Ich wüsste gern, wer beabsichtigte, etwas von Ihnen zu kaufen, was Ihnen praktisch nicht mehr gehörte. Schließlich wussten Sie nicht, ob und wann Sie je wieder in den Besitz Ihrer Güter in Italien gelangen würden.»

«Eben daran haben mein Vater und seine Brüder gedacht, als Durand wenig später wegen des Verkaufs der Villa Regina bei uns vorsprach. Der Betrag, den er bot, lag unter einem Fünftel ihres Wertes. Dennoch wollten sie sich die Gelegenheit nicht entgehen lassen, da die Villa ohnehin enteignet werden würde. Schließlich ist es vielen unserer jüdischen Bekannten noch viel schlechter ergangen. Die meisten hatten alles verloren, hatten nur die nackte Haut retten können. Daher entschied mein Vater, Durands Angebot anzunehmen. Was wir in diesem Moment brauchten, war Geld für das Nötigste, aber auch für den Versuch, anderen die Flucht aus Italien zu ermöglichen, zum Beispiel der Familie meiner Mutter. Alle von uns, die sich retten konnten, hatten das in gewisser Weise auch dem Erlös aus dem Verkauf der Villa zu verdanken.»

«Wann erfuhren Sie, dass die Deutschen die Villa Regina besetzt hatten?»

«Erst Monate später – ganz genau erinnere ich mich nicht. Sicherlich wissen Sie, dass die Villa, zumindest am Anfang, beschlagnahmt und einigen lokalen Parteifunktionären zugesprochen wurde, die sich dort für eine Weile mit ihren Familien niederließen.»

«Offen gestanden, das war mir nicht bekannt.»

«Man hat uns berichtet, dass die Polizei des Regimes nur wenige Stunden nach unserer Flucht in die Villa eingedrungen ist.»

«Also entkamen Sie gerade noch rechtzeitig. War das nur eine glückliche Fügung?»

«Mein Vater erzählte mir, er sei von einer Vertrauensperson gewarnt worden. Das war der Grund, warum er so heimlich, mitten in der Nacht zu uns gekommen ist und angeordnet hat, die Flucht vorzubereiten. Damals wussten wir nicht, dass er und mein Onkel schon länger unter falschem Namen in Mailand lebten und unser Haus mit seinem gesamten verbliebenen Interieur bereits anderen Leuten überlassen worden war. Um es kurz zu machen, Dottoressa: Als mein Vater erfuhr, dass die Villa Regina besetzt worden war, hielt er es immer noch für richtig, sie zu verkaufen. Für ihn war es jedenfalls das kleinere Übel. Im Nachhinein betrachtet, war das ein großer Fehler. Aber so waren eben die Zeiten: In dieser prekären Lage war es kaum möglich, die Zukunft vorherzusehen. Alles wies auf eine große Katastrophe hin. Durand dagegen, so viel ist sicher, machte diesen Fehler nicht. Vielleicht ahnte er, er und wenige andere, was über kurz oder lang bevorstand.»

«Warten Sie. Ich glaube, ich verstehe nicht ganz, was Sie meinen, Signor Montalti.»

«Überlegen Sie doch, Dottoressa. Stellen Sie sich eine illustre Persönlichkeit vor, jemand, der zum engsten Kreis der politischen und wirtschaftlichen Macht innerhalb und außerhalb Europas gehörte. In der schwierigen historischen Situation, von der wir sprechen, hatten diese Leute Mittel und Wege, zu erkennen, dass der Krieg bereits verloren war. Das Dritte Reich und das faschistische Regime waren am

Ende. Da gab es natürlich einige, die schon an die Zukunft dachten, an die Zeit nach dem Krieg, an den Wiederaufbau. Sobald der Krieg zu Ende war, würden die großen, vielleicht beschädigten, aber immer noch beträchtlichen Besitzungen an ihre rechtmäßigen Eigentümer oder ihre Erben zurückgehen. Viele Juden, die sich gerettet hatten, verfügten über Möglichkeiten und Beziehungen, um das wiederzubekommen, was man ihnen genommen hatte.»

«Also?», fragte Stefania, die noch nicht ganz verstanden hatte, worauf Montalti hinauswollte.

«Also war es klug zu kaufen, als der Preis noch möglichst gering war, um später, nachdem er wieder gestiegen war, zu verkaufen. Ein Grundgesetz der Ökonomie. Natürlich brauchte man dafür das nötige Geld, aber das war eins der geringsten Probleme für Monsieur Durand.»

Stefania wollte das Gespräch nicht noch mehr in die Länge ziehen, aber ihr blieben immer noch ein paar Fragen. Später würde sie Zeit haben, alles in Ruhe zu überdenken. Jetzt sagte sie in entschiedenem Ton: «Das steht außer Frage. Aber Sie beziehen sich immer auf die Durands. Haben Sie die Villa Regina nicht an die Cappelletti verkauft?»

«Ja, sicher. So steht es im Kaufvertrag. Aber das Geld kam von den Durands. Cappelletti hätte diese Mittel nicht zur Verfügung gehabt, obwohl er durch den Schmuggel reich geworden war. Für Durand war er allerdings die ideale Person: zuverlässig, entschlossen und durchaus nicht dumm, nein, er besaß jene typische Bauernschläue, die viele Leute vom See mitbringen. Cappelletti begriff sofort, dass er mit Durand sein Glück machen konnte, den qualitativen Sprung für die ganze Familie.»

«Sie halten von beiden nicht viel, scheint mir.»

«Im Gegenteil! Dass Durand ein genialer Geschäftsmann

war, steht außer Frage, und dass Cappelletti seinen verlängerten Arm darstellte, ist dabei nur logisch. Keiner von beiden hatte übermäßige Skrupel. Aber missverstehen Sie mich nicht, Commissario. Es waren keine Gauner. Durand brauchte einen Statthalter, einen vertrauenswürdigen Mann, der fähig war, den Transport der Antiquitäten aus Italien über die Grenze selbständig durchzuführen. Und wer war dafür besser geeignet als Remo Cappelletti, einer der berühmtesten Schmuggler der Gegend? Zudem brachte Cappelletti die Waren zu jener Zeit ebenso sicher außer Landes, wie er sie hereinschmuggelte. Das heißt, er hatte Kunden auf beiden Seiten. Es lag einfach auf der Hand. Wie soll ich mich ausdrücken? Die Umstände waren günstig, und diese zwei waren so klug, sich die Gelegenheit nicht entgehen zu lassen.»

«Und der Rest der Geschichte?»

«Politisch Verfolgte, Juden wie wir, desertierte Soldaten, Leute, die fliehen wollten: Jeder, der zahlen konnte, wurde Kunde der Firma Cappelletti. Und dann gab es noch den Waffenhandel.»

«Waffen?», fragte Stefania überrascht.

«Oh ja. Waffen für den Partisanenkampf – auch wenn Ihnen das absurd vorkommt. Mein Vater erzählte mir, dass Durand selbst in den Vereinigten Staaten hervorragende geschäftliche Kontakte hatte. Vielleicht kamen die Waffen von dort, aber das werden wir nie herausfinden. Mein Onkel behauptete sogar, vielleicht unter dem Einfluss seiner maßlosen Leidenschaft für Spionageromane, dass Durand auf der Gehaltsliste der alliierten Geheimdienste stand.»

«Was für ein Paar, diese beiden.»

«Das kann man wohl sagen. Cappelletti herrschte in Italien über die Villa Regina und alles, was sie enthielt. Auch wenn es noch niemand wusste, gehörte sie jetzt ihm und Durand. Und während er die Familien der Parteifunktionäre mit Schokolade, Zigaretten und anderen Luxusgütern eindeckte, schleuste er zugleich Waffen für den Partisanenkampf ins Land. Kurz, sie waren mit allen im Geschäft. Allerdings bestand ihr Meisterstück zweifellos in etwas anderem.»

«Und das wäre, Signor Montalti?»

«Während er über die Zwischenstation der Villa Regina, sozusagen unter den Augen der Bonzen des Regimes, heimlich Waffen nach Italien einführte, hatte Cappelletti eine geniale Eingebung. Als die Deutschen kamen und die Sache komplizierter wurde, als permanent Soldaten ein und aus gingen und ihm die Arbeit erschwerten, da fühlte sich seine Tochter, die Signorina Cappelletti, urplötzlich zur Rotkreuzschwester berufen. Sie richtete sich in der Villa ein und wurde binnen kurzem zu einer Art Leiterin des deutschen Lazaretts.»

«Sie meinen Margherita, oder?»

«Nein, nicht Margherita. Die Ältere. Ich glaube, sie hieß Maria.»

«Fahren Sie fort, Montalti!»

«Die besagte Signorina beaufsichtigte die anderen Krankenschwestern, überwachte die Militärärzte und versorgte die deutschen Kommandanten mit allem, was man einschmuggeln konnte. Zugleich überwachte und schützte sie, was ihrer Familie bereits gehörte, und sorgte dafür, dass die Geschäfte von Durand und ihrem Vater allen neugierigen Augen und Ohren verborgen blieben. Als sich die Dinge am Ende auch für die Deutschen zum Schlechten wendeten, haben die Cappelletti eine ganze Reihe von ihnen unterstützt, davon bin ich überzeugt. Sie wurden versteckt und bekamen Hilfe bei der Flucht. Auf diese Weise schloss sich der Kreis.»

«Eins ist mir noch nicht klar. Warum hat ein gerissener Typ wie Cappelletti nicht versucht, sich selbständig zu machen, um es einmal so zu nennen? Schließlich blühten doch die Geschäfte.»

«Nun, ich glaube, der alte Remo wollte höher hinaus: Er hatte vor, seiner Familie und seinen Geschäften einen anderen sozialen Status zu geben.»

«Zum Beispiel mit einer guten Partie?»

«Richtig. Er lernte in Genf Mademoiselle Durand kennen, eine sehr elegante junge Dame, die einzige Tochter und, wie ich finde, ziemlich unsympathisch. Aber auch ziemlich schön.»

«Darauf wollte ich hinaus. Warum sollte ein schönes, reiches Mädchen aus besten Verhältnissen einwilligen, in eine Familie von so geringem Rang einzuheiraten?»

«Wer weiß das schon, Dottoressa? Warum sollte es nicht Liebe gewesen sein?»

«Ja, warum nicht?»

Stefania schwieg, bis Montalti fragte: «Dottoressa, gibt es noch etwas, das Sie wissen wollen?»

«Ein letzter Punkt, Signor Montalti, verzeihen Sie. Bei Ihrer Schilderung der Flucht über die schweizerische Grenze haben Sie vorhin den Ausdruck ‹wenigstens für diesmal› gebraucht. Gab es andere Male?»

«Ja, zwei andere. Einige Monate später verhalf Cappelletti meinen beiden Onkeln mütterlicherseits mit ihren Familien in einer ganz anderen Gegend zum Grenzübertritt. Insgesamt sieben Personen, darunter zwei Kleinkinder.»

«Eine gefährliche Sache mit zwei Kindern, die jederzeit anfangen können zu weinen.»

«Durchaus. Und in der Tat, der Preis entsprach dem Risiko.»

Wie zu Beginn des Gesprächs ertönten erneut lebhafte Stimmen im Hintergrund.

«Gibt es ein Problem, Signor Montalti?»

«Sie drängen mich, Ihnen zu erzählen, was beim nächsten Mal passierte. Auch da ging es um den Preis für ein Leben.»

«Ich bin ganz Ohr.»

«Mehrere Monate später, gegen Ende des Krieges, organisierte Durand die Flucht meines Onkels Heinrich, der Oberst der Luftwaffe war.»

«Ihr Onkel war Oberst, ein Nazi?»

«Ganz und gar nicht. Er kam aus einer Familie mit einer langen militärischen Tradition. Viele Soldaten sind aus ihr hervorgegangen. Aufrichtige, geradlinige Männer. Er war niemals Nazi, im Gegenteil: Seine Karriere endete, als herauskam, dass seine Frau Jüdin war. Er wurde aus dem Heer entlassen. Meine Tante floh mit den Kindern in die Schweiz, und er wurde dank seiner einflussreichen Familie wieder ins Heer aufgenommen, allerdings ohne Aussicht auf weitere Beförderung. Aber das ist nicht so wichtig. Was ich sagen wollte: Er ist nach einer Verwundung in der Schlacht zur Rekonvaleszenz nach Italien geschickt worden. Zuerst nach Rom und dann nach Norditalien in …»

«Sagen Sie nicht, in die Villa Regina …»

«Doch, genau dorthin. Das war aber nicht schon wieder ein Zufall: Meine Tante stand in engem Kontakt mit Durand. Mein Onkel Heinrich fürchtete um sein Augenlicht und brauchte dringend eine Behandlung, deshalb wollte auch er auswandern. Cappelletti organisierte, genau wie bei uns, eine Flucht bei Nacht, für ihn, seinen Adjutanten und zwei ehemalige faschistische Parteifunktionäre.»

«Also eine bunte Mischung.»

«Die Gesellschaft war natürlich nicht die beste, aber Cappelletti war eben Geschäftsmann. Politik interessierte ihn nicht. Hauptsache, es wurde bezahlt.»

«Und was geschah?»

«Ich erzähle es Ihnen genau so, wie es mir erzählt wurde. Der Marsch verlief langsamer als sonst, weil mein Onkel und sein Adjutant immer wieder zurückblieben: Der eine konnte nicht sehen, der andere humpelte wegen eines verletzten Beins. Auf einmal stieß eine junge Frau zu ihnen, die Cappelletti beiseite nahm. Die beiden unterhielten sich aufgeregt, und sie zeigte fortwährend auf eine Stelle hinter ihnen und schaute dabei auf den jungen Burschen. Daraufhin sagten Cappelletti und seine Leute, mein Onkel und sein Soldat sollten nicht weitergehen, weil sie die Gruppe aufhielten. Sie würden zuerst die anderen zur Grenze begleiten und später zurückkehren, um sie abzuholen, falls es keine Hindernisse gäbe. Sie brachten sie in eine Hütte und ließen sie dort mit einem jungen Mann zur Bewachung zurück.»

«Dieselbe Hütte, die Sie Ihnen zugewiesen hatten?»

«Das kann ich nicht mit Sicherheit sagen, ich war ja nicht dabei. Mein Onkel konnte kaum sehen, aber sein Soldat meinte zu ihm, er habe gegen Morgen in der Ferne den See entdeckt.»

«Und Cappellettis Männer sind wirklich zurückgekommen, um sie zu holen?»

«Ja, am nächsten Abend. Aber das Problem blieb bestehen: Sie waren zu langsam. Der Soldat stolperte und fiel und musste immer wieder anhalten. Einer der Schlepper sagte ihm auf den Kopf zu, wenn er nicht schneller liefe, müssten sie ihn der Gnade der Partisanen überlassen.»

«Wer war die Frau, von der Sie gesprochen haben?»

«Meinem Onkel zufolge gehörte sie zur Villa Regina. Aber der Junge hat wohl noch von einer anderen Person gesprochen, die vielleicht heraufkommen würde, und dauernd ungeduldig Ausschau nach ihr gehalten.»

«Und dann?»

«Mit einem Mal überstürzten sich die Ereignisse. Sie hatten so lange gebraucht, dass es inzwischen fast Morgen war. Schon ging die Sonne auf. Zwei der Schlepper nahmen meinen Onkel beim Arm und zogen ihn vorwärts. Der Junge blieb zurück. Mein Onkel hat ihn nie wiedergesehen.»

Unwillkürlich, wie in Erwartung des Epilogs, hielt Stefania den Atem an.

«Kurz vor dem Grenzübertritt befahlen sie meinem Onkel, immer geradeaus weiterzugehen, denn da seien keine Hindernisse mehr. Auf seine Frage nach dem Jungen antworteten sie, er sei nicht weit hinter ihm und würde bald da sein. Also ging er hinüber. Auf der anderen Seite erwartete ihn mein Vater schon seit der vorherigen Nacht. Stellen Sie sich die Situation vor: Mein Vater wollte sofort weiter, doch mein Onkel weigerte sich. Kurz darauf hörten sie Schüsse in der Ferne, gefolgt von einer tiefen Stille. Mein Onkel blieb und wartete, endlos lange, wie mein Vater erzählte. Als die Sonne schon hoch stand, gab es eine ohrenbetäubende Explosion. Eine Rauchsäule stieg auf. Da entschieden sie zu gehen.»

Lange war es still.

«Dottoressa? Wollen Sie noch etwas wissen?»

«Nein, Signor Montalti. Danke für alles. Sie waren überaus entgegenkommend.»

Von ihrem Stuhl aus, den Ellenbogen auf den Schreibtisch und das Kinn in die Hand gestützt, schaute Stefania aus dem Fenster. Es war ein herrlicher Frühlingsmorgen, und wenn man hochschaute, sah man den wolkenlosen Himmel. Sie dachte an ihre Berge und an die Waldwege, die nur diejenigen kannten, die hier geboren waren. Sie erinnerte sich an die Ställe mit dem Heugeruch und das Rauschen der Bergbäche.

In der Hütte, in der er die Nacht vor seiner Flucht verbrachte, hatte Montalti den See gesehen und das Wasser rauschen hören. Mitten im Wald, wo es keinen einzigen Weg gab, war er bis zur Grenze gelaufen. Auch K. D. hatte den See von ferne gesehen, vielleicht nur einen Moment lang.

Ihr fehlten noch viele Einzelheiten. Sie musste in Ruhe nachdenken. Sie kannte die Orte gut, jeden Pfad, jeden Weg.

Sie dachte daran, wie es war, wenn es im Sommer am See in Strömen regnete. Binnen kürzester Zeit wird das Rinnsal im Bachbett zu einem reißenden Fluss voll Schlamm und abgebrochener Äste, der sich zum See hinunterwälzt und alles mit sich fortschwemmt. Schließlich hört der Regen auf, das Wasser fließt langsamer, und nach und nach spülen die Wellen alles, was obenauf schwimmt, ans Ufer.

Und dann, endlich, lassen sich alle Einzelheiten genau erkennen.

11. KAPITEL

Es klopfte zaghaft an der Tür.

«Dottoressa?»

«Ja, Lucchesi?»

«Das Fax aus Lanzo ist da.»

«Wunderbar.» Sie riss ihm die Blätter aus der Hand und vertiefte sich in die Lektüre.

Die ersten beiden enthielten eine Kopie des Totenscheins von Margherita und einen Anhang, der wie ein medizinisches Gutachten aussah: *«Margherita Luisa Cappelletti, Tochter von Remo und Caterina, geb. Novi, geboren am 13. Dezember 1923 in Lanzo d'Intelvi […], gestorben dortselbst am 6. März 1945. Mehrere Schussverletzungen im Unterleib und an der Hüfte mit starken Blutungen […] Wegen des Zustands der Leiche wird die sofortige Versiegelung des Sarges angeordnet.»*

Stefania starrte auf die eleganten Schnörkel der Handschrift des Beamten vom Einwohnermeldeamt. Zum Zeitpunkt ihres Todes war Margherita noch keine zweiundzwanzig Jahre alt gewesen.

Als Nächstes prüfte Stefania Remo Cappellettis Totenschein: *«… erfolgt im Ortsteil Prati von San Primo, 20. November 1946. […] Genick- und Schädelbruch durch Sturz aufgrund eines Unglücksfalls.»*

Caterina, Remos Ehefrau, war im Jahr 1949 eines natürlichen Todes gestorben; Todesursache: *akute Herzinsuffizienz*. Ihrem Totenschein hatte jemand ein weiteres Dokument beigefügt, das drei Monate später verfasst worden war und die Lebensumstände von Battista Cappelletti schilderte: siebenundzwanzig Jahre alt, behindert und mit Zustimmung der Geschwister Giovanni und Maria in der Heilanstalt «für geistig Minderbegabte» Santa Maria della Pietà in Bergamo untergebracht. Vor Marias Namen stand ein kleines Zeichen, das sich nicht recht entziffern ließ, vielleicht bloß ein Fleck oder ein Krakel des Füllfederhalters. Genau betrachtet, konnte es sich auch um ein «S» handeln.

Stefania hielt inne und dachte über das Gelesene nach.

Caterina war gestorben, und so blieb Battista allein zurück. Caterina war zeitlebens überzeugt gewesen, dass die Villa Regina Unglück brachte. Wenn man sich vor Augen führte, was der Familie zugestoßen war, hatte sie zweifellos recht gehabt.

Auf dem Weg zu Selvinis Büro, einem Dezernat der Spurensicherung, in dem auch eine Abteilung für Fotodokumentation untergebracht war, dachte Stefania weiter über die Spur des Todes nach, von der die Familie Cappelletti innerhalb weniger Jahre gezeichnet worden war. Inzwischen war es spät geworden, fast ein Uhr, doch sie hoffte, trotzdem noch jemanden im Büro anzutreffen.

Sie hatte Glück. Selvini kam ihr entgegen.

«Dottoressa, werfen Sie doch mal einen Blick auf die Fotos, die wir schon ausgedruckt haben, vielleicht lässt sich so leichter bestimmen, welche Details Sie benötigen. Von denen machen wir dann kleinere Ausschnitte und stärkere Vergrößerungen. Mit einer alten Fotografie kann man keine

Wunder vollbringen, aber wir können sie immerhin verbessern. Lassen Sie sich ruhig Zeit. Wir nehmen inzwischen einen kleinen Imbiss und sind in einer Stunde zurück.»

Stefania setzte sich ans Fenster, um die Vergrößerungen bei Tageslicht zu studieren. Jetzt ließen sich die Einzelheiten deutlich unterscheiden: die Blumen in den großen Vasen neben der Treppe, die Palmengruppen, die Details der Soldatenuniformen. Jede Kleinigkeit sah mit einem Mal anders aus.

Mit Hilfe eines Vergrößerungsglases sah sie sich die kleine Gruppe genauer an. Jetzt konnte sie sogar den Gesichtsausdruck der einzelnen Personen erkennen. Zuerst überprüfte sie die Rotkreuzfrauen, dann die Krankenschwestern. Besonderes Augenmerk richtete sie auf die junge und dann auf die andere, große und stämmige Frau.

Sie griff zum Telefon.

«Marino, gib mir Lucchesi oder Piras, wen immer du zuerst erwischst. Bitte gleich, ich bleibe dran.»

Kurze Zeit verging.

«Ja, Dottoressa», sagte Piras.

«Geh in mein Büro. Auf dem Schreibtisch liegt ein Ordner mit der Aufschrift K. D. Bring ihn mir sofort ins Büro von Selvini. So schnell du kannst.»

Sie zündete sich eine Zigarette an und schaute aus dem Fenster. Bisher war es nur eine Vermutung, aber Stefania war so gut wie sicher, dass sie damit richtig lag. Sie brauchte nur noch eine Bestätigung. Auf jeden Fall war sie auf der richtigen Fährte. Ihr visuelles Gedächtnis funktionierte hervorragend.

Die Kollegen der Abteilung waren mittlerweile einer nach dem anderen gegangen.

Nach zwanzig Minuten kam Piras mit dem grünen Ordner

an. Er war völlig außer Atem und hatte Schweißperlen auf der Stirn.

«Endlich, danke. Gib her.»

Sie nahm den Ordner und zog das Foto der Familie Cappelletti heraus, das der Dorffotograf aufgenommen hatte. Erleichtert seufzte sie.

«Sie sind es, kein Zweifel, sie sind es.»

Ihr erster Impuls war, Giulio anzurufen.

Sie wählte seine Handynummer und erzählte, ohne eine Antwort abzuwarten, alles in einem Atemzug: «Weißt du, dass Margherita 1945 gestorben ist? Der Autopsiebericht legt sich nicht fest, aber ich glaube, sie wurde erschossen. Sie und ihre Schwester Maria waren während der deutschen Besetzung in der Villa Regina.»

Auf der anderen Seite war es einen Moment lang still.

«Nein, so was», war Giulios Kommentar.

Vor lauter Begeisterung über ihre jüngste Entdeckung ignorierte Stefania den spöttischen Unterton in Giulios Stimme.

«Doch, doch. Und Paolo Montalti, der Sohn des ehemaligen Besitzers der Villa Regina, erinnert sich genau an Maria, also die ältere Schwester. Er hat sie mit ihrem Vater in den Bergen erkannt, als sie nachts geflohen sind.»

«Unglaublich.»

«Inzwischen bin ich überzeugt, auch wenn es noch bewiesen werden muss, dass Maria die junge Frau war, die bei Onkel Heinrichs Flucht aufgetaucht ist.»

«Klar, Onkel Heinrich.»

«Giulio! Das sind wirklich entscheidende Informationen, ein echter Durchbruch!»

«Daran zweifle ich nicht. Wenn du mir jetzt noch sagst, wer zum Teufel Margherita und Paolo Montalti sind, dann würde ich vielleicht durchblicken. Und wo wir schon dabei sind: Wer ist Onkel Heinrich?»

«Aber Giulio, Margherita ist der Dreh- und Angelpunkt der ganzen Geschichte.»

«Nun, dann habe ich wohl die eine oder andere Folge verpasst. Wenn ich mich recht erinnere, war eine Hauptfigur, oder vielmehr die einzige Figur überhaupt, eine junge männliche Person, stimmt's?»

«Aber die Familie, all diese Toten, und Margherita, ihre Anwesenheit in diesem Haus, als würden alle spüren, dass sie noch da ist ...»

«Eine Geistergeschichte, meine Leidenschaft!»

«In dieser Familie muss etwas Schreckliches passiert sein, etwas, wovon niemand sprechen will.»

«In der Familie Montalti?»

«In der Familie Cappelletti, natürlich.»

Eine Gesprächspause entstand. Offenbar setzte Giulio seine legendäre Analysefähigkeit in Gang.

«Ich habe Mühe, dir zu folgen, Stefania. Was du da machst, ist keine polizeiliche Ermittlung mehr, du entwickelst ein Wahnsystem. Das ist alles völlig wirr.»

«Du verstehst mich eben nicht.»

«Natürlich verstehe ich dich nicht, wie sollte ich auch? Du grübelst tagelang über phantastischen Geschichten und erfindest Plots, die in einen Roman von Agatha Christie passen würden. Da kannst du kaum verlangen, dass jemand mitkommt. Du kannst dich ja nicht einmal mehr verständlich machen, setzt lauter Namen und Einzelheiten voraus, die keiner kennt.»

«Wenn du imstande wärst, wenigstens fünf Minuten am Stück zuzuhören, könnte man dir die Dinge vielleicht sogar erklären. Im Prinzip bist du ja ein intelligenter Mensch.»

«Wie gütig von dir. Also?»

«Also dachte ich, wir könnten vielleicht zusammen ein *Panino* in der Bar hinterm Präsidium essen. Gerne gleich, wenn du nichts Besseres zu tun hast.»

«Ein romantisches Plätzchen. Na gut, da ich nichts Besseres zu tun habe, auf zum *Panino*. Außerdem muss man bei dir die Gelegenheit sofort beim Schopf packen.»

«Wir sehen uns in zwanzig Minuten.»

«Mayonnaise?»

«Nein, danke.»

«Soße?»

«Lies mir bitte nicht die ganze Speisekarte vor. Sag mir lieber, was du davon hältst.»

«Hast du nicht gesagt, ich soll wenigstens fünf Minuten still sein? Jetzt habe ich dir eine gute halbe Stunde zugehört. Währenddessen habe ich zwei *Panini* gegessen und du gar nichts. Ich wollte nur nett sein.»

«Bist du auch. Und was hältst du nun davon?»

Giulio fixierte sie durch den Bierschaum am Grund des Glases. Beamte durften im Dienst keine alkoholischen Getränke zu sich nehmen. Leitende Beamte offenbar schon.

«Du hast es selbst gesagt. Alles gut, interessant, spannend, was du willst, aber mit der Ermittlung hat es nichts zu tun. Das ist das eigentliche Problem. Die Fakten sind völlig zusammenhanglos. Wenn du so weitermachst, vergeudest du immer mehr Zeit, und die Ermittlung wird dir entzogen. Vergiss nicht, dass Arisi nächste Woche zurückkommt.»

«Ist das alles?»

«Was willst du denn noch hören?»

«Hast du irgendeine Idee? Einen Rat, den du mir geben kannst?»

«Deine eigenen Ideen sind schon mehr als genug.»

Stefania schwieg, rührte mit dem Löffel im kalten Cappuccino und betrachtete die Leute draußen vor der Bar.

«Sei nicht so empfindlich», sagte Giulio. «Du hast doch schon vor unserem Treffen geahnt, wie ich darüber denke.»

«Ich dachte, bei so vielen neuen Fakten würdest auch du deine Meinung ändern.»

«Welche Fakten? Wir können sie ja noch mal durchgehen. Die Fakten sind, dass wir rein zufällig eine Leiche aus der Kriegszeit gefunden haben. Wir wissen, dass es ein Mann war, jung, groß, blond oder rothaarig, dass er eine Brille trug, er hat sich eine Weile vor seinem Tod ein Bein gebrochen und hatte zwei Löcher im Kopf, was darauf hinweist, dass er erschossen wurde. Wir haben anhand der Überreste weitere Verletzungen an Wirbeln und Rippen von eher unklarer Herkunft festgestellt. Bei sich hatte er ein Zigarettenetui mit den Initialen K. D. sowie das Fragment eines nicht für Männer gedachten Schmuckstücks, und er trug Kleidung mit Metallknöpfen. Sind wir uns soweit einig?»

«O. k., sprich weiter.»

«Die Leiche wurde in der Ruine einer Almhütte gefunden, in einer Art unterirdischer Kammer beziehungsweise in dem, was du *Nevera* nennst. Aufgrund der Form und der Ausrichtung der Ruinen haben wir die Hypothese aufgestellt, dass die Hütte ursprünglich vollständig über der Erde stand, später aber unter einem Erdwall begraben wurde. Außerdem haben wir anhand dieser Indizien vermutet, dass jemand die Leiche in der Hütte versteckt und diese dann zum Einsturz gebracht oder dafür gesorgt haben könnte, dass sie von dem dahinterliegenden Erdwall verschüttet wurde. Sonst noch etwas? Es handelt sich um eine ziemlich einsame Almhütte im Gebiet des San-Primo-Passes, direkt an der

Schweizer Grenze, aber weitab vom Zoll und nur wenige Schritte vom Wildbach entfernt. Der See ist zwar weit weg, war aber von dort aus sichtbar. Habe ich etwas vergessen?»

«Nein. Perfekte Zusammenfassung.»

«Dann hast du versucht, von den jetzigen Besitzern der Hütte Informationen zu bekommen, um zu überprüfen, ob es für die Hypothese vom absichtlichen Niederreißen eine Grundlage gab und ob sie überhaupt etwas von der ganzen Sache wussten. Die offizielle Antwort war ein klares Nein auf der ganzen Linie, stimmt's?»

«Ja.»

«Hier hören die Fakten auf, und die Mutmaßungen beginnen. Du hast bei der Familie Cappelletti-Durand nachgeforscht, noch dazu ohne Genehmigung, und dabei eine Reihe von Auskünften aus, sagen wir, inoffiziellen Quellen zusammengetragen. Du hast ein paar alte Fotografien aufgetrieben, du hast Totenscheine und schließlich verschiedene Zeugenaussagen, die allesamt nicht juristisch verwertbar sind, wenn ich mir die Anmerkung erlauben darf. Lauter Bruchstücke über lang zurückliegende Ereignisse. Daraufhin hast du Informationen zur Villa Regina eingeholt, mit den alten Besitzern gesprochen und Verbindungen zwischen den beiden Familien festgestellt. Wenn es gutgeht, wirst du auf diesem Weg ein Stück Lokalgeschichte rekonstruieren können. Ermittlungen, meine Liebe, sind etwas anderes.»

«Wenn man dich hört, könnte man meinen, ich hätte wochenlang gar nichts getan.»

«Ich habe nichts dergleichen gesagt. Du hast hervorragende Detektivarbeit geleistet und viel über diese Familie herausbekommen. Alles wäre einwandfrei, wenn die Cappelletti Gegenstand deiner Untersuchung wären. Nur sind sie das leider nicht. Warum machst du dir das nicht endlich klar? Die Cappelletti sind in dem Moment aus dem Spiel, in dem sie erklären, dass sie dir die einzigen Informationen, die du von ihnen verlangen darfst, nämlich die zu der Hütte, nicht geben können. Ende der Ermittlung. Wenn du nicht beweisen kannst, dass sie in Bezug auf die Hütte lügen oder in irgendeiner Weise mit dem Tod dieses Jungen zu tun haben, dann hast du nicht das Recht, sie noch länger in die Sache zu verwickeln. Eben das ist der Punkt, und genau danach wird dich Arisi fragen. Solange du keine absolut überzeugende Antwort auf die Frage geben kannst, warum du dich eigentlich so für die Cappelletti interessierst, wird er die Ermittlung in null Komma nichts einstellen. Schließlich wollte er das schon von Anfang an.»

Stefania schob die Tasse in eine Ecke und seufzte.

«Was soll ich deiner Meinung nach tun?»

«Wenn ich du wäre, würde ich selbst vorschlagen, den Fall zu den Akten zu legen. Damit nimmst du Arisi die Genugtuung, es an deiner Stelle zu tun. Und ich würde die Cappelletti mit keinem Wort erwähnen.»

Als sie die Treppe zur Abteilung Spurensicherung wieder hochstieg, fühlte sie sich auf einmal schrecklich müde. Obwohl Selvini nur von einem «kleinen Imbiss» gesprochen hatte, war noch niemand zurück.

Sie setzte sich an das große Flurfenster und schaute zerstreut hinaus. Es war schon nach zwei; Camilla, die an diesem Wochentag früh aus der Schule kam, war wohl schon zu Hause. Sie wählte ihre Nummer.

«Ciao, Cami, wie geht's?»

«Ciao, Mami, warum rufst du an?»

«Nur um zu hören, wie es dir geht.»

«Gut. Martina ist in der Küche und macht das Essen

warm. Sie hat gesagt, wir essen heute mexikanisch, weil hier um die Ecke so ein mexikanisches Ding aufgemacht hat, und sie haben uns das Mittagessen gebracht, mit mexikanischen Geschenken.»

«Echte Mexikaner? Na so was! Und für mich?»

«Du magst ja keine Bohnen, also …»

«Keine Bohnen, kein Geschenk, verstanden. Guten Appetit. Heute komme ich früh nach Hause, vielleicht gehen wir dann heute Abend eine Pizza essen.»

«Zu Spizzico, wo man einen Papierdrachen kriegt?»

«Gut, zu Spizzico.»

Sie machte ein Kussgeräusch.

Inzwischen war Selvini hereingekommen.

«Dottoressa, entschuldigen Sie die Verspätung, die Schlange an der Bar war lang. Haben Sie etwas Interessantes gefunden?»

«Ich bräuchte noch eine Vergrößerung von den Personen, die vor der Treppe sitzen beziehungsweise stehen.»

«Versuchen wir es. Ich bin aber nicht sicher, ob alles gut sichtbar wird.»

«Außerdem möchte ich gerne die Bestätigung, dass diese beiden», sie wies auf Margherita und Maria auf dem Familienbild, «dieselben sind wie auf dem anderen Foto.» Sie zeigte Selvini die Frau vom Roten Kreuz und die Krankenschwester.

«Das machen wir gleich. Wir scannen die Bilder ein und vergleichen sie. Es dauert nur ein paar Minuten.»

Kurz darauf erschienen die beiden Fotos nebeneinander auf dem Monitor. Mit Tastatur und Maus löste Selvini das erste Bild in Pixel auf und wählte die fraglichen Ausschnitte. Dann vergrößerte er jeweils die Details und legte die beiden Bilder wieder nebeneinander auf den Bildschirm.

«So, da haben wir's. Sie können selbst daran arbeiten, es ist ganz einfach. Klicken Sie auf das Feld, das Sie vergrößern, verkleinern oder verschieben wollen, je nachdem, was Sie brauchen. Bei Bedarf können Sie es ausdrucken. Wir sind im Büro nebenan, wenn Sie uns brauchen.»

«Danke, machen Sie sich keine Mühe. Ich denke, ich komme allein zurecht.»

Sie begann, das Bild zu analysieren. Die Frauen auf den beiden Fotos glichen einander nicht nur, sie waren identisch. Maria und Margherita: Sie waren es, daran bestand kein Zweifel. Natürlich war zwischen den beiden Aufnahmen Zeit vergangen, und auf dem zweiten Foto waren Margheritas Gesichtszüge markanter geworden. Sie erschien reifer und nachdenklicher und trug anstelle der Zöpfe eine akkurate Frisur. Kurz, eine junge Frau, aber mit demselben Lächeln, demselben Glanz in den Augen. Sie war wirklich wunderschön, genau wie Germaine Durand gesagt hatte. Auch Maria war genau so, wie man sie ihr beschrieben hatte: groß und imposant, zumal mit der gestärkten Haube der Rotkreuzschwestern. Die Adlernase, der Umhang, der Kopf, der die anderen überragte. Und dann der Gesichtsausdruck. Ein stolzer, fester, direkt in die Kamera gerichteter Blick. Eine Person mit entschlossener, mürrischer Ausstrahlung.

Macht, Kontrolle: Das kam einem in den Sinn, wenn man sie anschaute.

Stefania ließ den Cursor von einem Gesicht zum anderen wandern und erforschte langsam, Zentimeter für Zentimeter, die Details. An Margheritas Hals erschien eine Art grauer Schatten. Sie versuchte, ihn zu fokussieren, doch je stärker sie ihn vergrößerte, desto mehr verschwammen die Konturen.

«Wie kann ich ein einzelnes Detail noch weiter vergrößern?», fragte sie Selvini, nachdem sie an die Tür des Nebenzimmers geklopft hatte. «Dieses hier. Es könnte sich um ein Medaillon handeln, oder es ist einfach nur ein Schatten. Ich bin mir nicht sicher.»

«Wenn wir noch mehr vergrößern, könnte es schwierig werden, eine Auflösung zu finden, bei der man etwas erkennt. Aber wir versuchen es, warten Sie.»

Selvini setzte sich wieder vor den Bildschirm und begann erneut, das Bild in einer rasend schnellen Folge von Zooms zu bewegen; hinter ihm verfolgte Stefania gebannt das Hin und Her des Cursors. Eigentlich war der technische Vorgang einfach: Der Bildausschnitt wurde immer kleiner, die Pixel immer größer, zugleich aber unschärfer, vor allem, wenn man sich die Details einzeln vornahm. Um überhaupt zu erfassen, welchen Ausschnitt man gerade vor sich hatte, musste man fortwährend zur Gesamtübersicht zurückkehren.

«Dottoressa, schauen Sie auf die Bereiche, die Sie interessieren. Geht es jetzt besser?»

«Ich sehe es zwar, aber ich kann es nicht recht erkennen.»

Selvini zoomte rückwärts.

«Ich habe den Ausschnitt zwischen den Säulen gewählt, auf den es Ihnen ankommt. Man sieht die Frau bis zur Hüfte über dem Kopf des sitzenden blonden Mannes. Der schwarze Fleck hier ist der Mantel der Rotkreuzschwester daneben. Das ist das Gesicht des Mannes, das sind seine Schultern. Sehen Sie in der Vergrößerung die Hand, die darauf liegt? Das Weiß im Hintergrund ist der Kittel der Krankenschwester.»

«Eine Hand?»

«Ich glaube, dass es eine Hand ist. Schauen Sie doch, sie liegt auf der Schulter des Soldaten: Man sieht nur vier Finger, aber ich würde sagen, es besteht kein Zweifel.»

«Halten Sie bitte einen Augenblick das Bild an. Ja, es ist eindeutig eine Hand. Was meinen Sie, gehört sie der Krankenschwester oder der vom Roten Kreuz?»

«Der Rotkreuzschwester nicht, glaube ich. Ich vermute, es ist die Hand der Krankenschwester direkt hinter dem Soldaten, denn die Frau links daneben käme aus ihrer Position niemals dorthin.»

«Das scheint mir auch so, Selvini. Bitte drucken Sie mir das Bild aus.»

«Bei dem anderen Detail handelt es sich um einen schmalen Streifen, der das Licht reflektiert, womöglich ein dünnes Kettchen. Und das hier ist wohl tatsächlich ein Medaillon.»

«Kann man es nicht wenigstens ein bisschen vergrößern?»

«Das Problem ist, es dann scharfzustellen», sagte Selvini, auf der Tastatur herumhackend. «Ich denke, das ist das Maximum, das wir herausholen können. Zumindest auf diesem Rechner.»

Ratlos betrachtete Stefania die neue Vergrößerung.

«Ich sehe nicht gerade viel.»

«Ich bin ziemlich sicher, dass es sich um ein Kettchen handelt. Sehen Sie die Sequenz dieser kleinen Bilder? Es sind keine Kugeln, also ist es sicher keine Perlenkette oder etwas Ähnliches. Es könnten Ringe sein oder die Glieder einer Metallkette, auch weil sie das Licht reflektieren, und wenn man bedenkt, dass der Gegenstand am Hals getragen wird …»

«Ja, es muss sich um ein Metallkettchen handeln. Und was sagen Sie zu dem Medaillon?»

«Es ist oval, ebenfalls aus Metall, mit regelmäßigem Rand. Ziemlich massiv, finde ich.»

«Wie meinen Sie das?»

«Es ist nicht so dünn wie ein normales Medaillon für Fotos. Es hat eine gewisse Dicke, das erkennt man auch an dem Schattenwurf an der Seite. Wahrscheinlich ist es relativ schwer: Man kann sehen, wie es die Kette nach unten zieht.»

«O. k. Drucken Sie mir bitte auch diese Bilder aus und die von der Gruppe vorhin, das mit der Krankenschwester, dem blonden Mann und der Rotkreuzschwester an der Seite. Ich schicke morgen jemanden vorbei, der sie abholt. Können Sie mir die Fotos inzwischen per E-Mail zukommen lassen?»

«Selbstverständlich.»

«Danke für alles, Selvini.»

Sie brauchte einen kleinen Spaziergang, rief aber vorher im Büro an. Ausnahmsweise ging Piras ans Telefon.

«Alles in Ordnung bei euch?»

«Normaler Betrieb. Zwei Zwangsräumungen, ein betrunkener Stadtstreicher am Bahnhof San Giovanni, der leere Flaschen nach der Streife geworfen hat, und eine Anzeige gegen den Pfarrer von Sant'Eufemia.»

«Was hat denn der Pfarrer auf dem Gewissen?»

«Die Glocken. Drei Familien aus seinem Stadtteil haben sich darüber beschwert, dass er nachts die Glocken läutet. Jede Stunde, jede halbe Stunde und jede Viertelstunde.»

«Plus Abendandacht und Beerdigung?»

«Haben Sie die Anzeige gelesen?»

«Nein, aber ich dachte es mir. In einer knappen Stunde bin ich wieder da.»

Rasch durchquerte sie die Altstadt Richtung Piazza Cavour, zum See hin. Allmählich wurde es wärmer, immer mehr Bars stellten draußen schon Tische auf.

Sie fischte ihr Handy aus der Tasche und wählte Vallis Nummer.

«Ciao, hier ist Stefania.»

«Hallo, wie geht es dir?»

«Ich bin hier am See und gönne mir eine kleine Pause. Hast du Lust auf einen Kaffee?»

«Jetzt?»

«Natürlich nur, wenn du nicht zu viel zu tun hast.»

«Ich kämpfe mich gerade durch einen Stapel Amtspapiere. Der richtige Moment, um sich das Motorrad zu schnappen und vorbeizukommen. Wo genau bist du?»

«Auf der kleinen Piazza neben der Seilbahn.»

«Gib mir eine Viertelstunde.»

Stefania lächelte in sich hinein. Ans Geländer gelehnt, betrachtete sie das in der Sonne glitzernde Wasser. Mit geschlossenen Augen horchte sie auf das Schwappen der Wellen auf dem Kies und die Geräusche der Stadt im Hintergrund. Nach einer Weile hörte sie das Knattern eines herannahenden Motorrads.

«Hast du Lust auf ein paar Schritte? Ich würde gern zum Brunnen am Viale Geno laufen», sagte Valli strahlend.

«Das könnte dauern …»

«Dann muss ich dich halt mit dem Motorrad zum Büro zurückfahren, wenn du keine Angst hast.»

«Ich Angst? Für wen hältst du mich?»

Plaudernd und lachend liefen sie am Seeufer entlang. Eine Zigarette am Brunnen im Park am Ende der Promenade, dann ein Kaffee in der kleinen Bar an der Piazzetta. Als sie im Aufbruch waren – Stefania saß noch, Valli stand hinter ihr –, zeigte er ihr etwas auf dem Gipfel des Monte Croce und legte dabei für einen Moment eine Hand auf ihre Schulter.

Es war nur ein kurzer Augenblick, aber er entging ihr nicht. Genauso wenig wie der schwache Duft des Rasierwassers, vermischt mit dem der Lederjacke, den sie einatmete, als er sie ins Polizeipräsidium zurückfuhr. Auf dem Motorrad fühlte sie sich leicht, der Wind fuhr ihr durchs Haar, und sie streifte es mit einer Geste zurück, die sie für immer vergessen geglaubt hatte.

Im Erdgeschoss wartete Piras mit besorgter Miene.

«Dottoressa, wir haben versucht, Sie zu erreichen, aber Ihr Handy war ausgeschaltet.»

«Was ist los, Piras?»

«Dieser Umschlag ist von der Spurensicherung für Sie abgegeben worden. Dottor Selvini meinte, er ist heute bis um sechs im Büro, falls Sie ihn noch brauchen. Und dann ist da noch Don Carlo im Warteraum.»

«Don Carlo?»

«Der Pfarrer von Sant'Eufemia. Carboni sagt, Sie sollen sich darum kümmern. Er wartet schon fast eine Stunde lang.»

«Die Glocken. Und was soll ich da machen? Die Glocken zum Schweigen bringen und einen Religionskrieg auslösen?»

Piras hatte den Witz mal wieder nicht verstanden und schaute sie erschrocken an.

Fast zwei Stunden verbrachte sie damit, dem Pfarrer klarzumachen, dass die Anzeige vielleicht zurückgezogen würde, wenn er nachts nur die Stunden, nicht aber die Halb- und Viertelstunden schlagen ließe. Don Carlo versprach, das Läuten etwas einzuschränken.

Danach öffnete sie Selvinis Umschlag. Eine ausgezeichnete Arbeit, wie immer.

Er hatte einen guten Bildausschnitt mit Margherita hingekriegt, rechts daneben Maria und davor der blonde Soldat. Sie konzentrierte sich auf die Details, um die sie gebeten hatte: Margheritas Hand auf der Schulter des Soldaten und das an dem Kettchen hängende Medaillon.

Welche Bedeutung hatte das alles?

Nichts, hätte Giulio gesagt. Dass Margherita ein Schmuckstück am Hals trug und die Hand auf die Schulter dieses Soldaten legte, während sie für das Gruppenfoto posierten: nichts. Eine Geste der Sympathie, des Schutzes. Der Zuneigung vielleicht. Eine Geste des Einverständnisses. Und nun? Was änderten diese Einzelheiten am übertriebenen Ausmaß ihrer Ermittlungen?

Nichts.

Sie hätte Madame Durand nach einer Kopie des Fotos von Margherita mit dem Medaillon am Hals fragen können. Aber mit welcher Begründung?

In einem Anflug von Enttäuschung legte sie die Fotos zurück in den grünen Ordner. Sie versuchte, sich mit etwas anderem zu beschäftigen, aber ihre Gedanken kehrten immer wieder zu der Aufnahme zurück: Maria, Margherita, der Soldat. Die Hand, der Militärmantel, das Gipsbein, die Brille. Das Medaillon.

«Piras, möchtest du einen Kaffee?»

«Gern, Dottoressa.»

«Wie geht es deiner Frau?»

Zerstreut hörte sie Piras zu, der erzählte, wie schlecht es der Armen ging, und den Bericht mit einer Fülle von Informationen über Erbrechen und Ähnliches ausschmückte. Plötzlich vergaß sie, weiter Interesse zu heucheln, und starrte auf den Bilderrahmen auf dem Schreibtisch.

«Die Brille, das Bein, und zwar das rechte … Warum bin ich nicht schon früher darauf gekommen?»

«Welche Brille?»

«Entschuldige, Piras, nichts, ich habe nur so für mich geredet. Jetzt muss ich los.»

«Und der Kaffee?»

«Trink einen für mich mit», sagte sie und legte ihm ein Zwei-Euro-Stück hin.

12. KAPITEL

Das wichtigste Detail ist der Brillenbügel, dann vielleicht die Metallknöpfe, wenn sie nicht zu klein sind, außerdem natürlich das Kettchen und der Deckel des Medaillons, die wir neben der Leiche gefunden haben.»

Selvini schaute ratlos wie jemand, der mit seinem Latein am Ende ist.

«Vielleicht wäre es sinnvoll, diese Funde noch einmal aus anderen Perspektiven zu fotografieren», schlug er vor.

«Wenn Sie meinen. Ich lasse sie Ihnen sofort bringen.»

«Das wird aber ein paar Tage dauern.»

«Geht es nicht vielleicht bis morgen? Die Ermittlung droht eingestellt zu werden, wenn ich in den nächsten Tagen keine entscheidenden Fakten liefern kann ...»

«Na schön, ich schaue, was ich tun kann, Commissario.»

Stefania kehrte in ihr Büro zurück und sah in ihrem Posteingang nach, ob die erbetenen Fotos auch per Mail angekommen waren. Auf dem Bildschirm waren sie viel schärfer als in der gedruckten Version. Sie war aufgeregt und von einer beinahe ängstlichen Ungeduld erfasst wie jemand, der auf Nachrichten wartet und bei jedem Telefonklingeln oder Türklopfen zusammenschreckt. Und gleichzeitig war sie voller Tatendrang.

Sie beschloss, sich zunächst auf Onkel Heinrich zu konzentrieren.

«Lucchesi, Piras, ist denn keiner mehr da?»

Lucchesi erschien an der Tür, schon in Zivil und offensichtlich im Begriff, nach Hause zu gehen.

«Schon fertig für heute?»

«Dottoressa, es ist nach sechs, und ich bin seit gestern früh im Dienst.»

«Gut. Wenn du bei der Zentrale vorbeikommst, sag ihnen, sie sollen diese Nummer anrufen und das Gespräch zu mir durchstellen.»

Während sie auf den Anruf wartete, rechnete sie in Gedanken nach: Wenn der Oberst während des Krieges einen halbwegs hohen Offiziersrang gehabt hatte, musste er damals schon mindestens vierzig Jahre alt gewesen sein, vielleicht noch älter. Dann wäre er inzwischen über hundert, dachte sie resigniert. Aber was soll's, sie hatte nichts zu verlieren.

«Dottoressa Valenti?»

«Signor Montalti, guten Abend, bitte entschuldigen Sie, ich muss Sie noch einmal stören. Es geht um etwas Wichtiges.»

«Neue Fragen zur Villa Regina?»

«Nein, diesmal bitte ich Sie um Hilfe in einer anderen Angelegenheit: Ich versuche mit allen Mitteln, eine Person zu identifizieren, wegen der wir Ermittlungen aufgenommen haben.»

Das traf die Sache zwar nicht ganz, aber die Formulierung war gerade richtig, um das Eis zu brechen.

«Gerne, ich hoffe, ich kann Ihnen behilflich sein.»

Der Tonfall klang befremdet, aber höflich.

«Letztes Mal haben Sie mir erzählt, dass Ihr Onkel Heinrich während des Krieges aus Italien geflohen ist, und zwar in Begleitung seines Adjutanten, und dass diese Flucht für den jungen Soldaten wahrscheinlich tragisch endete.»

«Ganz genau.»

«Mir liegt ein Foto aus der Zeit kurz nach Kriegsende vor, und ich habe Grund zu der Annahme, dass es sich bei einem der darauf abgebildeten Soldaten um den Adjutanten Ihres Onkels handelt. Ich möchte Sie also eigentlich nur um eine Bestätigung dieser Identifizierung bitten, falls Ihr Onkel und Ihr Vater …»

Stefania fand die passenden Worte nicht, doch Montalti kam ihr in aller Schlichtheit zu Hilfe.

«Dottoressa, mein Onkel Heinrich starb vor mehr als zwanzig Jahren und mein Vater kurz darauf. Nur meine Tante lebt noch, aber sie ist sehr alt. Ich glaube nicht, dass wir Ihnen helfen können.»

Der Mann zögerte. Nach kurzem Schweigen fuhr er fort:

«Also haben Sie Informationen über den Soldaten? Ich erinnere mich nicht an seinen Namen. Er war damals ja fast noch ein Junge, und mein Onkel hing an ihm wie an einem Sohn. Ich weiß, dass mein Onkel versucht hat, sich mit seinen Eltern in Deutschland in Verbindung zu setzen, als der Krieg zu Ende war. Aber es hat nicht geklappt, glaube ich. Das machte ihm großen Kummer.»

«Leider habe ich keine guten Nachrichten, Signor Montalti. Wenn sich unser Verdacht bestätigt, dann haben wir an einem Ort in den Bergen seine Überreste gefunden, und es ist vermutlich derselbe Ort, an dem sich die Dinge zugetragen haben, von denen Sie mir erzählt haben.»

«Das betrübt mich sehr.»

«Wenn Sie mir Ihre E-Mail-Adresse geben, dann schicke ich Ihnen eine Kopie dieser Fotografie für eine erste formlose Identifizierung.»

«Natürlich.»

Sie tauschten die Mailadressen.

«Kann ich Sie in ein paar Tagen noch einmal anrufen?»

«Sicherlich, Dottoressa. Also auf Wiederhören.»

Nachdenklich blieb sie am Schreibtisch sitzen.

Sie legte den grünen Ordner in die Schublade zurück, löschte das Licht und ging.

* * *

«Komm schon, bald sind Ferien. Dann kannst du schlafen, so lange du willst.»

Und ich vielleicht auch, dachte Stefania.

Camilla antwortete mit einem Murren. Wie üblich geriet sie gegen Ende des Schuljahrs immer mehr unter Druck. Auch Martina war nervös, weil sie bis zum Monatsende zwei Prüfungen vor sich hatte. Nachmittags saßen die beiden im Kinderzimmer und lernten Seite an Seite. Ron überwachte die Lage schnurrend vom Bett aus. Die Nutellagläser leerten sich immer schneller.

An diesem Morgen hatte nicht einmal der Wecker geklingelt, weil Stefania vergessen hatte, das Handy aufzuladen. Hals über Kopf waren sie die Treppe hinuntergestürzt und um acht Uhr im morgendlichen Chaos der Stadt zur Schule gefahren.

Als sie mit einer halben Stunde Verspätung im Polizeipräsidium ankam, gönnte sie sich bei einem Cappuccino eine Verschnaufpause. Wie gewöhnlich waren die frischen Brioches schon alle. Es blieb ihr mal wieder nichts anderes übrig, als an einer Teigtasche mit künstlichem Kirscharoma herumzukauen.

«Hallo, Prinzessin, hast du heute Nacht nicht geschlafen?»

Giulio, perfekt gekleidet, rasiert und parfümiert, mit Zeitung unterm Arm und Aktenkoffer. Stefania wurde wütend, als sie ihn sah. Sie hatte in aller Eile die erstbeste Hose und irgendeinen Pullover übergestreift, die sie im Schrank gefunden hatte. Wahrscheinlich passten die Farben nicht zusammen, und gekämmt hatte sie sich wohl auch nicht sorgfältig genug.

«Ah, die unübersehbaren Anzeichen eines Unwetters. Dann halte ich wohl besser etwas Abstand. Gibt es Neuigkeiten?»

«Keine.»

«Na gut, dann gehe ich nach oben und rede mit deinem Chef.»

«Viel Glück», sagte Stefania grinsend.

Sie setzte sich in ihrem Büro an den Schreibtisch und startete den Computer. Auf dem Bildschirm blinkte das Zeichen für «eingegangene Mails». Halb beunruhigt, halb ungeduldig öffnete sie den Posteingang: zwei Nachrichten von Montalti, abgeschickt gegen acht Uhr morgens.

Sehr geehrte Dottoressa Valenti,
gestern Abend habe ich zusammen mit meinen Cousins und meiner Tante das von Ihnen übermittelte Foto angeschaut. Leider hat keiner von ihnen den Adjutanten je persönlich kennengelernt. Alles, was sie von dem Jungen haben, ist ein Foto von ihm und anderen Kameraden, das ich eingescannt habe und Ihnen hier schicke. Er ist derjenige, der das Pferd unseres Onkels am Zügel hält. Wir finden, dass die Ähnlichkeit sehr groß ist, aber urteilen Sie selbst. Der Junge heißt oder hieß Karl Dressler und stammte aus Leipzig. Mein Cousin hat ein paar Briefe aufbewahrt, die mein Onkel zwischen 1950 und 1962 an die Familie des Jungen schrieb.

Sie sind alle von der Zensur geöffnet und mit dem Vermerk «unbekannt» an den Absender zurückgeschickt worden. Jahre später erzählte mein Onkel, er habe damals auch Kontakt zu den städtischen Behörden aufgenommen, doch er hat immer dieselbe Antwort bekommen: «Unter der angegebenen Adresse nicht bekannt.» Das ist alles, was wir wissen. Sie können sich sicher vorstellen, wie schwierig es damals war, jemanden auf der anderen Seite des Eisernen Vorhangs zu finden, und das in einer Stadt, die von den alliierten Bombenangriffen zur Hälfte zerstört war. Mein Onkel hat den Fall der Mauer leider nicht mehr miterlebt. Er hat auch keine Nachrichten mehr über seinen Soldaten erhalten. Dabei hat er Karl testamentarisch seinen Offiziersdegen vermacht.

Wir sind bereit, den letzten Willen meines Onkels zu erfüllen. Wenn es bedauerlicherweise wahr sein sollte, was Sie mir gestern sagten, möchten wir dafür sorgen, dass die sterblichen Überreste des Jungen in unserem Familiengrab eine Heimstatt finden.

Ich bitte Sie, uns über eventuelle weitere Entwicklungen zu informieren.

P. M.

Die zweite Nachricht enthielt das angekündigte Foto.

Vier Soldaten posierten vor einem wunderschönen schwarzen Hengst. Der Soldat, der die Zügel hielt, war blond, hochgewachsen, schlank und trug eine Brille. Ein hübsches Gesicht. Stefania speicherte das Bild auf dem Desktop und öffnete zugleich das andere, von Selvini bearbeitete Foto.

Montalti hatte recht. Die Ähnlichkeit war frappierend. Auf dem vor der Villa Regina aufgenommenen Foto war der Soldat magerer, das Gesicht eingefallener, sein Lächeln melancholischer. Aber kein Zweifel, es handelte sich um dieselbe Person.

Eine Weile betrachtete Stefania die beiden Bilder.

Karl Dressler. K. D.

Bist du es wirklich, Junge?

Sie riss sich aus ihren Gedanken und rief Selvini an.

«Ich schicke Ihnen gleich eine Fotografie per Mail.»

«Noch eine?»

Stefania tat, als hätte sie den leidenden Tonfall ihres Gesprächspartners überhört.

«Möglicherweise ist es derselbe Soldat, mit dem wir uns gestern beschäftigt haben. Ich meine der, den die Krankenschwester auf dem Foto mit der Hand berührt.»

«Ich habe durchaus verstanden, aber heute …»

«Sind die Beweisstücke angekommen, die ich Ihnen habe zustellen lassen?»

«Ja, aber …»

«Dann sind Sie jetzt an der Reihe. Sie haben alle Mosaiksteine vor sich. Ich verlasse mich auf Sie! Und ich bin den ganzen Vormittag und auch nachmittags im Büro und erwarte Ihre Nachrichten.»

«Ja, aber, Dottoressa …»

«Eins habe ich vergessen, für den Fall, dass sich der Capo Commissario ebenfalls bei Ihnen meldet. Natürlich habe ich ihm schon versichert, dass Ihr Laboratorium alles tut, um uns so schnell wie möglich Auskunft zu geben, vielleicht schon heute, aber Sie wissen ja, wie Carboni ist, er hat großes Interesse an dem Fall, genau wie Staatsanwalt Arisi.»

«In Ordnung, verstanden, das genügt. Ich mache mich gleich an die Arbeit.»

Das war eine schamlose Lüge, aber in dieser Situation war ein solcher Bluff unumgänglich. Die Zeit drängte. Und im

Grunde stimmte es ja, dass auch Carboni und Arisi an dem Fall interessiert waren, wenn auch wahrscheinlich nicht in derselben Weise und vor allem nicht aus denselben Gründen wie Stefania.

Den ganzen Vormittag über war Stefania damit beschäftigt, den Bericht für Carboni auszuarbeiten. Um elf Uhr rief sie ihn an, ohne Erfolg. Schließlich ging sie in sein Büro. Sie hatte sich sorgfältig eine Strategie zurechtgelegt.

«Treten Sie ein, Valenti. Gratuliere, wir haben den Fall gelöst. Lassen Sie mir einfach den Bericht da, ich lese ihn sofort, und wir schicken ihn Arisi, sobald er das Büro der Staatsanwaltschaft betritt.»

Carboni wirkte, als wäre ihm ein Stein vom Herzen gefallen.

«Karl Dressler hieß er also, sehr gut. Identifiziert durch einige Fotos von damals und die bei den Überresten geborgenen Funde. Perfekte Arbeit, Valenti. Tja, die Macht der neuen Technologie. Zu meiner Zeit hatten wir nur Lupen und unsere Intuition.»

«Commissario, eigentlich betrifft die Identifizierung einzig und allein die Person, die in dem Lazarett in der Villa aufgenommen wurde. Das heißt, wir gehen fest von der Tatsache aus, dass es sich bei dem sitzenden Soldaten mit dem Gipsbein um denselben handelt wie auf der anderen Fotografie, für die wir unmittelbare Zeugen haben.»

«Aber wie ich sehe, ist ja auch erwiesen, dass die Fundstücke zu der Person gehören, und damit sind alle Zweifel ausgeräumt.»

«Richtig ist, dass ich die Identifizierung der Überreste von Karl Dressler anhand der Beweisstücke, die wir gefunden haben, in meinem Bericht lediglich als wahrscheinlich eingestuft habe. Die Form der Brille ist damit vereinbar, die Uniformknöpfe sind von derselben Sorte, es ist der gleiche Militärstoff. Abgesehen von den zusätzlichen Daten: der ermittelte Todeszeitpunkt und das eingegipste, schlecht verheilte Bein.»

Carboni wirkte irritiert.

«Ich finde, das sind genug Indizien.»

«Ja, aber Sie waren es, der mir beigebracht hat, dass auch viele Indizien nicht immer einen Beweis ergeben.»

«Haben Sie eine andere Erklärungsmöglichkeit?»

«Vielleicht sind es nur Zufälle, wie verblüffend auch immer. Aber ich bin überzeugt, dass es in dieser Sache noch eine Menge Unklarheiten zu beseitigen gibt.»

«Als da wären?»

«Das Kettchen und das Medaillon, die neben den Überresten gefunden wurden, ähneln denen, die Margherita Cappelletti gewöhnlich getragen hat, und zwar sehr. Warum hatte er sie bei sich? Und dann die alles entscheidende Frage: Wer hat ihn getötet und warum? Bisher haben wir nicht die leiseste Ahnung. Meiner Meinung nach ist eine mögliche Identifizierung also nur ein Ausgangspunkt für weitere Ermittlungen.»

«Glauben Sie denn, dass diese Margherita Cappelletti etwas mit dem Mord zu tun hat?»

«Schwer zu sagen. Ich neige eher zu der Annahme, dass Margherita ein weiteres Opfer dieser üblen Geschichte ist. Immerhin steht fest, dass zwischen den beiden eine Beziehung bestand. Welcher Art, wissen wir zwar nicht, aber sie muss intensiv gewesen sein, so viel lässt sich schlussfolgern.»

«Aber ist diese Margherita Cappelletti nicht tot, wie fast alle aus ihrer Familie?»

«Was ändert das an unseren Ermittlungen?»

«Eben, es ändert nichts. Hören Sie, Valenti, lassen Sie mir den Bericht da. Montag spreche ich mit Arisi darüber. Wir warten seine Anweisungen ab und werden uns danach richten. Das ist erst einmal alles, Sie können gehen.»

Wenn Carboni auf diese Weise den harten Kerl mimte, hieß das, er zweifelte an seinen eigenen Entscheidungen. Vielleicht war es ihr gelungen, wenigstens einige seiner Gewissheiten ins Wanken zu bringen. Ihr blieb nichts anderes übrig, als abzuwarten. Noch einmal nachzuhaken, wäre zum jetzigen Zeitpunkt nutzlos gewesen.

Sie ging in ihr Büro, räumte flüchtig den Schreibtisch auf und blieb vor der Reliefkarte an ihrer Tür stehen.

Da kam ihr die Idee, Giulio Allevi anzurufen.

«Bist du im Büro?»

«Noch ein bisschen.»

«Sitzt du vor dem Computer?»

«Noch ein bisschen.»

«Dann schicke ich dir den Bericht, den ich gerade Carboni übergeben habe. Er gibt ihn gleich an Arisi weiter.»

«Ein Bericht? Also gibt es entscheidende Neuigkeiten?»

«Neuigkeiten gibt es schon, aber keine entscheidenden, das habe ich vor zehn Minuten versucht, Carboni zu erklären.»

«Und er?»

«Hat gesagt, er will Arisi entscheiden lassen.»

«Sehr klug.»

«Du bist natürlich auf ihrer Seite. Darauf hätte ich gewettet.»

«Gib mir Gelegenheit, den Bericht zu lesen. Ich rufe dich dann zurück und sage dir, was ich denke. Einverstanden?»

* * *

«Ich sehe keinen Grund, die Ermittlung fortzuführen, Dottoressa. Wir sind an den Punkt gelangt, wo das Individuum mit an Sicherheit grenzender Wahrscheinlichkeit identifiziert ist. Die Daten zum ungefähren Zeitpunkt und zu den Umständen des Todes passen allesamt zum Klima der politischen und sozialen Wirren am Ende des Krieges. Alles fügt sich glatt ineinander. Die Dinge sind schlüssig, sonnenklar.»

Auf das Wort «Wirren» hatte Arisi besondere Betonung gelegt, nun klappte er die Akte entschlossen zu und schob sie auf dem Schreibtisch zur Seite.

«Aber Herr Staatsanwalt, noch wissen wir nicht, wer diesen jungen Mann getötet hat. Wenn es ein Verbrechen war, dann bleibt es ein ungesühntes Verbrechen.»

«Haben Sie eine Ahnung, wie viele Verbrechen von damals ungesühnt geblieben sind, Dottoressa? Es war eine Zeit der Abrechnung. Allein die Provinz Como hatte Hunderte von Toten zu beklagen. Ich darf Sie zudem daran erinnern, dass es eine Amnestie gegeben hat. Der Gesetzgeber beschloss damals mit großem Weitblick, einen Schlussstrich unter diese schwere Zeit zu ziehen, um der Nation eine Zukunft der Befriedung und des Wiederaufbaus zu ermöglichen. Wie viele Zeitzeugen dieser Epoche leben denn noch nach sechzig Jahren? Cui bono? Und jetzt, Dottoressa, würden Sie mich bitte entschuldigen …»

Während Stefania die Treppe hinunterging, fiel ihr die SMS ein, die sie von Giulio bekommen hatte.

Ich habe es gelesen. Mein Kompliment an das ganze Team. Hervorragende Arbeit! Aber du kannst sicher sein, dass Arisi die Ermittlung einstellt. Tu du es auch. Lass die Sache ruhen. Lass die Toten ihre Toten begraben. Giulio.

Sie betrat das Büro und legte ihren grünen Ordner auf den Schreibtisch. Dann wandte sie sich zur Fensterbank und zündete sich eine Zigarette an.

Es ist noch nicht zu Ende, Junge.

Ich lasse dich nicht allein.

13. KAPITEL

Piras? Lucchesi?»

Fast gleichzeitig erschienen die beiden in der Tür.

«Piras, fahr du nach Lanzo rauf oder setz dich mit Maresciallo Bordoli in Verbindung. Ich will alles über Maria Cappelletti wissen: ob sie noch lebt, wo sie wohnt. Eben alles, was du herausfinden kannst.»

Und zu Lucchesi: «Du sprichst mit dem Wärter der Villa Regina. Armando heißt er. Frag ihn, ob die Signora Durand noch in Italien ist, und schick ihr über die Wache der Carabinieri eine offizielle Vorladung. Aber lass durchblicken, dass das Gespräch mit Rücksicht auf das Alter und den Gesundheitszustand der Signora in ihrem Haus stattfinden kann. Danach gehst du bei der Spurensicherung vorbei und lässt dir von Selvini die Kiste mit den Funden wiedergeben, die wir bei unserem K. D. gemacht haben. Alles klar?»

Als beide weg waren, blieb Stefania nachdenklich zurück. Maria, Madame Durand, Karl Dressler.

Wer kann uns etwas über dich sagen, Junge?

Vielleicht hätte Raffaella Moretto gewusst, wo sie anfangen sollte.

Stefania überlegte noch, ob sie ihre Freundin um Rat fragen sollte, da klingelte ihr Handy.

«Ich bin's, Luca, Luca Valli, ciao.»

«Und ich bin Stefania, das heißt Stefania Valenti. Guten Morgen!»

Sie lachten beide.

«Es ist einfach nichts los in dieser Stadt, keine Ausstellung, kein Konzert.»

«Wie schade.»

«Tja. Aber hättest du nicht auch eher Lust auf einen Spaziergang? Samstag und Sonntag bin ich am See.»

«Ich auch, rein zufällig. An beiden Tagen.»

Es stimmte. Dieses Wochenende würde Camilla mit ihrem Vater verbringen, und sie selbst wollte an den See gehen.

«Kennst du die Kirche San Martino oben auf dem Monte Calbiga, kurz vor Menaggio?», schlug Valli vor.

Plötzlich hatte Stefania eine Idee.

«Nein, wir gehen woandershin. Es wird dir sicher gefallen, glaub mir.»

«Einverstanden! Also Sonntag um neun in der Pasticceria Manzoni?»

«Ja. Und wenn es regnet, trösten wir uns mit *Maritozzi* oder *Pan Mataloc.*»

«Also, bis Sonntag.»

«Bis Sonntag.»

Sie nahm sich die Akte der neuen Ermittlung vor, die ihr Carboni übertragen hatte: eine böse Geschichte mit wiederholten Bränden, vermutlich Brandstiftungen, bei einer namhaften Ladenkette für Oberbekleidung. Sie vermutete, dass eine Schutzgeldaffäre dahintersteckte.

Eben wollte sie sich in die Zeugenaussagen der Besitzer und Verkäufer vertiefen, als es an die Tür klopfte: Lucchesi brachte den Umschlag mit den Fotos und eine Kiste mit den Fundstücken aus der Spurensicherung.

Stefania zögerte einen Moment, dann legte sie die kleine Kiste in einen Schrank und schloss ab. Eigentlich hätte sie alles ins Archiv und in die Asservatenkammer bringen, dort eine Quittung unterschreiben und auf einer Karteikarte notieren müssen, dass es sich um Beweisstücke handelte, die zu einem nunmehr eingestellten Verfahren gehörten.

Sie beschloss, das auf später zu verschieben.

Ohne ihn zu öffnen, betrachtete sie den gelben Umschlag mit den Fotos. Den Inhalt kannte sie auswendig. Ihre Gedanken wanderten zu einer anderen Kiste mit den Überresten von Karl Dressler, die in diesem Moment quer durch Europa reiste, auf dem Weg nach Genf. Die Ausfuhrgenehmigung hatte Staatsanwalt Arisi selbst unterschrieben. Nach einer kleinen Beisetzungsandacht sollten sie zusammen mit denen des Obersts Heinrich von Kesselbach in der Erde ruhen. Ihr gefiel die Vorstellung, dass man den Offiziersdegen des Obersts neben die sterblichen Reste des Jungen legen würde. Falls nicht eines Tages plötzlich jemand erscheinen und den Leichnam des Soldaten für sich beanspruchen würde.

Sie klappte die Akte zu und wählte eine interne Nummer.

«Lucchesi? Piras? Seid ihr da?»

«Ich bin hier, Dottoressa. Lucchesi ist draußen auf Streife.»

«Hast du meinen Auftrag erledigt?»

«Ja, Dottoressa.»

«Und?»

«Diese Maria Cappelletti ist 1947 aus Lanzo weggezogen. Also hat sie da noch gelebt.»

«Das ist doch schon mal eine Auskunft. Weiß man noch etwas, zum Beispiel, wohin sie gezogen ist?»

«In die Provinz Bergamo. Ich habe mir den Namen des Ortes notiert. Die von Lanzo schicken uns jedenfalls ein Fax.»

«Ja, aber habt ihr herausbekommen, ob die Gemeinde, in

die sie gezogen ist, etwas über sie weiß? Ob sie noch lebt, wo sie wohnt?»

«Wir haben die Anfrage an die dortige Wache der Carabinieri weitergeleitet.»

«Gut. Wenn das Fax kommt, bring es mir sofort hoch. Ich erwarte dich im Büro.»

Piras kam wenig später.

«Der Ort heißt Seprio al Monte, Via delle Gere 7, Provinz Bergamo.»

«Noch etwas?»

«Auf das andere müssen wir warten.»

Stefania zuckte mit den Schultern, dann bewegte sie die Maus. Sie erinnerte sich an eine Website, die Informationen zu allen Gemeinden Italiens enthielt.

Seprio al Monte, Provinz Bergamo. Auf dem Bildschirm öffnete sich eine Seite mit dem Bild eines malerischen Gebirgstals: grüne Wiesen, Häuschen, Wälder und im Hintergrund verschneite Berggipfel.

«Was für ein schöner Ort», sagte Piras hinter ihr.

«Weniger als eine halbe Autostunde von Bergamo entfernt. *Reizvoller Erholungsort für den Sommerurlaub seit Anfang des zwanzigsten Jahrhunderts. Produktion von regionalen Käsesorten. Holzverarbeitung. Sitz der Nervenklinik Santa Maria della Pietà.*»

Sie klickte auf das Bild der Klinik. Ein schmuckloser weißer Kasten, umgeben von einem weitläufigen Pinienhain. Lauter kleine, gleichförmige Fenster.

«Sieht aus wie ein Internat», sagte Piras.

«Oder eine Ferienkolonie. In Wirklichkeit ist es eine Art Krankenhaus. Anerkannte psychiatrische Einrichtung. Stationärer Aufenthalt, Rehabilitation und Langzeitbetreuung. Abteilung für Psychogeriatrie.»

«Ein Irrenhaus», sagte Piras.

Stefania starrte auf das Foto des Gebäudes und versuchte, sich zu erinnern, wo sie den Namen vorher schon einmal gehört hatte.

Santa Maria della Pietà, in der Nähe von Bergamo.

«Battista!», rief sie.

«Battista?»

«Ja, Battista Cappelletti, der Bruder, *behindert, 27 Jahre alt.* Du selber hast mir das Papier mit all diesen Informationen hergebracht.»

Piras schwieg.

Stefania öffnete den grünen Ordner und blätterte die letzten Dokumente durch.

«Hier», sagte sie und wies mit dem Zeigefinger auf ein paar Zeilen. «Battista wurde 1947 in diese Anstalt eingeliefert. Eine Klinik für Geisteskrankheiten.»

Wieder bewegte sie die Maus und machte einen Doppelklick.

«Perfekt: Via delle Gere 7. Dort wohnt Maria Cappelletti, seit sie aus Lanzo weggezogen ist.»

«War sie auch verrückt?»

«Das wollen wir nicht hoffen», sagte Stefania.

Den restlichen Vormittag verbrachte sie damit, den Besitzer, den Geschäftsführer und die vier Verkäuferinnen des Bekleidungsgeschäfts zu vernehmen. Natürlich hatte keiner etwas Auffälliges gesehen oder bemerkt. Die Brände waren nachts gelegt worden.

Verlorene Zeit, dachte Stefania. Sie war zerstreut und schlecht gelaunt, vor allem wartete sie ungeduldig auf Nachrichten aus Lanzo. Sie betete, dass Maria noch am Leben war.

Es kam ihr seltsam vor, dass das kräftige Mädchen von den Fotos in einer psychiatrischen Einrichtung gelandet sein sollte wie ihr Bruder. Jedenfalls war sie sicher über fünfundachtzig Jahre alt.

Am frühen Nachmittag ging sie bei der Staatsanwaltschaft vorbei. Um drei war sie wieder im Büro. Während sie mit Carboni über die Vernehmungen vom Vormittag sprach, platzte Piras herein.

«Dottoressa, da sind Mitteilungen von der Carabinieri-Wache in Seprio al Monte gekommen.»

Der fragende Ausdruck in Carbonis Gesicht entging Stefania nicht.

«Piras, du siehst doch, ich spreche mit dem Commissario. Wir reden später darüber.»

«Aber Dottoressa, Sie haben gesagt, es sei dringend, also habe ich Druck gemacht, um die Informationen zu kriegen.»

Eilig komplimentierte Stefania Piras hinaus, bevor er noch mehr Schaden anrichten konnte. Dann wandte sie sich scheinbar unbefangen wieder an Carboni.

«Also, was ich sagen wollte: Meiner Meinung nach sollten wir die Bankkonten der Gesellschaft prüfen, von der die Läden abhängen, und eventuell Telefonabhör- und Überwachungsmaßnahmen einleiten.»

«Gibt es ein Problem, Valenti?», fragte Carboni mit hochgezogener Braue.

Stefania setzte eine Unschuldsmiene auf und tat, als verstünde sie die Frage nicht.

«Tja, schon, da ist ein Problem: Erwartungsgemäß kooperiert das Unternehmen nicht sofort. Ganz offenbar fürchten sie Schlimmeres. Sie haben Angst, dass herauskommt, dass sie sich an uns gewendet haben. Aber wenn wir ihre Konten prüfen, könnten wir zumindest feststellen, ob es sich um Versicherungsbetrug oder um eine Schutzgelderpressung handelt.»

Carboni sah sie skeptisch an. Stefania beschloss, es kurz zu machen.

«Besprechen Sie das mit dem Staatsanwalt, und lassen Sie mich wissen, in welcher Richtung ich weiterarbeiten soll.»

«Ja, aber halten Sie mich auf dem Laufenden. Permanent auf dem Laufenden. Über alles, verstehen Sie, Valenti?»

«Permanent auf dem Laufenden, Commissario.»

Als Carboni ihr Büro verließ, seufzte Stefania erleichtert. Wenn Piras den Namen «Cappelletti» ausgesprochen hätte, wären sie alle in ernsthafte Schwierigkeiten geraten. Carboni, der erfahren genug war und ihre Dickköpfigkeit kannte, hatte beunruhigt gewirkt. Schnellen Schrittes ging sie direkt zu Piras. Inzwischen war auch Lucchesi zurückgekehrt, und die beiden tuschelten angeregt miteinander.

«Los, erzähl!»

«Wir haben die Informationen bekommen, die wir haben wollten. Diese Maria Cappelletti ist noch am Leben und wohnt tatsächlich in der Via delle Gere 7, an diesem Ort, den wir im Internet gefunden haben.»

«Und?»

«Am Telefon haben sie gesagt, dass diese Cappelletti eine, also, eine Nonne ist. Alle dort kennen sie. Sie ist eine Art Oberin oder so was. Und sie ist offenbar trotz ihres Alters ganz schön fit und hält alle auf Trab.»

«Das glaube ich gern. So war sie schon als junge Frau, und da war sie nur eine Art Krankenschwester.»

«Wieso, kennen Sie sie?»

«Na klar, damals war ich auch Krankenschwester.»

Lucchesi stieß ihn mit dem Ellenbogen an, aber Piras zuckte nicht mit der Wimper.

«Gut. Sucht mir die Telefonnummer der Klinik raus. Und du, Lucchesi, was hast du mit Signora Durand ausgemacht?»

«Ich habe mit diesem Armando geredet – ein richtig sympathischer Mann … Er sagt, die Signora hätte schon mit Ihnen gesprochen und Ihnen alle Informationen zu diesem Fall gegeben. Jedenfalls sollen wir uns von jetzt an mit Fragen an ihren Anwalt wenden, einen aus Mailand.»

«Botschaft angekommen. Beginnen wir mit Schwester Maria, um Madame kümmern wir uns später. Vielleicht werde ich mir morgen Nachmittag einen halben Tag Zeit nehmen, um nach Bergamo zu fahren, wenn hier alles ruhig läuft. Vielleicht auch Samstagvormittag. Ich könnte ein paar Urlaubstage vom letzten Jahr abfeiern. Also gut, Jungs. Ich bin drüben, gebt mir Bescheid.»

Sie hatte sich gerade an den Schreibtisch gesetzt und wollte sich eine Muratti anzünden, da klopfte es an der Tür. Lucchesi.

«Dottoressa, ich habe Ihnen die Nummer von dieser Anstalt aufgeschrieben.»

«Danke, dann versuche ich jetzt mal, dort jemanden zu erreichen.»

Sie wählte die Nummer und horchte auf den Anrufbeantworter, der dazu aufforderte, in der Leitung zu bleiben, um den Platz in der Warteschleife nicht zu verlieren. Der Beamte stand immer noch vor ihrem Schreibtisch.

«Danke, Lucchesi, du kannst jetzt gehen.»

Unschlüssig drehte Lucchesi ein Stück Papier in der Hand.

«Gibt es Probleme, Dottoressa?»

Überrascht schaute Stefania ihn an, dann lächelte sie. Er war ein feiner Kerl.

«Nein, Mario. Nur muss ich diese Phase der Ermittlung, wie soll ich sagen, sehr verdeckt durchführen. Keine Uniform, kein Dienstwagen, viel Diskretion, wenigstens so lange, bis alles ein bisschen klarer ist. Verstehst du?»

«Ich glaube, ja. Aber wenn Sie mich brauchen, das heißt uns, ich will sagen Piras und mich, dann sind wir da. Wir haben vorhin darüber geredet und sind uns einig.»

Wieder sah ihn Stefania an.

«Ich danke dir. Und Piras auch. Ich weiß, dass ich auf euch zählen kann und dass ihr tüchtige Jungs seid, aber glaub mir, es ist besser, wenn ich die Sache von jetzt an alleine durchziehe. Ich kann euch nicht an einer Ermittlung beteiligen, die offiziell eingestellt ist. Und bitte, kein Wort davon gegenüber Carboni.»

Sie wusste nicht, wie sie sich ausdrücken sollte.

«Weißt du, in solchen Fällen folge ich einzig und allein meinem Gewissen. Aber von euch kann ich nicht verlangen, so ein Risiko einzugehen. Trotzdem danke!»

«Wie Sie meinen. Sie wissen jedenfalls, dass Sie auf uns zählen können. Auch wir haben noch Resturlaub.»

«Ich denke dran. Danke, Jungs!»

Sie folgte ihm mit den Augen, während er hinausging und leise die Tür hinter sich schloss.

Die beiden waren wirklich schwer in Ordnung.

Die geschäftsmäßige Stimme der Frau von der Telefonzentrale unterbrach ihre Gedanken.

«Klinik Santa Maria, guten Tag, wie kann ich Ihnen helfen?»

«Guten Tag. Hier ist Dottoressa Valenti. Ich rufe aus Como an und möchte bitte Schwester Maria Cappelletti sprechen.»

«Ich verbinde Sie mit der Sekretärin, einen Moment bitte.»

Sie wartete.

«Dottoressa, wie war noch bitte Ihr Name?»

«Dottoressa Valenti.»

«Haben Sie in den letzten Tagen einen Termin ausgemacht?»

«Nein, ich rufe zum ersten Mal an.»

«Gut, bitte warten Sie einen Moment.»

Es dauerte eine ganze Weile.

«Dottoressa, die Kontakte mit den Ärzten laufen über unseren ärztlichen Direktor. Ich verbinde Sie mit dessen Sekretariat.»

«Ich bin keine Ärztin, ich bin Polizeikommissarin. Und ich würde gern direkt mit Schwester Maria Cappelletti sprechen.»

«Bitte um Verzeihung, Commissario, das hatte ich falsch verstanden.»

Eine Pause entstand. Stefania wurde langsam ungeduldig.

«Dottoressa, guten Tag, hier ist Schwester Carla. Die Schwester Oberin ist im Moment beschäftigt, kann ich ihr vielleicht etwas ausrichten?»

«Nein, tut mir leid. Es ist eine persönliche Angelegenheit. Sagen Sie der Oberin, dass es um ihre Schwester Margherita Cappelletti geht. Am besten wäre ein Gespräch unter vier Augen.»

«Ich richte es aus. Noch einen Moment bitte.»

Diesmal war die Pause sehr kurz.

«Dottoressa, ginge Montag um 14 Uhr 30?»

* * *

«Bereit für den Fußmarsch, Luca?»

«Absolut. Der Tag hat nicht schlecht angefangen, finde ich.»

«Mit dem Cappuccino und dem Kuchen haben wir jede Menge Kalorien getankt. Jetzt heißt es, sie loszuwerden.»

«Es hat sich doch aber gelohnt, oder? Der ofenfrische Apfelkuchen war ein Gedicht, ganz zu schweigen von den Crème-Chantilly-Schiffchen.»

«Ich hätte nicht gedacht, dass du so ein Naschmaul bist, Luca. Aber es stimmt ja, den süßen Sachen der Pasticceria Manzoni kann man einfach nicht widerstehen.»

«Und wohin geht es jetzt?»

«Zuerst einmal auf eine Zigarette ans Seeufer.»

«Hervorragend. Und dann?»

«Auf eine Zeitreise in die Vergangenheit am See. In Ordnung?»

«Das hört sich ein bisschen düster an.»

Valli lachte, und sie ließ sich davon anstecken.

Stefania war guter Laune. Diese Wirkung hatte Valli auf sie. Sie fühlte sich beschwingt, ein bisschen wie damals als Kind, wenn es in der kühlen Frühe eines Sommermorgens losging, auf einen Ausflug oder eine Wanderung in den Bergen. Immer hatte sie Lust gehabt zu laufen, allen anderen vorweg, in kurzen Hosen und Turnschuhen, den Rucksack auf der Schulter.

Jetzt stiegen sie in Stefanias Corsa, bogen in die Via Regina Richtung Tremezzo ab und ließen die Häuser von Menaggio hinter sich. Durch das Autofenster schienen Bellagio und die Landspitze Spartivento zwischen den beiden Armen des Sees zum Greifen nah. Stefania erkannte den Umriss der Villa Melzi, dann hielt sie geradewegs auf die Tremezzina-Küste zu. Auf dem See tuckerte die mit Myriaden von Touristen beladene Fähre *Milano* in dieselbe Richtung.

Sie fuhr durch Griante und an dem rosa Türmchen über dem See vorbei. Das Hotel Bellevue und das Grand Hotel

Tremezzo mit seinen flatternden Fahnen waren wie in jeder Saison von englischen Touristen erobert. Die alte anglikanische Kirche und die Villa Carlotta, die sich in diesen Tagen mit frischerblühten Azaleen von ihrer besten Seite zeigte, waren bevorzugte Ziele der Briten. Stefania aber gefiel die geheimnisvolle Villa Sola in Bolvedro weit mehr, unwirklich, wie sie war mit ihrem imposanten Gitter und der prächtigen elfenbeinfarbenen Fassade. Jeden, der sie zum ersten Mal sah, brachte sie zum Staunen. Nach kurzer Zeit erreichten sie Mezzegra: Hier waren vor sechzig Jahren geschichtsträchtige Entscheidungen gefallen. Vor der Villa in Bonzanigo, wo der Duce seine letzte Nacht mit seiner Geliebten Clara Petacci verbracht hatte, machten sie halt.

«Wirst du mich jetzt auch noch zum Tor der Villa Belmonte bringen?»

«Weißt du, dass jedes Jahr am 28. April Hunderte von Nostalgikern herkommen, um den beiden die Ehre zu erweisen?»

«Ja, einmal habe ich sie gesehen. Mir tun sie nicht nur leid, sie rühren mich fast.»

«Also nein, mich machen sie wütend. Ich denke wie sie, damit das klar ist, aber ich verstehe nicht, was sie an der Stelle zu suchen haben. Immerhin wissen hier alle, dass Mussolini in Bonzanigo und nicht in Giulino umgebracht wurde.»

«Sag nicht, dass auch du an die Theorie der doppelten Erschießung glaubst? Du hast eine ausgeprägte Neigung zu Verschwörungstheorien.»

«Nein. Man muss nur ein bisschen vertraut sein mit diesen Orten und Leute kennen, die sich noch direkt erinnern, um zu wissen, wie es damals wirklich gewesen ist. Um das Thema abzuschließen: Er wurde nicht nachmittags um vier zusammen mit der Petacci erschossen, sondern am Morgen im Hof der Casa De Maria.»

«Und Claretta Petacci?»

«Claretta kurz danach, und zwar genau an der Stelle, wo wir jetzt stehen, mit einer Maschinengewehrsalve von hinten, während sie die Leiche des Duce hinaustrugen.»

Sie stiegen wieder ins Auto und fuhren nach Lenno. Dort ließen sie es auf einem Parkplatz stehen und machten sich zu Fuß auf den Weg. Eine Unterführung brachte sie auf die andere Seite der Hauptstraße.

«Da, schau, wir sind schon auf der Via Regina. Auf dieser Strecke folgen noch ein paar Abschnitte dem ursprünglichen Verlauf. Die Straße führt ziemlich dicht am Ufer entlang, zwischen den Häusern hindurch, manchmal auch unterhalb an den Häusern vorbei. In unmittelbarer Nachbarschaft zu den Villen und Kirchen und mit Blick auf den See. Als kleines Mädchen bin ich im Sommer oft hier gewesen. Hier war immer Schatten, und auf dem ersten Stück Weg gab es viele Nussbäume.»

«Wie dieser?»

«Ja, aber jetzt sind die Nüsse noch nicht reif. Im August werden sie groß und rund. Wir haben sie mit einem Stein aufgeknackt und sofort gegessen.»

Sie gingen eine Weile schweigend nebeneinanderher. Je weiter sie kamen, desto gedämpfter wurde der Straßenlärm. Jedes Mal, wenn Stefania diese Straße entlanglief, war ihr, als beträte sie eine andere Dimension, als kehrte sie in die Vergangenheit zurück.

«Dieser Duft», sagte Valli. «Und diese Mauer.»

«Schau mal nach oben», antwortete Stefania. «Da sind riesige Lorbeerbüsche und ein bisschen höher Lärchen und gewaltige Magnolien und darunter ein dichter Farnteppich.

Man riecht den Lorbeer und den Harz aus dem Unterholz. Das da vor uns ist die Mauer der Villa Monastero, die denselben Namen trägt wie die berühmtere Villa am anderen Seeufer. Schau sie dir genau an. Sie erschien mir immer als Sinnbild dafür, wie das Leben vergeht und sich verändert, wie die Vergangenheit wieder aufersteht.»

«Eine einfache Mauer hat solch eine Wirkung auf dich?»

«Schau, wie groß die Steine im unteren Teil sind. Auf zwei Metern Höhe ist die Mauer so massiv, aber dort unten sind die Steine kleiner und ganz anders angeordnet. Da muss früher eine Tür gewesen sein oder sogar ein richtiges Portal. Ein Eingang, der irgendwann einmal zugemauert wurde. Stell dir vor, wie da früher die Leute ein und aus gingen. Leute, die ins Kloster gegangen sind, Wagen, Tiere und Fischer, die mit ihren Körben vom See heraufkamen.»

«Sind wir hier so nah am See?»

«Wenn du genau hinhorchst, kannst du die Wellen hören, das Seewasser, das gegen das Ufer schwappt. Da hinten war früher sogar ein Brunnen mit ganz frischem Wasser, das mitten im Moos aus einem mythologischen Tierkopf herausfloss. Als Kinder haben wir hier immer angehalten und getrunken. Jetzt ist er trocken, fast alle alten Brunnen sind verschwunden. Gleich sind wir am Tor der Villa. Man kann sogar ein bisschen hineinschauen. An einer Stelle kommen sich die Mauer um die Villa und die Häuser so nah, dass man beide gleichzeitig berühren kann. Da ist so ein dunkler Spalt, eng und ganz hoch. Wir hatten ein bisschen Angst davor.»

«Stefania!»

Stefania schüttelte die Erinnerungen ab und lächelte entschuldigend.

«Du hast recht. Ich rede von Mauern und alten Steinen

und langweile dich bestimmt. Willst du einen Augenblick anhalten? Da unten ist ein kleiner Uferstreifen mit Sand, handtuchgroß. Hier gibt es ja kaum Strände. Alles ist so klein wie in einer Miniatur.»

«Ganz auf den Menschen zugeschnitten.»

«Die Männer, die mit dem Schiff hinausgefahren sind, auch wenn die *Breva* wehte, haben das bisschen Erde bewirtschaftet. Andere sind ins Kloster gegangen, wieder andere sind mit den Tieren auf die Berge gestiegen, wenn sie welche hatten. Vieh zu haben bedeutete damals, reich zu sein. Wer weiß, wie viele Kinder hier herumgerannt sind. Überleg mal, wie viele Katzen im Sommer auf diesen warmen Steinen geschlafen haben. Riechst du diesen Geruch? Das sind Algen. Manche finden ihn unangenehm, andere reden sogar von Gestank. Eigentlich ist es aber nur das stehende Seewasser, wahrscheinlich ist es schon seit Jahrtausenden so.»

«Stefania!»

«Schon gut. Ab jetzt bin ich mindestens zehn Minuten lang still. Gehen wir runter. Komm, aber pass auf, es ist ein bisschen rutschig. Hier entlang, gib mir die Hand.»

«Aber hier ist nicht mal Platz für zwei zum Sitzen.»

«Nur weil wir nicht reserviert haben, sonst hätten sie für diese Gelegenheit Stühle und Tische hingestellt.»

«Wenn nötig, opfere ich mich und nehme dich auf den Arm.»

«Sehr freundlich, wie immer.»

Sie lachten und setzten sich Seite an Seite hin. Den Rücken an die kleine Mauer gelehnt, ließen sie sich die Sonne ins Gesicht scheinen. Vor ihnen funkelte das Wasser und glitzerte wie Silber. Stefania schloss die Augen.

«Schön ist es hier», sagte Valli.

«Wirklich?»

Als Stefania die Augen wieder aufschlug, bemerkte sie, dass Vallis Blick auf ihrem Gesicht ruhte. Bei allen anderen Männern störte sie das. Bei ihm gefiel es ihr.

«Wenn du weitergehen willst, sag Bescheid.»

«Wir haben doch keine Eile. Hier gibt es so viel zu sehen, und außerdem finde ich es schön, wenn man es mal ein bisschen ruhiger angehen kann. Die Zeit läuft sonst so schnell. Hier scheint sie ein bisschen langsamer zu verstreichen. Nehmen wir sie uns einfach.»

«Einverstanden.»

Valli zündete sich eine Zigarette an, und auch Stefania streckte die Hand nach ihrem Rucksack aus.

«Willst du?»

Überrascht sah sie auf. Er bot ihr seine Zigarette an. Einen Moment lang zögerte sie, dann steckte sie sich die Zigarette zwischen die Lippen. Sie fühlte ihr Herz schlagen. Es war eine angenehme, aber sehr ungewohnte Empfindung.

Nach der Zigarettenpause liefen sie schmale Fußwege und gepflasterte Straßen hinauf und hinunter, mal Richtung See, mal Richtung Berge. Nur selten kreuzten sie die Hauptstraße. Von Lenno aus erreichten sie Ossuccio. Sie gingen unter dem großen Portal hindurch in das romanische Oratorium von Santa Maria Maddalena und liefen dann auf der Höhe der Insel am Seeufer entlang.

«Siehst du, wie klein die Wasserfläche ist? Von hier aus ist die Insel so nah, dass man hinüberschwimmen kann. Wie genau man alles erkennt: die Treppe, die zur Kirche hochführt, der Weg, der drum herum läuft, das dünne Wäldchen darüber.»

«Haben wir noch genug Zeit für einen Abstecher auf die Insel? Das wäre schön. Ich habe sie noch nie aus dieser Nähe gesehen.»

«Vielleicht nach dem Mittagessen. Falls wir jemand finden, der uns auf dem Schiff mitnimmt.»

«Mittagessen? Hast du wirklich ‹Mittagessen› gesagt?»

«Das war eigentlich nur eine andere Formulierung für ‹Nachmittag›.»

«Schade, es wäre keine schlechte Idee.»

«Luca, sag nicht, du hast schon wieder Hunger.»

«Wenn du nicht willst, sage ich es nicht.»

Er lächelte sie an.

«Jetzt gehen wir noch ein Stück die Via Regina entlang, durch diesen tunnelartigen Durchgang hindurch, dann steigen wir zur Kirche San Giacomo hinunter, und wenn du dich gut benimmst, essen wir später in der Tirlindana.»

«Wer weiß, wie alt diese Unterführung ist.»

«Merkst du was? In diesem Halbdunkel riecht es nach Keller und Schimmel. Früher waren hier Hühner- und Kaninchenställe, und man konnte kaum atmen. Jetzt gibt es stattdessen Gartentore und Türchen zu den Weinstuben. Aber seinen Charme hat es immer noch. Eine letzte Sache will ich dir noch zeigen, bevor wir uns auf den Rückweg machen. Lass uns da runtergehen. Wenn wir am Bach entlanglaufen, kommen wir direkt hin.»

«Das Grab von Beccaria womöglich?»

«Nein, das liegt zwischen Ossuccio und Sala Comacina. Was ich dir zeigen will, ist eine Art gemeinsamer Nenner der Geschichten vieler Personen, die zu verschiedenen Zeiten und unter verschiedenen Umständen gelebt haben.»

«Seit du davon sprichst, ist dein Lächeln verschwunden.»

«Da sind wir schon. Darf ich vorstellen: Villa Regina.»

Valli betrachtete die breite Fassade, den langen Zufahrtsweg und das große Tor.

«*Die* Villa Regina?»

«Genau die. Das hier ist der hintere Teil mit den Wohnungen der Dienerschaft und dem Gärtnerhaus. Von vorne ist sie noch prächtiger, aber man sieht die Vorderseite nur bei Niedrigwasser vom Schiff oder vom Ufer aus. Oder man geht da hinten um dieses Mauerstück herum. So haben wir es als Kinder gemacht.»

«Das ist im Moment wohl nicht ganz passend. Aber du hast recht, sie ist wunderschön.»

Stefania legte das Gesicht an das Gitter und betrachtete die großen Nymphen im Brunnen.

«Es gibt auf dieser Seeseite andere schöne Villen, vielleicht sogar noch schönere. Aber diese hier hat eine besondere Geschichte. Viele Leute haben hier gewohnt. Margherita Cappelletti in den letzten Jahren ihres kurzen Lebens und ihr Vater Remo. Die Schwester Maria, die ich am Montag kennenlernen werde. Also die Vorfahren der Cappelletti, die heute darin wohnen. Eine halb schweizerische, halb amerikanische Familie aus Bankiers, Anwälten und Senatoren. Davor ist der Krieg hier durchgezogen: die Deutschen, Juden auf der Flucht. Habe ich dir schon erzählt, dass ich hier war und die derzeitige Besitzerin getroffen habe, Madame Durand?»

Valli blickte sie an und lächelte geduldig. Es war nicht zu übersehen, dass er wenig Lust hatte, das Gespräch über die Villa Regina fortzuführen.

«Es ist eine alte Villa», sagte er schließlich. «In ihrer fast dreihundertjährigen Geschichte hat sie sicherlich einige Besitzer gehabt, deren Leben filmreif war, und wer weiß, wie viele Abenteuer sie miterlebt hat. Du bist, ohne es zu wollen, in diese Lebensgeschichten hineingeraten, deshalb erscheinen dir all diese Leute ganz außergewöhnlich. Doch an Orten wie diesem sind unzählige solcher Ereignisse passiert.»

«Ja, sicher. Aber für mich geht es nicht darum, dass diese Leute etwas Besonderes sind. Jedenfalls beeindrucken mich weder ihr Reichtum noch ihre Macht. Hier ist einfach etwas geschehen, das mir Rätsel aufgibt. Die Lösung scheint greifbar nahe, aber ich kann sie nicht entschlüsseln. Mir fehlen einfach ein paar Mosaiksteinchen.»

«Nicht mehr lange, da bin ich sicher, Monsieur Poirot. Wollen wir jetzt die Villa Regina ihrem Ruhm und ihren Geheimnissen überlassen und frischen Fisch essen gehen?»

«Nur, wenn du mir noch einmal *Pasticcini* in Schiffchenform gönnst.»

Die Tirlindana war eines der bekanntesten Restaurants in der Tremezzina. Das winzige Lokal im historischen Altstadtkern von Sala Comacina lag, eingezwängt zwischen eng aneinanderlehnenden Häusern, mitten in der Bucht gegenüber der Insel. Man erreichte es durch ein Labyrinth von gepflasterten Gässchen oder direkt vom See aus. Der kleine Platz vor dem Restaurant, auf dem Tische im Freien standen, grenzte an einen Schiffsanleger. Die friedliche Atmosphäre und die gedämpften Geräusche bildeten den richtigen Rahmen für die erlesenen, täglich wechselnden Menüs, die immer Fisch aus dem See enthielten.

Stefania und Valli setzten sich draußen hin und bestellten Acqua Chiarella und eine Karaffe Weißwein. An diesem Tag hatte Mario, der Küchenchef und Besitzer, ein paar seiner regionaltypischen Spezialitäten im Angebot: Antipasto alla Comasina mit *Toc* und *Missoltini*, Borettane-Zwiebeln oder Alborellafisch in Carpionecreme als Vorspeisen. Ravioli mit Kastanien, Pflaumen und Wurst als ersten Gang. Valli bestellte einen Tatar aus Reinanke mit gebackenem Bauchspeck und eine Platte mit Käse aus der Region. Stefania beschränkte sich auf Speisen, die sie besser kannte.

Als sie gemeinsam zu Vallis Auto zurückgingen, war Stefania fast ein wenig traurig. Lächelnd sagte sie:

«Da sind wir nun zurück am Ausgangspunkt. Ich hoffe, ich habe dich mit meinem Streifzug am See nicht allzu sehr gelangweilt.»

«Es war wunderschön, all diese Orte und diesen See mit deinen Augen zu sehen.»

«Ich fand es auch schön mit dir.» Sofort bereute sie den Satz und den Tonfall, in dem sie ihn ausgesprochen hatte. «Wenn du magst, können wir noch öfter solche Spaziergänge machen, jetzt, wo die warme Jahreszeit bevorsteht: Es gibt hier so viel zu sehen, wenn man nur richtig hinschaut.»

Valli nickte zustimmend. «Falls du in den nächsten Tagen, vielleicht auch morgen, nichts Besseres vorhast, hätte ich große Lust auf einen Kaffee in der Stadt. Natürlich nur, wenn es dein Zeitplan zulässt.»

«Gute Idee. Morgen Nachmittag bin ich in Bergamo und weiß nicht, wann ich wiederkomme, aber am Dienstag habe ich Zeit.»

«Dann rufe ich dich Dienstagmorgen an.»

«Also auf Wiedersehen, Luca.»

«Ciao, Stefania.»

Stefania wandte sich ab und machte sich auf den Heimweg. An der nächsten Straßenecke drehte sie sich instinktiv noch einmal um. Valli war noch nicht losgefahren. Er schaute in ihre Richtung. Sie winkte. Gerade als sie sich wieder abwandte, sah sie aus dem Augenwinkel, wie er seine Lippen berührte, als wollte er ihr einen Kuss nachschicken.

14. KAPITEL

Als Stefania am Montag von einer Zeugenaussage am Gericht zurückkam, erwartete sie im Büro eine E-Mail von Montalti.

Sehr geehrte Dottoressa Valenti,
die sterblichen Überreste von Karl Dressler sind an ihrem Bestimmungsort angekommen. Nach dem Willen meines Onkels ruhen sie jetzt in unserem Familiengrab. Wir danken Ihnen nochmals. Wer weiß, ob wir einander über kurz oder lang einmal begegnen: Eigentlich fehlt mir Italien. Und ich muss zugeben, dass ich manchmal daran denke, wie es wäre, die Villa Regina wiederzusehen, falls das noch ihr Name ist.
Ich schreibe heute, um Ihnen mitzuteilen, dass wir die Behörden der Stadt Leipzig offiziell vom Ableben Karl Dresslers und von seiner jetzigen Begräbnisstätte in Kenntnis gesetzt haben. Wir haben ihnen die gesamte Dokumentation zukommen lassen, die wir von der italienischen Justizbehörde erhalten haben. Ich verspreche mir davon nicht unbedingt neue Erkenntnisse, aber unser Anwalt ist der Ansicht, dass diese offizielle Mitteilung endlich den Anstoß für ernsthafte Nachforschungen nach Dresslers Familie

geben könnte. Inzwischen dürften sich bessere Ergebnisse erzielen lassen als in den fünfziger Jahren, mitten im Kalten Krieg. Falls sich neue Fakten ergeben sollten, werden wir Sie selbstverständlich informieren.

Mit freundlichen Grüßen

P. M.

Eine Weile dachte Stefania über Montalti nach. Nur selten traf sie auf so viel Takt, Ehrgefühl und Verbindlichkeit, selbst in ihrem engsten Umkreis. Zwar hatte sie kaum Hoffnung auf konkrete Ergebnisse, aber allein die Tatsache, dass eine so entfernte Person an diesem Fall so großen Anteil nahm, hob ihre Laune. Sie nahm sich vor, Montalti zu antworten und sich ihrerseits bei ihm zu bedanken.

Dann kehrten ihre Gedanken zu dem Gespräch zurück, das sie an diesem Nachmittag von Angesicht zu Angesicht mit Maria Cappelletti führen würde. Sie hatte das Gefühl, dass sie kurz davor war, die letzte Karte auszuspielen. Und sie wusste, dass sie diese Gelegenheit nicht versäumen durfte.

Obwohl es noch nicht einmal elf Uhr war, hatte sie Lust, sich auf den Weg zu machen. Sie steckte das Kistchen mit den Fundstücken in ihre Tasche und schlich durch einen Seiteneingang hinaus. Von der Via Italia Libera aus, wo sie ihr Auto geparkt hatte, fuhr sie zur Strada Statale 342 und dann Richtung Bergamo. Kaum war sie aus der Stadt, entspannte sie sich. Sie kam sich vor wie ein flüchtiger Dieb mit seiner Beute.

Letztendlich war es wie ein Ferientag – warum sich also so viele Gedanken machen? Sicherlich, Carboni und vor allem Arisi hätten nicht gebilligt, dass sie nach Bergamo fuhr, die Beweisstücke eines schon eingestellten Verfahrens im

Gepäck. Wäre es nach ihren Vorgesetzten gegangen, dann hätten die Funde mit den entsprechenden Etiketten längst in der Asservatenkammer sein müssen, um dort in einem Schrank zu verstauben. Alle anderen hatten diese Geschichte gedanklich bereits zu den Akten gelegt. Alle bis auf sie. Niemand würde mehr einen Finger rühren, um Karl Dressler Gerechtigkeit widerfahren zu lassen. Was umso mehr dafür sprach, dass sie diesen Versuch unternahm.

Noch heute Abend würde sie alles an seinen Platz zurücklegen, bevor irgendjemand etwas bemerkte.

In gemütlichem Tempo fuhr sie durch die Provinz Como und dann durch die Dörfer der Brianza Richtung Lecco. In weniger als anderthalb Stunden hatte sie ihr Ziel erreicht. Es war noch genügend Zeit.

An der Piazza im Zentrum des Städtchens hielt sie an. In einer kleinen Bar voller alter Männer erkundigte sie sich nach dem einfachsten Weg zur Klinik. Als einzige weibliche Kundin fühlte sie sich wohlwollend beäugt, bekam aber dennoch schnell eine ganze Reihe nützlicher Hinweise.

Sie brachte in Erfahrung, dass die Klinik ungefähr fünfzig chronische Psychiatriepatienten aller Altersstufen beherbergte; die jüngeren kamen oft in Begleitung ihrer Betreuer ins Dorf, um einen Kaffee zu trinken, ein Eis zu essen oder Zigaretten zu kaufen. Letzteres eröffnete ihr die Barfrau, als Stefania sich eine Zigarette anzündete, und setzte hinzu, dass die Patienten sehr gut behandelt würden, auch wenn die Regeln der Nonnen eisern waren: lange Spaziergänge, kein Alkohol, Gymnastik, vielfältige Aktivitäten, frühes Zubettgehen am Abend und Aufstehen morgens um sieben.

«Da drinnen haben die Nonnen das Kommando, obwohl sie nur zu zehnt sind und auch nicht mehr die Jüngsten», sagte sie. «Jedenfalls halten sie die Patienten auf Trab.»

«Nur zehn?», vergewisserte sich Stefania.

«Richtig, abgesehen von einem Dutzend Betreuern, vier Psychiatern, die kommen und gehen, einem Sozialarbeiter und dem Dienstpersonal. Aber in der Direktion und in der Verwaltung sitzen nur die Nonnen.»

«Kennen Sie auch die Oberin?»

«Ja, sicher. Jeden Montag kommt sie mit dem Fahrer im Auto herunter. Sie geht zur Post und zur Bank und fährt dann wegen der Klinikangelegenheiten nach Bergamo. Eine ganz Tüchtige.»

«Sympathisch?»

«Mich macht sie immer etwas unsicher, aber man hört nur Gutes über sie. Kennen Sie sie?»

«Nicht persönlich, nur vom Hörensagen. Aber ich habe nachher eine Verabredung mit ihr.»

Stefania entging nicht, dass sie damit in der Achtung der Signora um einige Stufen gestiegen war. Sie zahlte, warf einen freundlichen Blick auf die Männer am Stammtisch, die gerade eine lebhafte Partie Scopa spielten, und ging hinaus.

Bis zur Klinik war es nur noch ein Katzensprung. Sie sah genauso aus wie auf der Fotografie: ein weißer Klotz zwischen Pinienbäumen. Stefania ließ ihr Auto auf dem Parkplatz stehen und lief zum Eingang. Alles wirkte sorgfältig gehegt und gepflegt, vom akkurat gemähten Rasen über die wohlgeordneten Rosenbeete bis zu den blitzsauberen Fenstern der Empfangshalle und den weiß-blau gestreiften Markisen davor. Über allem schwebte der Geruch von Lavendel und Desinfektionsmittel.

Eine korpulente Angestellte begleitete sie von der Pförtnerloge bis zur Direktion, sorgfältig darauf bedacht, zu verhindern, dass der Neuankömmling auf dem Weg Zeit hatte, sich neugierig umzublicken. Das Gebäude schien eine Reihe Innenhöfe mit Bäumen und Gärtchen zu umschließen. Der breite Flur verlief rings um die Außenseite des Hauses, nach innen öffnete er sich auf mehrere Zimmer mit Linoleumböden und Aufenthaltsräume mit Sofas und Sesseln. Alles war in perfekter Ordnung, und nirgends war eine Menschenseele zu sehen. Ein Zeichen, dass die Patienten noch Mittagsruhe hielten. Ein Schild am Anfang des Korridors wies darauf hin, dass die Besuchszeit für Verwandte auf den Zeitraum von 16 Uhr bis 17 Uhr 30 eingegrenzt war.

Sie durchschritten eine Tür mit Buntglas und betraten einen anderen, deutlich älteren Trakt mit den Direktionszimmern und den Wohnungen der Nonnen. Massive Schränke aus dem heimischen Nussbaumholz und Sessel aus rötlichem Leder wechselten mit riesigen Pflanzen in glänzenden Messingtöpfen. Neben der Kapelle für das stille Gebet der Nonnen standen frische Blumen. Ein intensiver Pinienduft drang durch die offen stehenden Fenster. Als die Angestellte an die Bürotür der Oberin klopfte, war es genau halb drei.

Das Zimmer war groß und hell und mit denselben dunklen Möbeln ausgestattet, die Stefania im Vorzimmer gesehen hatte. Das einzige angenehme Unterscheidungsmerkmal war eine Vase mit einem Strauß Rosen vor einer Kniebank, über der ein Holzkruzifix hing.

Schwester Maria saß am Schreibtisch. Vor ihr lagen voluminöse offene Registerbücher. Bei Stefanias Eintreten hob sie den Kopf und lehnte sich ein wenig in ihrem Stuhl zurück. Dann setzte sie die Brille auf und betrachtete sie. Stefania hielt dem Blick stand.

«Dottoressa Valenti», meldete die Angestellte.

«Danke, Pinuccia, Sie können gehen. Guten Tag, Dottoressa.»

«Guten Tag, Mutter Oberin.»

«Bitte setzen Sie sich.»

Die Oberin zeigte auf einen Stuhl auf der anderen Seite des Schreibtischs.

«Ich will Ihnen nicht verhehlen, dass mich Ihr gestriger Anruf überrascht hat. Womit kann ich Ihnen behilflich sein, Dottoressa?»

Stefania hob den Blick. Die schwarze Haube und der Schleier mit dem Silberkruzifix umrahmten ein hageres, strenges Gesicht, das in seltsamem Kontrast zu den dunklen, noch überraschend lebhaften Augen stand. Mit ihrer stolzen Haltung wirkte Schwester Maria deutlich jünger als fünfundachtzig. Abwartend verschränkte sie die Hände.

«Ich bin gekommen, um mit Ihnen über Ereignisse zu sprechen, die mittlerweile lange zurückliegen und in gewisser Hinsicht mit Ihrer Schwester zu tun haben. Das zumindest scheint mir aus dem jetzigen Stand unserer Ermittlungen hervorzugehen.»

«Ermittlungen in Bezug auf meine Schwester?», fragte die Nonne ohne sichtbare Emotionen.

«Genau. Die Ermittlung ist eingeleitet worden, als in einer abgerissenen Almhütte nahe dem Pass von San Primo die sterblichen Überreste eines Menschen gefunden wurden. Sicherlich kennen Sie die Gegend. Genau an der Stelle soll der neue Grenztunnel gebaut werden.»

«Ja, davon habe ich in der Zeitung gelesen.»

«Wir haben Grund zu der Annahme, dass es sich bei dem Toten um einen deutschen Soldaten handelt, der während der Besatzung durch die Nazis nach Norditalien kam.»

Hier machte Stefania eine Pause und heftete ihre Augen auf die von Schwester Maria.

«Sein Name war Karl Dressler. Haben Sie ihn gekannt?»

Die dunklen Augen blitzten auf, aber der Tonfall blieb neutral.

«Ja.»

«Können Sie mir sagen, unter welchen Umständen Sie ihm begegnet sind?»

«Er war einige Monate lang in der Villa Regina untergebracht, als diese beschlagnahmt und in ein Lazarett für kriegsverletzte deutsche Militärangehörige umgewandelt worden war.»

«Waren Sie zu der Zeit auch in der Villa Regina?»

«Ja. Bevor ich ins Kloster ging, war ich Krankenschwester. Ich habe dort gearbeitet, bis das Lazarett kurz vor Kriegsende geschlossen wurde.»

«Aber war nicht die Villa in Ihrem Besitz und ist es noch immer?»

«Das kam erst danach.»

«Und leben dort nicht noch einige Ihrer Verwandten?»

«Falls Sie damit die Witwe meines Bruders und ihre Kinder meinen: Ich vermute ja.»

«Sie haben sie lange nicht gesehen?»

«Meinen Bruder Giovanni und seine Frau habe ich zum letzten Mal gesehen, als mein Vater beerdigt wurde. Noch am selben Tag habe ich die Villa Regina verlassen und bin ins Kloster eingetreten. Ich bin nie mehr zurückgekehrt, auch beim Tod meines Bruders nicht. Daher kann ich nur *vermuten*, dass meine Schwägerin dort noch mit ihren Kindern wohnt. Ich weiß zumindest, dass sie noch am Leben ist.»

Stefania antwortete nicht, sondern schwieg und tat, als suchte sie etwas in ihrer Tasche.

Schwester Maria ergriff wieder das Wort.

«Was gibt Ihnen Grund zu der Annahme, dass es sich bei

der von Ihnen aufgefundenen Person um Karl Dressler handelt?»

«Eine Reihe relevanter Fakten und einige Gegenstände, die wir bei der Leiche gefunden haben.»

Um die Spannung zu schüren, wühlte Stefania wieder in der Tasche. Nun verriet Schwester Marias Stimme eine Spur von Unruhe.

«Gegenstände?»

«Vielleicht können Sie das eine oder andere Fundstück identifizieren. Genau deshalb bin ich zu Ihnen gekommen. Das hier zum Beispiel.»

Stefania legte das Fragment des Brillenbügels und das silberne Zigarettenetui auf die Schreibtischplatte, so gedreht, dass man die Initialen nicht sehen konnte.

«Erkennen Sie eins von diesen Dingen? Wissen Sie, ob Karl Dressler rauchte?»

Schwester Maria betrachtete die Gegenstände, ohne sie auch nur mit einem Finger zu berühren.

«Alle Soldaten rauchten und tranken. Auch er hat geraucht.»

«Und getrunken?»

«Nein, ich glaube nicht.»

«Das Etui ist ein Luxusgegenstand für einen einfachen Soldaten, finden Sie nicht? Kam er aus einer reichen Familie?»

«Durchaus nicht, soweit ich mich erinnere. Aber eine Zeitlang war auch der Oberst in der Villa, dem der Soldat als Bursche diente. Er kam aus einer gutsituierten Familie und könnte ihm das Zigarettenetui geschenkt haben. Mit Geld oder Beziehungen war es damals nicht schwer, sich wertvolle Dinge zu beschaffen. Es waren so viele Waren und Gegenstände im Umlauf, die beschlagnahmt und für wenig

Geld auf dem schwarzen Markt weiterverkauft wurden oder jemandem gehört hatten, der ...»

«Umgebracht oder deportiert worden war?»

«Ja, auch das.»

Ein Schweigen folgte. Stefania beschloss, sie mit weiteren Fragen in die Enge zu treiben.

«Erkennen Sie die Brille? Könnte es die von Karl Dressler sein?»

«Ja, schon. Aber was hat das alles mit meiner Schwester zu tun, Commissario?»

«Margherita starb ungefähr zur selben Zeit, in den letzten Tagen des Krieges. Die Umstände ihres Todes wurden nie geklärt.»

Schwester Maria hob die Augen. Stefania meinte darin eine Verunsicherung zu erkennen und hatte ein mulmiges Gefühl. Die Frau, die ihr gegenübersaß, war im Grunde nur eine betagte Nonne. Stefania zwang sie, sich zu erinnern, und riss damit eine alte Wunde auf, die möglicherweise über all die Jahre hinweg nicht verheilt war.

Unwillkürlich wurde ihr Ton sanfter.

«Ich weiß, dass ich schmerzliche Erinnerungen wecke, Mutter Oberin, aber ich muss Ihnen diese Fragen stellen. Dazu bin ich verpflichtet. Auch diesem Jungen gegenüber, der ermordet wurde. Sie können uns helfen, die Wahrheit herauszufinden. Wir schulden ihm Gerechtigkeit, soweit es eben in der Macht der irdischen Gerechtigkeit steht.»

Schwester Maria antwortete nicht, sondern starrte weiter auf das Zigarettenetui.

Also fuhr Stefania fort.

«Sehen Sie, Mutter Oberin, wir wissen, dass Karl Dressler und Ihre Schwester einander kannten.»

«Ja.»

«Es gibt ein Gruppenfoto, das sie zusammen mit anderen vor der Villa Regina zeigt. Margherita war zu jener Zeit ebenfalls dort, nicht?»

«Ja, sie half bei der Betreuung der Langzeitpatienten.»

«In welcher Beziehung standen Ihre Schwester und Karl Dressler zueinander?»

Schwester Maria zögerte einen Moment, als suche sie nach den richtigen Worten.

«Dieser junge Deutsche war damals kaum fünfundzwanzig, glaube ich. Er war nett und sprach gut Englisch und Französisch. Margherita war noch nicht ganz einundzwanzig und konnte ebenfalls gut Französisch, dank meiner Schwägerin. Das heißt, sie konnten sich verständigen. Er spielte Klavier, und sie war ganz versessen darauf, ihm im großen Saal der Villa Regina zuzuhören. Margherita verstand nicht viel von Musik, hatte aber irgendwie ein Gespür dafür – ein Gespür für das Schöne, wo immer es ihr begegnete.»

«Ja, davon habe ich schon gehört.»

«Von wem?»

«Von Ihrer Schwägerin, Madame Durand.»

«Die beiden verstanden sich gut, weil sie fast gleich alt waren, obwohl Signorina Durand ganz anders war. Anders als wir alle, um die Wahrheit zu sagen. Auf jeden Fall mochte sie Margherita, auf ihre Art.»

«Bitte fahren Sie fort.»

«Es gibt nicht viel mehr zu sagen. Margherita erzählte mir nichts, aber ich habe dennoch bemerkt, dass zwischen ihr und dem Soldaten etwas entstanden war. Ich habe die beiden beobachtet. Jeden Abend schob sie ihn in seinem Rollstuhl über die Terrasse. Sie half ihm bei der Rehabilitation, zum Beispiel beim Gehen auf Krücken. Wenn er am Stock ging, stützte sie seinen Arm.»

«War er verletzt worden?»

«Am rechten Bein. Eine schlimme Wunde, die nicht heilen wollte. Am Ende blieb das Bein deutlich kürzer als das andere.»

Schwester Maria machte eine Pause und schaute aus dem Fenster in die Ferne. Dann erzählte sie mit leiser Stimme weiter.

«Es gab Anzeichen, meistens nur Kleinigkeiten, die eine ältere Schwester aber dennoch nicht übersehen konnte. Er war Margherita gegenüber sehr aufmerksam. Er folgte ihr mit Blicken und drehte sich sofort um, wenn er ihre Stimme hörte. Sobald sie mit den anderen Krankenschwestern das große Krankenzimmer betrat, schreckte er auf. Die beiden verbrachten viel Zeit mit gemeinsamen Spaziergängen im Garten. Irgendwann erschienen am frühen Morgen frische Blumensträuße vor unserem Zimmer. Und ich versichere Ihnen, dass sie nicht für mich bestimmt waren.»

Stefania sagte nichts dazu.

«Wie ging es weiter?»

«Das Ganze spielte sich vor aller Augen ab, und nach kurzer Zeit fühlte ich mich als ältere Schwester verpflichtet, Erklärungen zu verlangen. Margherita sagte in aller Schlichtheit und Aufrichtigkeit, sie sei in Karl Dressler verliebt. Und sie fügte hinzu, dass sie ihn heiraten und mit ihm nach Deutschland gehen wolle, sobald der Krieg zu Ende wäre. Dazu war sie fest entschlossen. Es war ein schwerer Schlag für die ganze Familie. Meine Schwägerin war schockiert, und mein Vater wurde furchtbar wütend, als er davon erfuhr. Margherita war seine Lieblingstochter.»

«Was unternahm Ihr Vater daraufhin?»

«Er beschloss, Margherita sofort aus der Villa Regina zu verbannen. Signor Durand bot an, Margherita in seinem Haus in der Schweiz aufzunehmen. Er sagte, dort könne sie ihre Ausbildung beenden. Darauf beruhte auch die Version, die im Dorf verbreitet wurde, um die Gerüchte zum Schweigen zu bringen. Margherita war verzweifelt. Sie weinte lange und beschwor unseren Vater, seine Entscheidung zu überdenken, aber er blieb unbeugsam. Er verbot ihr den Zutritt zur Villa. Margherita musste zu meiner Mutter und unserem Bruder Battista in das alte Haus oben in den Bergen ziehen.»

«Und Karl?»

«Mein Vater stellte ihn zur Rede. Ich habe nie erfahren, was dabei gesagt wurde. Mein Vater wollte nicht darüber sprechen.»

Schwester Maria lehnte sich zurück. Das Gespräch hatte sie erschöpft, sie schien mit einem Schlag um Jahre gealtert. Stefania wartete still, bis die Schwester erneut das Wort ergriff.

«Dann ging alles sehr schnell, die Ereignisse überstürzten sich. Knapp eine Woche später erhielt der Militärkommandant des Lazaretts den Befehl zur Evakuierung. In einer einzigen Nacht wurden alle Verletzten und Rekonvaleszenten auf Lastwagen und Transporter verfrachtet. Ohne Vorwarnung weckte man uns mitten in der Nacht, mit dem Befehl, die Schwerverletzten auf Tragen nach draußen zu bringen. Ich erinnere mich noch genau an die deutschen Befehle, an das Motorengeräusch und die Schreie der Verletzten. Wir konnten nicht einmal mehr alle Verbände wechseln. Als die Kolonne kurz vor Anbruch der Dämmerung bereit war zur Abfahrt, waren der Junge und sein Oberst verschwunden. Überall wurde nach ihnen gesucht, sie schlugen die Türen ein und durchkämmten den Dachboden, die Abstellkammern und Keller. Aber die Eile war zu groß. Schließlich fuhren sie ab, mit einem Heidenlärm. Wir Krankenschwestern blieben allein in der verlassenen Villa zurück. Ein paar hatten Verwandte in der Gegend und gingen noch in derselben Nacht fort, die anderen am nächsten Tag. Und in die Villa hielt die Stille Einzug.»

«Was taten Sie? Und Ihre Schwägerin?»

«Ich blieb zunächst mit zwei Dienstboten, die nicht wussten, wohin, in der Villa. Wir haben alles verschlossen, Türen und Fenster verrammelt und die Möbel mit langen weißen Tüchern bedeckt, wie am Ende der Sommerferien. Im Rückblick war das absoluter Irrsinn.»

«Warum ‹Irrsinn›?»

«Es war mit Sicherheit irrsinnig und obendrein ein nutzloser Aufwand. Wir haben uns um Möbel, Bilder und Teppiche gekümmert, während draußen die Menschen kämpften und starben. Die Deutschen hatten ohnehin die wertvollsten Sachen mitgenommen, und keiner von uns hatte sie daran hindern können. Am darauffolgenden Abend schlossen wir das große Tor ab und gingen ebenfalls unserer Wege.»

«Und Ihre Schwägerin, Signora Durand?»

«Während rings um die Villa Regina die Welt aus den Fugen geriet, hatte sie sich mit ihrer persönlichen Dienerin in ihrem Zimmer eingeschlossen. Sie kam erst heraus, als ich ihr klarmachte, dass sie allein in der leeren Villa zurückbleiben würde. Nach langem Drängen ließ sie sich endlich überzeugen, mit mir fortzugehen. Sie kam in einer Wohnung unweit der Villa unter, weil sie uns nicht in unser Haus in den Bergen folgen wollte. Wahrscheinlich hielt sie diese Unterkunft für nicht standesgemäß. Stattdessen zog sie es vor, in dieser Wohnung zu warten, bis der von ihrem Vater geschickte Wagen sie in die Schweiz zurückbrachte.»

«War Margherita bei Ihnen?»

«Nein, sie war schon seit ein paar Tagen in unserem Haus

in den Bergen. Mein Vater hatte mit Durand vereinbart, dass die beiden Mädchen so bald wie möglich gemeinsam abreisen sollten. Alles schien geregelt.»

«Aber?»

«Achtundvierzig Stunden später war der Wagen da. Eine Vertrauensperson gab mir Bescheid. Ich hatte den Auftrag, meine Schwägerin und Margherita zu begleiten. Aber Margherita war verschwunden. Überall habe ich sie gesucht und nach ihr gerufen, aber vergebens. Seitdem habe ich sie nicht mehr gesehen. Nicht mehr lebend.»

Stefania horchte auf das Ticken der Uhr, die an der Wand hing. Schwester Maria saß mit gesenktem Kopf da, die Hände gefaltet, als würde sie beten.

«Und Ihre Schwägerin? Wusste sie nicht, wo Margherita sein konnte oder warum sie weggegangen war?»

«Meine Schwägerin wusste sicherlich mehr, als sie je zugeben wollte, auch weil zwischen den beiden eine gewisse Vertrautheit herrschte, jene besondere Intimität, die junge Frauen nur Gleichaltrigen zugestehen. Sie wirkte weder sonderlich überrascht noch besorgt. Jedenfalls wartete sie nicht lange, sondern reiste mitten in der Nacht ab, zusammen mit ihrer Bediensteten, einer dummen Person, und dem Fahrer.»

«Und was haben Sie getan?»

«Ich ließ sie gehen. Für mich bedeutete es im Grunde eine lästige Pflicht weniger. Ich ging wieder hinauf in die Berge, wo wir eine Hütte hatten. Ich wusste, dass ich dort meinen Vater und meinen Bruder antreffen würde, und wollte ihnen mitteilen, dass Margherita verschwunden war. Aber in dieser Nacht waren sie unterwegs, und ich musste bis zum nächsten Morgen warten. Als sie endlich zurückkehrten, waren Karl Dressler und der Oberst bei ihnen.»

«Waren Sie nicht überrascht, die beiden dort anzutreffen?»

«Doch. In dem Moment kam es mir wie ein Wunder vor, den deutschen Jungen zu sehen. Ich hoffte, er hätte Nachrichten von Margherita. Mehrmals bat ich meinen Vater, ihn zu fragen, und flehte ihn an, nach meiner Schwester zu suchen oder mir zu erlauben, es selbst zu tun. Ich kannte diese Berggegend mindestens so gut wie die Männer. Aber mein Vater blieb unnachgiebig und befahl mir, sofort nach Hause zurückzukehren. Mein Bruder Giovanni bot an, mit mir auf die Suche zu gehen. Aber mit meinem Vater konnte man nicht diskutieren, schon gar nicht in solchen Momenten. Zwei Tage später brachten sie Margherita nach Hause. Sie war tot.»

Stefania schwieg. Überwältigt von den Erinnerungen, schloss Schwester Maria die Augen und tat einen tiefen Seufzer.

«Verzeihen Sie, Mutter Oberin, wenn ich nachhake. Schien es Ihnen nicht seltsam, dort in den Bergen Karl Dressler zusammen mit Ihrem Vater und Ihrem Bruder zu sehen?»

«Eigentlich nicht besonders. Reden wir ganz offen, Dottoressa. Ich war vollkommen im Bilde über die Aktivitäten meines Vaters, nämlich dass er denen, die heimlich auswandern mussten, über die Grenze half. Und ich wusste auch, dass Karl Dressler und der Oberst die Villa verlassen hatten, bevor sie evakuiert wurde. Also musste ich nur zwei und zwei zusammenzählen. Mit anderen Worten: Mir kam es keinesfalls seltsam vor, dass sie fliehen wollten. Immer noch besser, als wegen Fahnenflucht erschossen zu werden, finden Sie nicht?»

«Zweifellos. Aber das ist nicht der springende Punkt. Mir

gibt das Zusammentreffen all dieser Ereignisse zu denken. Zuerst redet Ihr Vater mit Karl Dressler, und dabei handelt es sich, wie Sie mir zu verstehen gegeben haben, nicht etwa um ein freundschaftliches Gespräch. Dann verschwinden im Durcheinander der Evakuierung zwei deutsche Soldaten aus der Villa, allein und in Uniform – sicher nicht die beste Art, um unerkannt zu entkommen. Sie, Schwester Maria, bleiben so gut wie schutzlos in der von den Deutschen verlassenen Villa zurück, zusammen mit Ihrer Schwägerin, deren Dienerin und zwei weiteren Dienstboten. Und das trotz der offenkundigen Gefahr und obwohl es, Ihren Worten zufolge, noch nicht Ihr eigenes Haus war. Dennoch bleiben Sie einen weiteren Tag lang, um alles zu ordnen und abzuschließen. Wenn ich recht verstanden habe, verschwindet in diesem Chaos auch noch Ihre Schwester Margherita, und zwar genau in dem Moment, als sie mit ihrer zukünftigen Schwägerin in die Schweiz aufbrechen soll. Und Signorina Durand scheint Ihrem Eindruck nach von Margheritas Flucht nicht besonders überrascht zu sein. Jedenfalls reist sie ohne große Skrupel oder längeres Zögern ab. Und schließlich Sie selbst, Schwester Maria: Sie gehen in die Berge hinauf, um Vater und Bruder von Margheritas Verschwinden zu berichten, und dort erleben Sie, wie die beiden in Begleitung von Karl Dressler und dem Oberst auftauchen. Zwei Tage später wird Margherita tot aufgefunden. Finden Sie nicht, dass es hier ein bisschen zu viele Zufälle gibt?»

«Ich kann es nicht leugnen. Aber alles hat sich genau so zugetragen, wie ich es Ihnen soeben geschildert habe, Commissario. Auch ich muss oft genug an diese Ereignisse zurückdenken und finde doch keine Logik darin. Zumindest war es nicht ungewöhnlich, dass diejenigen, die über die

Grenze wollten, eine Weile warten und sich in der Gegend verstecken mussten, manchmal sogar ein paar Tage lang, bis der richtige Zeitpunkt gekommen war. Mein Vater ging niemals ein übertriebenes Risiko ein, er setzte weder das Leben seiner Männer noch das der anderen aufs Spiel. Auf seine Weise war er ein anständiger Mensch, auch wenn es für Sie schwer zu glauben sein mag.»

Stefania spürte die Abwehr in diesem Satz und lenkte ein.

«Sicherlich, Mutter Oberin, das steht ganz außer Frage, ich wollte nichts Gegenteiliges behaupten. Mir schien es nur erstaunlich, dass Ihr Vater bereit war, ausgerechnet dem Mann zur Flucht und Rettung zu verhelfen, der ihm die Tochter wegnehmen wollte. Finden Sie das nicht auch merkwürdig?»

«Ein gutes Angebot hat mein Vater nie abgelehnt. Außerdem war das ein Weg, den Deutschen ein für alle Mal loszuwerden.»

«Das zweifellos, trotzdem erscheint es mir sonderbar.»

Schwester Maria verzog keine Miene.

«Wie auch immer. Eine letzte Frage, Mutter Oberin. Erinnern Sie sich, ob Karl Dressler in Uniform war, als Sie ihm in den Bergen begegnet sind?»

«Ja. Es war dieselbe, die er beim letzten Mal in der Villa Regina trug.»

«Könnten das Ihrer Ansicht nach die Knöpfe seiner Uniform gewesen sein?», fragte Stefania und zog die Beweisstücke aus der Tasche.

Einen Augenblick lang betrachtete Schwester Maria die Knöpfe.

«Mit Militäruniformen kenne ich mich nicht aus. Ich kann nicht sagen, ob sie zu seiner Uniform gehörten oder nicht. Aber diese Art Knöpfe war es schon.»

Sie klang verärgert und ungeduldig. Auch für Stefanias Empfinden zog sich das Gespräch mittlerweile zu sehr in die Länge. Doch sie hatte keine andere Wahl. Noch stand eine grundlegende Frage aus, und sie beschloss, aufs Ganze zu gehen.

«Ist oder vielmehr war das hier Ihre Almhütte, also die Hütte, in deren Nähe Sie Karl Dressler zum letzten Mal sahen?»

Sie verteilte die Fotografien auf dem Tisch, auf denen die Hütte aus verschiedenen Blickwinkeln zu sehen war.

Diesmal schaute die Nonne sich die Fotos genau an, eins nach dem anderen. Sie drehte die Bilder und schob sie hin und her. Dabei folgte ihr Finger auf dem Schreibtisch irgendwelchen unsichtbaren Linien.

«Ich würde sagen, ja. Das heißt, es ist sehr wahrscheinlich.» Tonfall und Miene verrieten ehrliche Verblüffung.

«Irgendetwas, das Sie nicht überzeugt?»

«Es sind zu viele Jahre ins Land gegangen, und ich bin seither nicht mehr dort gewesen. Vielleicht trügt mich mein Gedächtnis. Aber wenn das der vordere Teil der Hütte ist, weil man den See in der Ferne sehen kann, und das die Seitenansicht mit dem Pinienwald über dem Bach, dann muss das hier auf jeden Fall die Rückseite sein …»

Stefania, die jedes Detail der Fotoansichten auswendig kannte, folgte dem Gedankengang der Nonne mit angehaltenem Atem.

«… und darüber hinaus scheint mir das hier», Schwester Maria zeigte mit dem Finger auf einen Punkt der Fotografie, «der Eckstein zu sein. Wir haben ihn aus einer verfallenen Kapelle geholt, die der Madonna geweiht war. Das tat man damals, um die Hütte und die Tiere zu segnen. Es war der Eckstein an der Rückseite des Hauses, nur dass er dann nicht so unmittelbar am Hang liegen dürfte, geradezu damit verwachsen, mit all den Pflanzen. Aber …»

«Aber?», fragte Stefania.

«An dieser Stelle, zwischen Hütte und Berghang, lag ein Stückchen Wiese. Es war begradigt und ein wenig angehoben worden, zu einer Art kleinem Erdwall, der dann von innen ausgehöhlt wurde. So entstand eine Art durchlässiger Unterbau, durch den die Luft zirkulieren konnte und die Zimmer gekühlt wurden … Wie soll ich es Ihnen am besten erklären? Wissen Sie vielleicht, wie *Nevere* gebaut sind, Commissario?»

15. KAPITEL

Du musst völlig verrückt geworden sein», sagte Giulio mit einer für ihn wirklich ungewöhnlichen Heftigkeit.

Stefania zog die Schultern hoch und wappnete sich innerlich gegen den Wutausbruch.

«Was hat dich nur geritten? Du hast ohne Genehmigung Beweisstücke aus der Asservatenkammer genommen, also praktisch geklaut. Du hast eine Person einem regelrechten Verhör unterzogen, und das im Zuge einer Ermittlung, die schon eingestellt ist. Und bei alldem warst du nicht einmal im Dienst. Ich weiß wirklich nicht mehr, was ich von dir und dieser Geschichte halten soll.»

«Aber Giulio, die Dinge, die mir die Nonne erzählt hat, hätte ich anders niemals herausbekommen. Während der Rückfahrt habe ich pausenlos darüber nachgedacht, und ich würde gern mit dir darüber reden. Aber wenn du mir so kommst, kann ich mir den Versuch sparen.»

«Schade, dass du mit all diesen Informationen, die du dir unter Verletzung der elementarsten Grundregeln unseres Berufsstandes beschafft hast, überhaupt nichts anfangen kannst. Vor Gericht wird dir jeder beliebige Anwalt dasselbe sagen, sofern du nicht schon vorher aus dem Polizeidienst entlassen wirst.»

«Bekommen habe ich sie jedenfalls, und jetzt rücken die Mosaiksteine nach und nach an ihren Platz. Über kurz oder lang werde ich das ganze Bild rekonstruieren können.»

«Wenn du inzwischen nicht schon längst versetzt bist und in Lipari den Verkehr regelst.»

«Ich bin hergekommen, weil ich eine Idee habe, wie die Sache abgelaufen sein könnte, und deine Meinung dazu hören wollte. Aber wenn du so reagierst, rede ich halt mit Carboni.»

«Das ist genau der Richtige! Und wie bitte willst du deinem Chef die Spritztour von heute erklären? Warum wendest du dich nicht gleich an Arisi?»

«Dann hör doch mal zu! Ich sehe die Sache so: Nach allem, was geschehen war, wollte Remo Cappelletti sich Karl Dressler vom Hals schaffen. Er wollte ihn schlicht loswerden, damit er seiner Tochter nicht mehr nachstellte. Also verbannt Remo die Tochter als Erstes aus der Villa, ja, er will sie sogar in die Schweiz schicken. Das alles in größter Eile und unter der Regie seiner zukünftigen Schwiegertochter. Sie scheint ihm genau die Richtige, um dem Mädchen den kleinen Soldaten auszureden. Allerdings überstürzen sich in der Zwischenzeit die Ereignisse. Das Lazarett wird evakuiert, und die Soldaten, die geglaubt hatten, sie seien dem Tod entronnen, müssen damit rechnen, wieder an die vorderste Front zu geraten. Die Verwundeten haben keine Wahl. Die geheilten oder fast geheilten Patienten dagegen haben nicht die Absicht, ihre Haut nochmals für das deutsche Regime zu riskieren, das sowieso kurz vor der Niederlage steht.»

«Wahrscheinlich.»

«Wer kann, macht sich also aus dem Staub, bevor es zu spät ist.»

«Verständlich zu diesem Zeitpunkt, trotz der ungeschriebenen ehernen Gesetze der Deutschen und ihres militärischen Ehrenkodex.»

«Aber so leicht ist es halt nicht. Sich ganz allein in die Büsche zu schlagen, und das in einem Gebiet voller Partisanen und Freischärler, kommt einem Selbstmord gleich. Da ist es sogar besser, sich von den eigenen Landsleuten als Deserteur erschießen zu lassen.»

«Tja, eine schöne Zwickmühle.»

«Aber Remo Cappelletti ist es egal, was aus Karl Dressler wird. Hauptsache, er ist nicht mehr in der Nähe seiner Tochter. Und an dieser Stelle kommt Onkel Heinrich ins Spiel.»

«Der berühmte Überraschungscoup, das unvorhergesehene Ereignis, das zu einer Wendung des Geschehens führt.»

Gegen ihren Willen musste Stefania lächeln.

«Der Onkel ist ein hohes Tier, er hat Geld und Beziehungen, er kennt Durand und hat sich höchstwahrscheinlich schon dafür eingesetzt, Karl Dressler im Lazarett der Villa Regina in Sicherheit zu bringen. Vermutlich war die Flucht schon länger abgemacht, zumindest seit der Mann, sagen wir mal, wieder ohne Hilfe gehen konnte. Der für die Flucht über die Grenze geeignete Augenblick ergibt sich nun aber früher als gedacht, und Cappelletti betritt die Bühne. Er verfügt über die nötigen Mittel und Helfer und sogar über einen Stützpunkt nahe der Grenze. Doch der Oberst hat seinen Adjutanten ins Herz geschlossen, er will ihn mitnehmen. Wahrscheinlich zahlt er sogar für dessen Grenzübertritt. Und Remo Cappelletti, der vor allem Geschäftsmann war, wird die Sache pragmatisch betrachtet haben. Er konnte zwei Fliegen mit einer Klappe schlagen: den Verehrer seiner Tochter loswerden und dafür eine stolze Summe einstreichen.»

«Elementar, mein lieber Watson.»

«Aber im letzten Moment läuft etwas schief.»

«Und was?»

«Zum einen verschwindet Margherita kurz vor der Ankunft des Wagens, der sie zusammen mit der zukünftigen Schwägerin in die Schweiz bringen soll. Die wiederum, heißt es, ist durchaus nicht überrascht, zumindest wartet sie keine Minute länger als nötig. Wie deutest du das Verhalten von Madame Durand?»

«Sie hat nicht gewartet, weil sie wusste, dass Margherita nicht zurückkommen würde. Oder sie war sich zumindest nicht sicher, ob sie zurückkehrt, und wollte nicht riskieren, ihrerseits in Italien festzusitzen.»

«Genau. Ihre Zuneigung zu Margherita war nicht groß genug, um dafür ihre eigene Flucht aufs Spiel zu setzen. Sie hat sie tatsächlich ihrem Schicksal überlassen, als sie wegfuhr.»

«Das ist deine persönliche Schlussfolgerung, und so plausibel sie sein mag, so wenig kannst du sie beweisen. Madame Durand hat sich kein Bein ausgerissen, klar, aber nicht alle sind so emotional wie du.»

«Na gut. Zweitens: Dressler und der Oberst machen sich zusammen mit den anderen Flüchtlingen und den Schleppern zur Grenze auf. Aber statt so schnell voranzukommen, wie es die Situation verlangt, wird das Grüppchen vom Oberst selbst und von Karl Dressler am Vorwärtskommen gehindert. Der eine kann nicht gut sehen und ist außerdem nicht mehr jung, der andere stolpert und fällt andauernd hin, wegen der nie ausgeheilten Verletzung des rechten Beins. Am Ende entscheidet die Gruppe, beide in der bewussten Almhütte zurückzulassen, und verspricht, am nächsten Tag zurückzukommen und sie abzuholen.»

«Dich möchte ich mal in dieser Situation sehen. Nachts

durch den Wald laufen, ohne zu wissen, wohin du die Füße setzt, noch dazu mit einem Bein, das dir den Dienst versagt. Jedenfalls sind die Männer zurückgekommen und haben sie geholt, oder?»

«Sicher. Aber nur weil sie es sich nicht erlauben konnten, den Oberst zurückzulassen. Das hätte ihnen Durand nie verziehen. Wenn Dressler in dieser Situation allein gewesen wäre, wäre es anders ausgegangen.»

«Das kann schon sein, aber wissen werden wir es nie. Es scheint, als wären in diesen Nächten eine Menge Leute in unseren Bergen herumgelaufen. Wer fliehen wollte, war bereit, jedes Risiko einzugehen. Die einen haben es geschafft, andere eben nicht.»

«Du meinst also auch, dass in dieser Nacht noch andere in den Bergen unterwegs waren. Und dabei denke ich nicht an Partisanen oder Geheimagenten auf der Jagd nach den hochrangigen Nazis. Ich denke zum Beispiel an Margherita.»

«Ich habe nur allgemein gesprochen.»

«Wo war Margherita deiner Meinung nach in jener Nacht?»

«Woher soll ich das denn wissen?»

«Denk doch mal nach. Ganz augenscheinlich ist zwar eine Menge passiert, aber bei genauerem Hinsehen dreht sich alles um eine einzige entscheidende Nacht.»

«In dieser Sache bist du die Expertin.»

«Und wohin, meinst du, kann sie gegangen sein, ganz allein, ein Mädchen von einundzwanzig Jahren?»

«Unter den gegebenen Umständen würde ich die Hypothese eines Abends im Tanzlokal verwerfen. Darüber hinaus kann sie überall gewesen sein, schließlich kannte sie die Gegend ja gut.»

«Eben. Nehmen wir an, dass Margherita nach ihrem Auszug aus der Villa in irgendeiner Form den Kontakt zu Dressler gehalten hat. Oder sie hat später erfahren, dass er und der Oberst über die Grenze gehen würden. Nehmen wir außerdem an, dass ihr der Vater inzwischen schon mitgeteilt hatte, dass er sie für unbestimmte Zeit in die Schweiz schicken wollte.»

«Gut, nehmen wir das an. Und?»

«Plötzlich beschleunigt die Evakuierung der Villa den Lauf der Dinge: Die Gruppe der Fliehenden dringt zur Grenze vor. Das Auto mit dem Fahrer, das aus der Schweiz geschickt wurde, kommt an und holt Madame Durand ab. Maria hat, praktisch, wie sie ist, einen Treffpunkt ausgemacht und in der Villa alles gesichert, was zu sichern war. In der Zwischenzeit hatten Margherita und Germaine Gelegenheit, sich zu treffen und miteinander zu sprechen.»

«Es wird dort kaum andere Möglichkeiten gegeben haben, sich die Zeit zu vertreiben.»

«Daher wusste Signorina Durand, dass Margherita nicht mit ihr in die Schweiz reisen würde, sie wusste, dass sie noch am selben Abend weggehen würde, und sie wusste auch, warum. Trotzdem hat sie zu niemandem etwas gesagt, jedenfalls nicht zu Maria, sondern hat sich schnell davongemacht. Warum wohl?»

«Das ist die Version, die dir die Nonne erzählt hat, aber du kannst nicht sicher sein, dass es die Wahrheit oder auch nur ein Teil der Wahrheit ist. Um nur einen Einwand zu nennen: Signorina Durand hätte durchaus die Möglichkeit gehabt, jemand anderen einzuweihen. Nehmen wir zum Beispiel Giovanni, Remo Cappellettis Sohn: War er nicht ihr Verlobter? Es wäre logisch gewesen, wenn sie über Dinge geredet hätten, die den weiteren Familienkreis betrafen. Er wiederum hätte darüber mit seinem Vater reden können, als sie in den Bergen waren. In einem Fall wie diesem gibt es viele Variablen. Du kannst dir nicht erlauben, auch nur eine Möglichkeit außer Acht zu lassen. Und du musst unbedingt vermeiden, die Möglichkeiten, die deine Ausgangstheorie stützen, stärker zu gewichten.»

«Gut, aber hör dir noch den Rest an. Der Junge, ich meine Karl Dressler, erwartete jemanden. Vielleicht verspätete sich dieser Jemand, und Dressler hatte keine andere Wahl, als das Hinken und Stolpern zu inszenieren, um den Gang über die Grenze hinauszuzögern.»

«Und damit sein Leben und das des Obersts zu gefährden, der unter anderem für ihn gebürgt und bezahlt hatte? Das ist eine lächerliche Theorie, finde ich.»

«Du solltest dich nicht auf das Geld versteifen. Es gibt andere Dinge, wegen derer ein Mensch beschließen kann, sein Leben zu riskieren.»

«Das eigene, genau, aber nicht das der anderen. Der Oberst hatte keinen Grund, die Flucht zu verzögern. Jenseits des Grenzzauns wäre er dem Krieg entflohen, dort erwarteten ihn seine Familie, seine Freiheit.»

«Aber der Junge wartete auf Margherita. Sie war sein Leben!»

«Und warum bist du dir da so sicher?»

«Es ist nicht viel mehr als eine gewagte Hypothese. Aber was wäre denn sonst ein solches Risiko wert?»

«Du wirst mir doch nicht erzählen wollen, dass du die Theorie plausibel findest, Dressler könnte diesen ganzen Zirkus bloß veranstaltet haben, um sich von seiner Geliebten verabschieden zu können! Ein Mädchen, das sich obendrein ein paar Ohrfeigen vom Herrn Papa eingefangen hätte, wenn es dort aufgetaucht wäre, falls ich das Ganze richtig verstanden habe.»

«Warum nicht? Jeder misst den Dingen, an die er glaubt, seine eigene Bedeutung bei. Für Margherita bedeutete Karl in diesem Moment alles. Und umgekehrt.»

Stefania setzte sich und schaute entmutigt aus dem Fenster.

«Jetzt nimm's nicht so schwer. Möchtest du einen Kaffee?»

«Nein, danke.»

«Ein Eis?»

«Ich mag kein Eis.»

«Kaviar und Champagner?»

«Scher dich zum Teufel, Giulio!»

«Wie immer nach dir, meine Liebe.»

«Bist du jetzt endlich so weit, Mami? Du hast gesagt, wir fahren am Nachmittag, und jetzt ist es schon vier. Wann kommst du?»

«Ich gehe eben aus dem Büro. Und du, bist du denn schon fertig?» In Wirklichkeit war Stefania noch dabei, den Schreibtisch aufzuräumen, und hoffte, dass Camilla ihre Sachen noch nicht gepackt hatte. Außerdem wollte sie eine letzte E-Mail an Montalti schreiben.

«Ich bin absolut startklar. Ich habe schon vier Taschen und einen Rucksack gepackt. Sie stehen in der Garage bereit, genau wie das Fahrrad und der Roller. Wir müssen alles nur noch einladen, wenn du kommst.»

«Fahrrad, Roller, vier Taschen und ein Rucksack! Wo sollen wir das denn alles unterbringen?»

«Im Kofferraum natürlich. Das Fahrrad und den Roller unten und die Rucksäcke obendrauf, sonst werden sie zerdrückt. Was ist denn dabei?»

«Nichts», sagte Stefania. Camilla hatte eine unfehlbare

Logik, wenn es um ihre Interessen ging. «Ich bin gleich da», setzte sie hinzu.

«Aha, gleich. So, wie du ja immer gleich da bist …»

Der Brückentag zum ersten Mai kam im richtigen Moment. Stefania war froh, dass Camilla ihn mit ihrer Großmutter am See verbringen konnte. Sie selbst würde mehr Freiheit haben, sich in Como zu bewegen, wie sie wollte, ohne dauernd nervös auf die Uhr schauen zu müssen. Sie freute sich, ein bisschen mehr Zeit für sich selbst zu haben.

Schnell tippte sie ihre Mail an Montalti.

Sehr geehrter Herr Montalti,
ich danke Ihnen für die Nachricht und Ihre Mühe. Entscheidende Neuigkeiten habe ich nicht. Um ehrlich zu sein: Der Staatsanwalt hat die Ermittlungen eingestellt. Aber ich gebe mich nicht geschlagen. Die Villa Regina hat noch denselben Namen. Wahrscheinlich hat sie sich etwas verändert, seit Sie das letzte Mal da waren, doch sie ist immer noch wundervoll. Ich würde mich freuen, Sie zu treffen, falls Sie beschließen sollten, nach Italien zu kommen.
Herzliche Grüße,
Stefania Valenti

Sie fragte sich, ob es angebracht war, Montalti zu sagen, dass sie auf eigene Faust weiterermittelte, entschied sich aber dagegen. Er sollte sich keine falschen Vorstellungen von ihr und ihrem Berufsethos machen.

Dabei wäre sie nur allzu froh über jeden Hinweis gewesen, der zu einer Wiederaufnahme des Falles beitragen konnte.

* * *

Am darauffolgenden Montag war sie fest entschlossen, sich mit Madame Durand in Verbindung zu setzen. Koste es, was es wolle.

Das ganze Wochenende lang hatte sie darüber nachgedacht, seit sie an der Villa Regina vorbeigefahren und dann Kurve um Kurve der Straße am See gefolgt war. Sie hatte sich gesagt, dass sie den Versuch wagen musste, dass sie es Karl Dressler schuldig war. Allerdings brauchte sie einen Vorwand, eine akzeptable Erklärung, warum sie Madame Durand noch einmal unter vier Augen sprechen wollte. War es erst einmal so weit, würde es kinderleicht sein, das Gespräch in die richtige Richtung zu lenken.

Im Präsidium traf sie Lucchesi am Kaffeeautomaten im Innenhof: Er hatte den Ellenbogen auf den Tresen gestützt, rieb sich mit einer Hand die Augen und rührte mit der anderen in seinem Kaffee. Ihr fiel ein, dass Lucchesi als Letzter Kontakt mit der Familie Cappelletti gehabt hatte, und sie fragte ihn danach.

«Ja, Dottoressa, ich habe angerufen und mit diesem Typen da gesprochen, mit Armando.»

«Sie wollen nicht mehr gestört werden, richtig?»

«Genau.»

Lucchesi hätte nicht einmal unter der Androhung von Folter erneut dort angerufen. Es sei denn …

«Sehr gut, trink erst mal in Ruhe deinen Kaffee aus, aber schlaf darüber nicht ein. Danach tust du mir den Gefallen und rufst diesen Herrn wieder an. Du teilst ihm mit, dass Commissario Valenti Madame Durand aufgrund von unerwarteten Entwicklungen in der Ermittlung sprechen möchte. Habe ich mich klar ausgedrückt?»

Sie hielt einen Moment inne und beobachtete die Reaktion des Kollegen.

«Oder genauer, lass ihr ausrichten, dass Commissario Valenti ein vertrauliches Gespräch vorzieht, weil es um sehr persönliche Dinge geht, die mit alten Gegenständen aus dem Besitz der Familie zu tun haben. Dann informierst du mich sofort über die Antwort. Haben wir uns verstanden?»

Lucchesi nickte und schlich mit gesenktem Kopf in sein Büro.

Stefania stieg die Treppe hinauf und überdachte die ganze Angelegenheit. Rein technisch betrachtet, war durchaus nicht klar, ob das Medaillon Margherita gehört hatte, daher konnte sie nicht mit absoluter Sicherheit behaupten, es handle sich um *Eigentum der Familie*. Aber eine solche Verdrehung der Tatsachen musste sie in diesem Fall in Kauf nehmen: Wie sonst hätte sie Madame Durands Interesse wecken können? Sie hatte keine andere Möglichkeit, empfangen zu werden, ohne den Weg über ihren Anwalt zu nehmen. Einen Versuch war es wert. Und es war ein überschaubares Wagnis. Die Matriarchin wachte über das Schicksal der Lebenden und das Andenken an die Toten, sie hatte die einen wie die anderen unter Kontrolle. Und das schien Stefania Grund genug, die Sache auszuloten.

Schließlich war da noch dieser andere Aspekt, den sie nicht aus ihren Gedanken vertreiben konnte. Es war nur schwer vorstellbar, dass Madame *nicht* Bescheid gewusst hatte: Sie war in jenen Tagen dabei gewesen, und zweifellos hatte Margherita sich ihr anvertraut. Vielleicht hatte sie sogar ein paar Worte mit Maria gewechselt, selbst wenn die beiden offenbar keine große Sympathie füreinander hegten. Vor allem aber war sie die zukünftige Frau von Giovanni gewesen. Von ihm konnte sie eine Menge Dinge erfahren haben, die sie über die Jahre eifersüchtig gehütet hatte.

Ungeduldig griff sie zum Hörer.

«Wie sieht es aus, Lucchesi?»

«Dottoressa, ich habe den Verwalter angerufen und alles genau so weitergegeben, wie Sie es mir aufgetragen haben.»

«Und?»

«Sie haben gesagt, sie würden sich melden.»

«Verstanden. Danke.»

Sie ärgerte sich. Sie hatte das Versprechen gebrochen, das sie sich selbst gegeben hatte: die Jungs aus dieser Ermittlung herauszuhalten. Vielleicht machte sie sich etwas vor, und mit der Warterei, dass endlich etwas geschah, verlor sie nur Zeit. Wahrscheinlich hatte Giulio recht. Wie hatte sie bloß erwarten können, dass bei alldem irgendetwas herauskäme? Auf dem Schreibtisch lag die Akte zu den Brandstiftungen und verlangte ihre Aufmerksamkeit. Um halb zehn sollte sie die Sache mit Carboni diskutieren, also jetzt.

Sie griff nach den Unterlagen und trat auf den Korridor.

«Lucchesi? Piras? Ich muss gleich zu Carboni. Habt ihr euch mit den Vernehmungen beschäftigt? Die Protokolle angefordert? Ich muss mich hier wohl um alles kümmern.»

«Sehen Sie nach, Dottoressa, es ist alles längst in der Akte. Ich habe sie Ihnen schon vorm Wochenende auf den Schreibtisch gelegt», gab Piras zurück.

«Ja, aber darüber hättest du schon mal ein Wort verlieren können. Sind wir nun ein Team oder nicht?»

Ohne eine Antwort abzuwarten, ging sie hinaus. Dass sie im Unrecht war, wollte sie nicht zugeben.

Als sie ein Stockwerk höher in Carbonis Büro trat, saß der Capo Commissario am Schreibtisch und redete am Telefon mit jemandem, der am anderen Ende offenbar Befehle erteilte. Zwar waren die Worte nicht zu verstehen, doch der autoritäre Ton war unmissverständlich. Mit seinen Bartstoppeln und den dunklen Augenringen wirkte Carboni müde.

Während er sprach, fuhr er sich mit der Hand durch die grauen, an der Stirn spärlich gewordenen Haare.

«Ich habe vollkommen verstanden, Exzellenz. Ich teile Ihre Besorgnis, aber ich kann Ihnen versichern, dass wir trotz unserer sehr begrenzten Kapazitäten …»

Pause. Die Stimme vom anderen Ende fing wieder an, im gleichen resoluten Tonfall Befehle zu geben.

«Wir ermitteln in alle Richtungen», beeilte sich Carboni zu sagen, «und ich kann Ihnen garantieren, dass das Problem von unserer Seite aus mitnichten unterschätzt wird. Die öffentliche Ordnung in dieser Stadt liegt uns ebenso am Herzen wie Ihnen, Exzellenz.»

Stefania, die in der Tür stehen geblieben war, schickte sich an, wieder zu gehen, aber Carboni gab ihr ein Zeichen, die Tür zu schließen und sich zu setzen. Das Telefongespräch wurde beendet. Stefania tat es leid, unfreiwillig Zeugin dieser Schelte von höchster Ebene gewesen zu sein. Sie sagte nichts. Carboni spülte das nervenaufreibende Telefonat mit einem Glas Wasser hinunter.

«Also, Valenti. An welchem Punkt stehen wir mit den Ermittlungen über die Brände in dieser Ladenkette? Gibt es neue Erkenntnisse?»

«Commissario, hier habe ich die Vernehmungsprotokolle und die Aussagen der Zeugen, von den Verkäufern bis zum Firmeninhaber. Zu sagen, dass nichts Verwertbares dabei ist, wäre noch untertrieben. Wir haben nichts und wieder nichts. Wenn Sie wollen, prüfen Sie das selbst nach. Ich bleibe bei der Idee, die ich von Anfang an hatte.»

«Und die wäre?»

«Die Buchführung des Geschäfts und die Privatkonten des Inhabers zu überprüfen und eventuell eine Abhöraktion anzuordnen, sowohl für die Anschlüsse des Firmeninhabers als auch der einzelnen Mitarbeiter. Außerdem würde ich versuchen, bei der Versicherung die genaue Schadenssumme in Erfahrung zu bringen.»

«Warum?»

«Weil nach allem, was ich gesehen habe, das tatsächliche Ausmaß der Schäden lächerlich gering ist.»

«Und was folgt daraus? Erklären Sie sich bitte genauer, Valenti. Ich habe heute keine Lust auf Ratespiele.»

«Commissario, alles in allem sind nur ein paar Schachteln verbrannt, die *zufällig* leer waren, weil sie die Kleidungsstücke schon woandershin getan hatten. Der Rauch hat bloß die Wände geschwärzt. Am Gebäude ist nichts beschädigt, außer ein paar Hockern und Markisen, weil der Brand, natürlich *rein zufällig*, an der Ladenseite gelegt wurde, wo sich nur die Toiletten und die Umkleideräume der Angestellten befinden. Um es klar auszudrücken: Mit einer schönen Putzaktion und einem neuen Anstrich wird alles wieder wie neu aussehen. Meiner Ansicht nach handelt es sich um eine erste Warnung, ein Signal, um jemanden weichzuklopfen.»

«Sie meinen also, dahinter steckt Erpressung, zum Beispiel Schutzgeldforderungen, wie ein paar Zeitungen geschrieben haben?»

«Vielleicht, oder Spielschulden des Inhabers, etwas in der Art. Haben Sie seinen Gesichtsausdruck gesehen? Gut, er ist nicht vorbestraft. Aber trotzdem ist an dieser Sache irgendetwas faul. Vielleicht hat er sich mit einem der Angestellten zusammengetan, und sie haben das Feuer gelegt, um das Geld von der Versicherung zu bekommen.»

Carboni wirkte nachdenklich.

«Die Genehmigungen für die Abhöraktion könnten früher eintreffen als erhofft, Valenti.»

Stefania sah ihn fragend an.

«Sobald wir sie haben, müssen wir den Fall zum Abschluss bringen, verstehen Sie? Wir *müssen*, und zwar ziemlich bald. Zumindest diesen Fall, Valenti, ich habe noch ein paar mehr Baustellen.»

«Und was passiert, wenn wir das nicht können? Müssen wir dann den Verkehr regeln?»

Der Witz stammte nicht von ihr, aber er saß. Carboni deutete ein Lächeln an und gab ihr ein Zeichen, dass sie gehen könne.

Auf der Treppe tat Stefania einen Seufzer der Erleichterung. Trotz des Engagements, das sie Carboni gegenüber gezeigt hatte, interessierte sie sich weder für diesen Fall noch für die Sorge des Polizeipräsidenten um die öffentliche Ordnung. Sie betete, dass die Genehmigungen frühestens nächste Woche einträfen.

Alles, was sie im Moment wissen wollte, war, ob Madame Durand sie empfangen würde oder nicht. Aber als sie Lucchesi auf der Treppe begegnete, schüttelte der Kollege den Kopf.

Der ganze Tag und auch der nächste Morgen vergingen, bis etwas geschah, allerdings anders als erwartet. Als Stefania nach der Mittagspause wieder ins Büro kam, wartete auf ihrem Schreibtisch ein länglicher, elfenbeinfarbener und unfrankierter Briefumschlag auf sie. Neugierig öffnete sie ihn und fand nur zwei Zeilen in einer schrägen, eleganten, wenn auch ein wenig ältlichen Handschrift:

Ich erwarte Sie am Samstagvormittag um zehn Uhr. Kaffee mit Milch und ohne Zucker, wenn ich mich recht erinnere. G. D.

Sie rief bei der Wache an, um in Erfahrung zu bringen, woher der Brief ohne Absender kam. Aber Marino konnte lediglich sagen, dass kurz zuvor ein großer und ziemlich griesgrämiger Mann bei ihm aufgetaucht war, der einen persönlichen Brief für Commissario Valenti abgeben wollte. Er hatte den Umschlag in die Hände des Pförtners gelegt und dann ohne ein weiteres Wort auf dem Absatz kehrtgemacht.

Bis Samstag waren es nur noch wenige Tage.

Sie schaltete den PC aus und ging zur Tür. Beim Hinausgehen hörte sie das Handy klingeln.

«Guten Tag», meldete sich Valli.

Sie empfand ein Flattern in der Magengegend. Es fühlte sich an wie ein kleiner Schauer.

«Hallo, Luca.»

«Ich freue mich, deine Stimme zu hören, Stefania.»

Auf der anderen Seite war es einen Moment lang still, dann hörte man ein kleines Lachen. Auch Stefania lächelte.

«Hättest du Lust, Sonntagnachmittag ein bisschen am See spazieren zu gehen, vielleicht von Santa Maria del Tiglio in Gravedona aus?»

Sie zögerte, doch nach einem kurzen Augenblick der Unentschlossenheit entschied sie, auf jeden Widerstand zu verzichten.

«Aber sicher, ich würde dich sehr gern wiedersehen, Luca. Sagen wir um vier?»

Sie hatte seinen Namen beim Aussprechen betont.

«Vier Uhr passt gut. Also bis bald.»

Als sie auflegte, wusste sie, dass auch er lächelte.

16. KAPITEL

Zur Verabredung mit Madame Durand erschien Stefania ein paar Minuten zu früh.

Am Eingangstor kam ihr der Butler entgegen, den sie bereits vom letzten Mal kannte. Diesmal führte er sie jedoch durch den Garten an der Westseite der Villa. Von der Balustrade, die auf das Hafenbecken hinausging, sah man in der fast sommerlichen Morgensonne den See glitzern. Ringsum roch es nach frischgemähtem Gras. Die Rosenspaliere längs des Weges strotzten nur so vor Farben und Düften. Mit einer Geste forderte sie der Butler auf, es sich auf einer offenen Veranda bequem zu machen, die mit weißen Korbsesseln bestückt war. Das ganze Arrangement war zum Garten hin ausgerichtet.

«Die Signora wird gleich bei Ihnen sein», sagte der Mann und entfernte sich.

Stefania genoss den Blick auf den See und die üppig blühenden Rosen, die diese Ecke des Gartens von allen Seiten umschlossen. Ein Zweig voll duftender, purpurroter Blüten reichte bis zur Glastür. Sie dachte daran, wie selten dieser Rosenduft inzwischen geworden war und dass die Rosen, die man in der Stadt beim Blumenhändler kaufte, nach Grünzeug und Kühlhaus rochen. Instinktiv streckte sie die

Hand aus, um eine Blüte zu berühren, und stach sich dabei in den Finger.

Während sie, den Zeigefinger zwischen den Lippen, verzweifelt in der Handtasche nach einem Taschentuch suchte, erschien Madame Durand. Sie schaute Stefania erst erstaunt, dann belustigt an.

Auch Stefania lächelte.

«Ihre Rosen sind herrlich.»

«Tja, sie haben nur etwas zu viele Stacheln.»

«Die Stacheln und der Duft – heutzutage kennt man beides kaum mehr.»

Madame nickte und forderte sie mit einer Handbewegung auf, sich wieder zu setzen.

«Also, meine Liebe, worüber wollten Sie so dringend mit mir sprechen?»

«Ich wollte Ihnen einige Gegenstände zeigen, einen vor allem, und Ihnen ein paar Fragen stellen.»

Stefania hätte nie gedacht, dass es so leicht wäre, das Thema direkt anzusteuern. Sie öffnete die Handtasche, zog den Umschlag heraus, in den sie einige der Fundstücke gesteckt hatte, und legte ihn auf das Tischchen. Sie wollte unbedingt vermeiden, ihn früher als nötig zu öffnen.

«Bei unserer letzten Begegnung waren die Untersuchungen zur Identifizierung des Mannes, dessen Überreste in Ihrer Almhütte gefunden wurden, noch nicht abgeschlossen.»

«Ja, ich erinnere mich.»

«Jetzt haben wir ihn mit Sicherheit identifiziert», sagte Stefania. «Er hieß Karl Dressler: ein deutscher Soldat, der kurz vor Kriegsende in dieser Gegend stationiert war. Wir wissen, dass er vor seinem Tod einige Monate lang hier gelebt hat, zu der Zeit, als die Villa ein Lazarett beherbergte. Erinnern Sie sich daran?»

«An das Lazarett oder an Signor Dressler?»

«An beides.»

«Ich erinnere mich an die Soldaten, die Verletzten, die Ärzte und die Krankenschwestern, wie zum Beispiel meine Schwägerin Maria. Sie haben einen ganzen Flügel der Villa besetzt: das Gästehaus und die Pferdeställe.»

«Und Signor Dressler?»

«An den weniger. Ich habe ihn zwei-, dreimal gesehen, glaube ich, aber mit ihm persönlich gesprochen habe ich nie. Es kam gelegentlich vor, dass ich mit einem der Patienten zu Abend gegessen oder Tee getrunken habe, aber nur mit den Offizieren, um ehrlich zu sein.»

Stefania zog das Foto von Dressler und seinen Kameraden heraus und zeigte es Madame Durand. Nach einer Weile wies sie mit dem Mittelfinger auf ihn.

«Der ist es, glaube ich. Aber er sah anders aus, als er hier war: magerer, älter.»

«Können Sie sich vorstellen, dass dies seine Brille war?»

Aufmerksam betrachtete Germaine das Fragment des Brillenbügels, das Stefania ihr vorlegte.

«Ja, vielleicht. Es könnte dieselbe Art von Brillengestell gewesen sein. Aber es ist zu lange her. Gut möglich, dass ich mich irre.»

Germaine Durand schwieg und fixierte Stefania mit ihren hellen Augen.

«Eben haben Sie mir gesagt, dass Sie Dressler mit Sicherheit identifiziert haben, welchen Grund gibt es also für diese Fragen, Commissario?»

«Ich komme gleich zum Punkt, Madame. Sehen Sie, wir wissen, dass es sich bei diesem Mann um Karl Dressler handelt. Wir wissen auch, dass er die Villa kurz vor dem überstürzten Aufbruch der Deutschen verlassen hat. Wir wissen, dass er sich oben in den Bergen aufhielt, in der Nähe Ihrer Hütte, aber wir wissen nicht, wie und warum er dort drinnen oder vielmehr dort unten zu Tode kam.» Das sagte sie in einem Atemzug, und es dauerte einen Moment, bevor Madame Durand wieder das Wort ergriff.

«Ich verstehe. Und Sie meinen, ich könnte Ihnen auf irgendeine Weise helfen, dieses Problem zu lösen?»

Dieses Mal war es Stefania, die Germaine Durand in die Augen schaute.

«Ich glaube, Sie sind über viele Dinge im Bilde, die uns helfen könnten zu verstehen, was geschehen ist.»

«Zum Beispiel?»

Stefania antwortete nicht, sondern zog die Reproduktion der Fotografie aus dem Umschlag, die Margherita und Maria zusammen mit Karl Dressler und anderen Soldaten im Garten der Villa zeigte.

«Zum Beispiel diese Fotografie.»

Madame betrachtete das Bild und streckte fast unwillkürlich die Finger aus, als wolle sie Margheritas Gesicht streicheln. Doch sie zog ihre Hand sofort zurück. Dann sagte sie in gedämpftem Tonfall:

«Es sind Margherita und Maria in Schwesterntracht mit Karl Dressler und anderen deutschen Soldaten. Der mit der Augenbinde ist Oberst von Kesselbach. Dressler war sein Adjutant. Sie wurden beide während einer militärischen Operation verletzt. Der Oberst sagte, dass Dressler ihm das Leben gerettet habe. Er war ihm sehr zugetan und sorgte deshalb dafür, dass Dressler in der Villa Regina die gleiche Behandlung bekam, die für die Offiziere vorgesehen war.»

«Sein Name war Heinrich von Kesselbach, nicht wahr?»

«Ja. Mein Vater kannte ihn gut.»

«Sehen Sie, Madame, dieses Bild enthält in gewissem

Sinn den Anfang und das Ende unserer Geschichte. Hier finden wir alle Teilnehmer der Tragödie, die sich binnen kurzem abspielen wird.»

«Sie meinen, es handelte sich um eine Familientragödie?»

«Ja.»

«Und wie hat sie sich Ihrer Ansicht nach zugetragen?»

«Ich werde Ihnen meine Eindrücke schildern und die Vorstellung, die ich mir von dem ganzen Geschehen gemacht habe. Dressler und Margherita lernten einander im Lazarett kennen. Sie verliebten sich ineinander, und nach einer gewissen Zeit ist die Sache den aufmerksamen Blicken der älteren Schwester Maria nicht mehr entgangen. Nehmen wir einmal an, Margherita hat der Schwester nicht nur ihre Liebe zu Dressler anvertraut, sondern auch ihre Absicht, ihn zu heiraten, sobald der Krieg zu Ende war. Gedrängt von ihrem Familiensinn, fühlte sich die Schwester in diesem Moment verpflichtet, dem Vater alles zu hinterbringen. Stellen wir uns außerdem vor, dass Margherita, die zu diesem Zeitpunkt noch keine zweiundzwanzig Jahre alt war, ihr Geheimnis auch einer jungen Frau ihres Alters verraten hat, einer Freundin. Sagen wir eine Art Verwandte, die Person, zu der sie das größte Vertrauen hatte: die Verlobte ihres Bruders. Junge Mädchen sprechen gerne miteinander über Liebesangelegenheiten.»

Madame Durand antwortete nicht.

«Der Vater des Mädchens gerät in Rage, als er durch die ältere Tochter von der Sache erfährt, wahrscheinlich weil er für die Zukunft der jüngeren größere Ambitionen hegte. Nehmen wir weiterhin an, der Vater hat versucht, das Problem dadurch zu lösen, dass er unmittelbar danach seine Tochter aus der Villa verbannte und den deutschen Soldaten zur Rede stellte, um ihn von der Notwendigkeit eines Verzichts zu überzeugen. Dann aber haben die Umstände, wie es manchmal geschieht, den Lauf der Ereignisse sozusagen in eine andere Richtung gelenkt. Als die Villa evakuiert wurde, musste der verliebte Soldat plötzlich zwischen den zwei Möglichkeiten wählen, entweder in den Krieg zurückzukehren oder die Flucht in die Schweiz zu versuchen. Dieser Gedanke wird wahrscheinlich auch dem Oberst in den Sinn gekommen sein, der sich in derselben Situation befand und der, vergessen wir das nicht, mit Leib und Seele Soldat war, mit festgefügten Ehrbegriffen, aber niemals ein fanatischer Nazi. Nehmen wir also an, dass der Oberst sich in dieser Notlage mit allen ihm zur Verfügung stehenden Mitteln dafür eingesetzt hat, die Flucht möglich zu machen. An diesem Punkt aber hat der Zufall seine Hände im Spiel, und, Ironie des Schicksals, ausgerechnet der Vater des Mädchens muss die Flucht der beiden über die Berge organisieren – eine Aufgabe, die er übrigens gewöhnlich hervorragend gemeistert hat.

Blieb lediglich zu klären, was mit der eigenen Tochter passieren sollte. Konnte es da eine bessere Lösung geben, als sie ihrer jungen Freundin anzuvertrauen, seiner zukünftigen Schwiegertochter und deren Vater? Damit konnte er zugleich die Beziehung festigen, die ihn mit seinem besten Geschäftsfreund verband. Doch an dieser Stelle entglitt ihm die Kontrolle über das Geschehen. Als Margherita zusammen mit ihrer zukünftigen Schwägerin abreisen soll, verschwindet sie. Alle suchen nach ihr, aber keiner weiß, wo sie sich versteckt hat. Alle bis auf eine Person.»

«Ist das eine Hypothese oder eine Frage?»

«Beides, Madame.»

Na bitte, sagte sich Stefania, der Moment war gekommen,

die Partie war eröffnet. Und wie sie gehofft hatte, war es Germaine Durand, die den ersten Zug tat.

«Wer hat denn Ihrer Ansicht nach wissen können, wo Margherita war?»

«Sie natürlich, Madame. Vielleicht auch Ihr Mann oder Sie beide.»

«Eine interessante Theorie, wenn auch von keinerlei Beweisen gestützt. Erst einmal einen Kaffee, meine Liebe?»

Eine Hausangestellte war erschienen und brachte ein Tablett mit Kaffee. Für einen Augenblick, der Stefania endlos vorkam, war das Gespräch unterbrochen.

«Danke, Luisa. Lass einfach alles hier, wir bedienen uns selbst.»

Die Hausangestellte nickte und entfernte sich ebenso leise, wie sie gekommen war.

«Mögen Sie etwas Süßes?»

Überrascht entdeckte Stefania auf dem Tellerchen Apfeltaschen aus Blätterteig, die sie so gerne mochte, aber in einer Größe, die sie noch nie gesehen hatte: kleiner und auf besondere Weise geformt, die einen wie Schwäne, die anderen wie Blumen mit offenen Blütenblättern.

«Das sind meine liebsten Kuchen. Ich bestelle sie immer in der Pasticceria Manzoni. Sie sind köstlich, auch wenn sie dort normalerweise größer sind und eine simplere Form haben, wie gefüllte Teigrollen.»

Madame lächelte.

«Diese hier machen sie speziell für uns, wenn wir am See sind. Eine Art Familientradition. Solche Stücke haben sie zum ersten Mal vor vielen Jahren zu einem Geburtstagsfest hierhergeliefert, und sie gefielen dem Geburtstagskind sehr, weil das Mädchen die Schwäne auf dem See bewunderte. Seither bestellen wir sie in dieser Form. Zum Glück ist noch jemand da, der sie herstellen kann. Es scheint nicht leicht zu sein, sagen sie jedenfalls, einen so feinen gefüllten Blätterteig auf diese Art zu formen. Wissen Sie, wie sie heißen? Margeriten.»

«Sie liebte Schwäne?»

«Ja. Wenn sie an der Villa vorbeischwammen, hat Margherita sie immer wie verzaubert beobachtet, bis sie aus ihrem Blickfeld verschwanden.»

Unwillkürlich wanderte Madame Durands Blick hinaus auf den See. Es dauerte nicht lange, aber als sie sich umwandte, sah Stefania sie erwartungsvoll an. Madame verharrte einen Moment in abwartendem Schweigen, dann nickte sie.

«Ich wusste, dass Margherita nicht mit mir in die Schweiz gehen würde. Ich kannte ihre Gründe und wusste auch, wohin sie gehen wollte, sobald sie das Haus verlassen hatte. Mithin all das, was auch ihre Schwester wusste.»

«Maria, die Nonne? Sind Sie sicher?»

«Eine heilige Frau, fragen Sie sie doch danach! Natürlich wusste sie es. Ich selbst habe ihr doch alles weitererzählt. Als wir die Villa verlassen mussten, traf ich Margherita in dem Haus, das Maria mir zugewiesen hatte. Wir sollten dort gemeinsam auf die Ankunft des Autos warten, das mein Vater schicken wollte. Unser Unterschlupf war eine seit Jahren unbewohnte Wohnung in einem uralten und sehr unwohnlichen Steinhaus. Es existiert heute noch, ein paar hundert Meter von hier entfernt. Kennen Sie das Café Peverelli in Lenno? Das ist das Gebäude, auch wenn es im Lauf der Zeit vollständig umgebaut wurde. Wir verbrachten die Wartezeit in einem eiskalten Zimmerchen mit Blick auf Wiesen und Wälder, plauderten und schmiedeten Zukunftspläne.

Niemand wusste, dass mich Margherita besuchte. Nachmittags kam sie vom Haus in den Bergen herunter, wir redeten miteinander, und bevor es Abend wurde, stieg sie wieder hinauf, um keinen Verdacht zu erregen. Weder meinen Schwiegervater noch meinen Mann sah ich in diesen zwei Tagen. Sie hatten mir erzählt, dass sie nicht im Lande sein würden, doch ich bin sicher, dass sie oben in den Bergen ihren Geschäften nachgingen, den illegalen Grenzübertritten. Sie waren da draußen in einer der Berghütten, die ihnen gehörten. Wo genau, kann ich Ihnen nicht sagen; auf jeden Fall war es die Waldgegend ganz in der Nähe des Passes von San Primo. Auch meine Schwägerin Maria tauschte gelegentlich die Krankenschwesterntracht gegen Stiefel, Wollpullover und ein Gewehr über der Schulter. Sie war oft mit einem der Männer unterwegs. Auf den ersten Blick konnte man sie alle für einfache Bauern oder allenfalls Gutsverwalter halten. In Wirklichkeit waren sie bis an die Zähne bewaffnet.

Auf meinen seltenen Ausflügen in die Gegend habe ich sie manchmal gesehen. Sie kamen und gingen, aßen und schliefen angekleidet auf den Bänken. Meine Schwiegermutter kochte für alle und kümmerte sich um den armen Jungen, der ihr dauernd am Rockzipfel hing.

Während unseres Aufenthalts in der Wohnung achtete keiner auf uns, bis auf eine Person, die Maria angestellt hatte, um uns zweimal täglich Essen zu bringen. Ich habe das Haus in diesen zwei Tagen nicht verlassen, während Margherita ein und aus ging, durchs Dorf streifte und in der Bar mit den Männern des Ortes redete. Damit zog sie den Unmut der Frauen auf sich, die fanden, das sei kein Platz für junge Mädchen.

Wenn wir unter uns waren, erzählte mir Margherita von Dressler. Sie phantasierte von Dingen, die sie nie gesehen hatte und von denen sie rein gar nichts wusste. Sie malte sich Deutschland mit seinen Fachwerkhäusern aus, stellte sich ihren Karl vor, der Klavier und die Orgel in der Kirche spielte, viele Kinder, blond wie er, und dergleichen wirres Zeug.

Ich sagte ihr, sie sei verrückt geworden. Schließlich könne sie das Beste bekommen, was das Leben zu bieten habe, ein bequemes, unbeschwertes Dasein unter Freunden, bei dem ihr alle Männer zu Füßen liegen würden, und das in einem Land, wo der Krieg nicht hinkam, während ganz Europa in Flammen stand. Aber sie war so gefangen in ihrem Traum, dass sie mir nicht einmal zuhörte. Sie zog ihr Medaillon hervor, küsste die beiden miteinander verflochtenen Strähnen, eine blonde und eine dunkle, seufzte und lächelte.»

«Verzeihen Sie. Sind Sie sicher, dass Margherita das Medaillon bei sich hatte, als Sie sich zusammen in diesem Haus aufhielten?»

«Sicher, sie trug es immer um den Hals. Warum?»

«Nur ein Detail, entschuldigen Sie, fahren Sie bitte fort.»

«Seit ihr Vater sie aus der Villa verwiesen hatte, war Margherita ständig in Angst und Sorge. Trotzdem gelang es ihr, fragen Sie mich nicht, wie, Nachrichten von Karl zu bekommen. So erfuhr sie von seinen Fluchtvorbereitungen und war hin- und hergerissen zwischen der Erleichterung, dass er sich in Sicherheit bringen würde, und der Angst, ihn für lange Zeit nicht mehr sehen zu können.

Sie hatte gehofft, dass wir ihr Neues sagen könnten, aber ich hatte Karl und von Kesselbach nach der Evakuierung weder gesehen noch etwas über sie gehört. Außerdem gab es für mich seit Tagen kein anderes Thema mehr als das Leben, das uns in der Schweiz erwartete, auch weil Cosette, meine Dienerin, fast noch ein Mädchen, kein Wort Italienisch sprach und sich in dieser Gegend nicht allein zurechtfinden konnte.

Also versuchte Margherita, durch Maria etwas mehr herauszufinden. Aber die Schwester war sehr hart zu ihr. Sie sagte, Karl sei fortgegangen. Sie solle sich ihn so schnell wie möglich aus dem Kopf schlagen, so wie auch er sie vergessen habe.

Das war eine Lüge. Denn zur selben Zeit waren Karl und der Oberst noch in Italien. Sie versteckten sich oben in den Bergen und warteten auf den richtigen Zeitpunkt, um über die Grenze zu gehen. Von da an fürchtete Margherita das Schlimmste für sich und ihren Geliebten. Sie weinte lange. Dann raffte sie sich mit dem Mut der Verzweiflung auf und zog noch einmal los, um mit einem der Leute zu sprechen, die zwischen dem Dorf und den Bergen unterwegs waren. So traf sie Giovanni, der wegen Besorgungen ins Dorf herunterkam.»

Eine lange Pause trat ein.

Stefania zwang sich, still zu bleiben, keine Fragen zu stellen und abzuwarten, dass die Signora den Faden von selbst wieder aufnahm. Germaine Durand hatte einen großen Teil ihrer natürlichen Selbstsicherheit verloren. Andauernd rührte sie in ihrem Kaffee, statt ihn zu trinken. Nach ein paar Minuten begann sie wieder zu sprechen. Ihre Stimme wurde noch leiser.

«Das Schlimmste geschieht uns manchmal durch die Menschen, die wir am meisten lieben. Ist das nicht furchtbar?»

«Ich glaube, ich verstehe nicht ganz, Madame Durand.»

«Menschen, die uns lieben und die wir lieben, haben oft gerade wegen dieser engen Beziehung nicht den Mut, nein zu sagen. Selbst wenn sie uns damit schaden, schaffen sie es nicht, uns eine inständige Bitte abzuschlagen. So werden sie häufig, ohne es zu wollen, Ursache unseres Leids. Sehen Sie, Dottoressa: Giovanni hing sehr an Margherita. Niemals hätte er ihr etwas Böses getan, er hätte sie mit seinem Leben verteidigt und beschützt. Diesmal aber gab er ihrem Drängen nach. Er verriet ihr, dass Karl bereits auf der Flucht war und wo er sich aufhielt. Dieses Geständnis, aus allzu großer Liebe zur Schwester gegeben, war der Anfang vom Ende.

Nach der Unterredung mit Giovanni kehrte Margherita in unseren Unterschlupf zurück. Ich erinnere mich bis heute an jede Einzelheit. Sie umarmte mich fest und erzählte mir, was ihr Giovanni gesagt hatte. Keinen Augenblick lang konnte sie stillstehen, so aufgewühlt war sie. Immer wieder ging sie zum Fenster und schaute hinaus, kam zurück und sagte, sie habe die ganze Zeit über gewusst, dass Karl sie nicht vergessen hatte, und nie daran gezweifelt. Er war ganz in der Nähe, nur wenige Kilometer trennten sie.

Dann legte sich ihre Aufregung, und sie schien sich ein wenig zu beruhigen. Das Essen, das man uns gebracht hatte, rührte sie kaum an. Sie legte sich neben mich auf das Bett, fand aber wohl keine Ruhe. Ich dagegen schlief ein. Und obwohl seither mehr als sechzig Jahre vergangen sind, kann ich damit immer noch keinen Frieden machen. Ich weiß nicht, wie lange ich geschlafen hatte, aber es war schon dunkel, als ich von einer Berührung im Gesicht erwachte. Es war Margherita. Sie war vollständig angezogen, in dunklen Kleidern, mit einem schwarzen Schal um den Kopf und einem kleinen Rucksack auf dem Rücken.

‹Ich gehe›, sagte sie zu mir. ‹Ich kann einfach nicht länger hierbleiben und nichts tun. Ich gehe zu Karl. Er passiert vielleicht noch heute Nacht die Grenze, und wenn ich ihn jetzt nicht mehr sehe, weiß ich nicht, wann und ob ich ihn überhaupt noch einmal wiedersehe.›

‹Aber wohin willst du? Bist du wahnsinnig? Siehst du nicht, dass es draußen dunkel ist?›, antwortete ich, immer noch schlaftrunken. ‹Glaubst du wirklich, du kannst unbeobachtet entkommen? Ist dir nicht klar, dass es wieder Probleme mit deinem Vater geben wird, wenn sie dich entdecken? Und überhaupt, wozu das alles? Wenn er in die Schweiz geht und du auch, wirst du ihn über kurz oder lang dort wiederfinden.›

Ich versuchte, sie zu überzeugen, leise, aus Angst, Cosette zu wecken, aber es nützte alles nichts. Sie hatte sich entschieden. Ein letztes Mal umarmte sie mich und flüsterte mir ins Ohr: ‹Vielleicht bin ich vor der Dämmerung zurück. Aber wenn es Morgen wird und ich nicht da bin, mach dir keine Sorgen um mich. Es wird alles gutgehen, und eines Tages, ich hoffe sehr bald, sehen wir uns wieder.›

Es waren ihre letzten Worte. Leise schlich sie zur Treppe. Das Letzte, was ich von ihr sah, war ihre schmale Gestalt, die von draußen einen Luftkuss zum Fenster hinaufschickte.

Die Nacht wurde nur vom blassen Schimmer des Mondes erhellt. Ich blieb allein im dunklen, stillen Zimmer. Cosette hatte nichts gehört, denn sie hatte sich in einer Ecke des anderen Zimmers eingerichtet. Sie schlief tief und fest. Ich schlüpfte wieder unter die Decken. Natürlich war ich beunruhigt, aber vor allem fassungslos: Ich konnte nicht verstehen, wie man alles, vielleicht gar das eigene Leben, riskierte für …»

«Für die Liebe?»

«Ja.»

Madame Durand stellte endlich die Kaffeetasse auf den Tisch und lehnte sich im Sessel zurück.

«Alles geschah sehr schnell. Als ich zu guter Letzt wieder einschlief, war schon der nächste Morgen angebrochen. Den ganzen Tag verbrachte ich wie in Trance. Von meinem Standort aus war es unmöglich, zu Giovanni oder anderen aus der Familie Cappelletti Kontakt aufzunehmen. Gegen Abend hörten wir es an die Tür klopfen, und kurz darauf trat jemand unten ein. Diesmal kamen schwere Schritte die Treppe hinauf. Es war Maria, die mit einem Proviantsack in der Hand eintrat.

‹Los, es ist so weit. Germaine, der Mann ist da, den dein Vater geschickt hat. Ihr müsst abreisen, schnell, das Auto wartet auf euch. Margherita, wach auf! Beeilt euch!›

Noch während sie redete, bemerkte sie die Abwesenheit ihrer Schwester und schwieg eine Weile verwirrt.

‹Wo ist Margherita?›

‹Nicht mehr da. Sie ist gegangen.›

‹Gegangen? Was heißt das: gegangen? Wohin?›

‹Sie ist gegangen, um Karl zu treffen. Wohin, weiß ich nicht.›

‹Und woher wusste sie, dass er noch da war?›

‹Dein Bruder hat es ihr gestern Nachmittag gesagt.›

Einen Moment lang stand Maria da wie an der Schwelle festgewachsen. Dann gab sie sich einen Ruck. ‹Was für ein Schwachkopf›, schimpfte sie wütend. ‹Ihr beide, beeilt euch. Sie warten unten auf euch.› Ohne ein weiteres Wort drehte sie sich auf dem Absatz um und stürzte hinaus.

Als wir herunterkamen, war Maria nicht mehr da. Zwei Männer empfingen uns und begleiteten uns durch Gärten und Felder und schließlich über einen langen verlassenen Pfad, bis wir das Auto erreichten. Es wartete mit abgedunkelten Scheinwerfern außerhalb des Dorfes, hinter Bäumen versteckt. Wir fuhren sofort Richtung Grenzübergang. Der

Übertritt verlief problemlos. Niemand stellte sich uns in den Weg, und ein paar Stunden später tranken wir frühmorgens den ersten Kaffee auf der anderen Seite der Grenze in Lugano.

Was danach geschah, erfuhr ich erst viele Monate später, als der Krieg zu Ende war und ich meinen Mann in Italien wiedersah. Mein Vater hatte unterdessen Besuch von Oberst von Kesselbach bekommen, der ebenfalls glücklich in die Schweiz gelangt war. Nach einer langen Behandlung in einer bekannten Augenklinik war er wieder mit Frau und Kindern vereint und lebte nun nicht weit von uns bei Vevey in einer Villa am See, die Verwandten seiner Frau gehörte.»

«Den Montalti?»

Madame schaute sie überrascht an.

«Ja, aber woher wissen Sie das? Kennen Sie sie?»

«In gewissem Sinn. Aber das tut nichts zur Sache. Fahren Sie bitte fort.»

«Der Oberst kam also zu meinem Vater zu Besuch, um sich für die Hilfe zu bedanken, die er ihm und seiner Familie in der schwierigen Situation ihrer heimlichen Flucht aus Italien geleistet hatte.»

Durch Remo Cappelletti, dachte Stefania. Doch hielt sie es für unangebracht, Madame mit einem Hinweis auf dieses Detail zu unterbrechen. Ebenso wenig erwähnte sie, dass der Verkauf der Villa Regina an die Familie Cappelletti sich dem Umstand verdankte, dass Durand wenigstens einen Teil der Kaufsumme an die Montaltis gezahlt hatte. Es würde sich schon eine Gelegenheit ergeben, diese Aspekte anzusprechen. Jetzt drängte es sie, das Ende von Madames Geschichte zu hören.

«Eigentlich wollte der Oberst etwas über Dressler erfahren. Er hatte ihn seit der Fluchtnacht nicht mehr gesehen und hoffte, mein Vater könnte ihm versichern, dass der Junge sich auf irgendeine Weise in Sicherheit gebracht hatte.

Mein Vater antwortete ausweichend. Er wisse nichts über den Jungen und sein Schicksal und könne sich daher nur vornehmen, seinerseits Informationen bei all denen einzuholen, die als Fluchthelfer dabei gewesen seien. Ich war an der Unterredung nicht beteiligt, habe aber ein paar Gesprächsfetzen mitbekommen, als ich zufällig am Arbeitszimmer meines Vaters vorbeiging.

Ich erinnere mich, dass es mir einen Stich ins Herz versetzte, eine Art böse Vorahnung. Abergläubisch bin ich nicht, glauben Sie mir, aber ich war mir zum ersten Mal sicher, dass sich der Junge nicht hatte retten können und Margherita auch nicht.

Es war schrecklich, das können Sie mir glauben. Ich fühlte mich schuldig am Schicksal von beiden. Schon vorher war mir der Gedanke gekommen, aber ich hatte mich immer dagegen gewehrt, ihren Tod als eine konkrete Möglichkeit in Betracht zu ziehen. Ist Ihnen jemals aufgefallen, dass wir denken, die Menschen, die wir lieben, könnten im Gegensatz zu den anderen niemals sterben?»

«Doch, sicher, Madame, das habe ich schon oft gedacht. Und zwar in Bezug auf meinen Vater.»

Die Signora nickte mit dem Ausdruck des Einverständnisses und sank abermals gegen die breite Rückenlehne ihres Sessels. Sie schloss die Augen, als wolle sie ausruhen. Über das Plätzchen im Freien senkte sich eine tiefe Stille. Sie war erfüllt vom Zwitschern der Vögel im Garten, doch selbst das Plätschern des Seewassers und das Geräusch eines fernen Rasenmähers störten die Ruhe kaum.

Nach ein paar Minuten geriet Stefania in leise Verlegenheit. Sie wusste nicht recht, wie sie sich verhalten sollte, und fühlte sich, als wäre sie durchsichtig. Doch sie konnte nicht ewig hier sitzen bleiben. Also tat sie das Erste, was ihr einfiel, und hustete höflich. Madame Durand löste sich aus ihrer Erstarrung und lächelte Stefania freundlich an.

«Entschuldigen Sie, meine Liebe. Wo waren wir stehengeblieben?»

Stefania hielt es für das Beste, zu einem anderen Thema überzugehen.

«Beim Zeitpunkt Ihrer Rückkehr nach Italien, als der Krieg zu Ende war.»

«Nun, das war ganz einfach. Giovanni brachte mich zum Friedhof, um Margheritas Grab zu besuchen.»

«Ist das alles? Hat er Ihnen nichts darüber gesagt, wie sie gestorben ist?»

«Doch, natürlich. Er sagte, sie sei in den Bergen erschossen worden. Man habe nie erfahren, wer auf sie geschossen hatte, die Deutschen, die Faschisten oder die Partisanen, oder ob es während eines Feuergefechts zwischen den verschiedenen Gruppierungen geschah.»

«Halten Sie es für möglich, dass Ihr Mann mehr wusste?»

«Ich glaube nicht. Wenn er mehr gewusst hätte, dann hätte er es mir gesagt, da bin ich sicher. Vielleicht war Maria diejenige, die mehr wusste, aber darin kann ich mich auch täuschen. Ich will Ihnen nicht verhehlen, dass wir einander nie sehr nahestanden. Eines Tages sind wir uns zufällig an Margheritas Grab am Friedhof von Croce oberhalb von Menaggio begegnet, einem Ort, den Margherita außerordentlich geliebt hat. Als ich versuchte, etwas aus ihr herauszubekommen, war ihre einzige Entgegnung: ‹Reicht dir nicht das, was du weißt?›»

«Und der Vater? Die anderen Familienmitglieder?»

«Der Vater war schlicht und einfach nicht wiederzuerkennen, verglichen mit dem energischen, resoluten Mann, den ich kennengelernt hatte. Er war gespenstisch mager geworden, die Kleider hingen ihm am Leib wie an einer Wäscheleine. Seine Wangen waren eingefallen, der Bart ungepflegt, und die Augen glühten besessen. Er wirkte wie ein Verrückter. In der Villa behielten ihn alle besorgt im Auge. Doch er lief andauernd fort. Immer ging er zu Fuß in die Berge, sogar im tiefsten Winter und bei Regen, ohne Kopfbedeckung und selbst mitten im Schnee in Hemdsärmeln. Er starb sehr bald bei einem Sturz in einen Abgrund. Meine Schwiegermutter ist immer in dem Haus in den Bergen geblieben. Ich habe sie nur ein einziges Mal wiedergesehen, am Tag der Beerdigung ihres Mannes. Es war der Tag, an dem Maria der versammelten Familie ihre Entscheidung mitteilte, die Villa noch am selben Abend zu verlassen und Nonne zu werden. Die arme Witwe starb drei Jahre später. Nach ihrem Tod wurde der behinderte Sohn von den Geschwistern in eine Anstalt für Geisteskranke gegeben.»

«Was für eine Tragödie.»

«Die Situation nach Remo Cappellettis Tod war furchtbar. Auch die Villa war zu dieser Zeit nicht mehr wiederzuerkennen, menschenleer und gespenstisch. Das Gras stand so hoch wie Heu, bis über die Schwelle. Auf Wunsch meines Vaters, der mich ungern in einem so chaotischen Haus und in einer so problematischen Situation sah, bin ich sehr bald in die Schweiz zurückgekehrt. Auch die Beziehung zu Giovanni litt darunter. Dann aber änderten sich die Dinge. Zuerst blieb er praktisch allein, dann suchte er mich wieder auf. Wir fanden erneut zueinander, wir heirateten, und allmählich wurde der Ort für uns und unsere Kinder das, was er jetzt ist. Doch niemand von uns hat je vergessen.»

Als sie zu Ende gesprochen hatte, schloss die Signora die Augen, als brauche sie erneut Erholung und Stille. Auch Stefania schwieg und dachte über all das nach, was sie gehört hatte. Sie musste sich in Ruhe damit auseinandersetzen. Das war ihre Art: Ihr Gehirn brauchte Spielraum, um alles zu überdenken, die Details miteinander zu vergleichen und eins mit dem anderen in Beziehung zu setzen. Sie erhob sich.

«Ich glaube, ich habe Ihre Geduld allzu lange beansprucht. Ich danke Ihnen, Madame. Sie waren außerordentlich hilfreich.»

Madame Durand machte eine vage Geste mit der Hand. Stefania nahm es als Zeichen der Verabschiedung und wandte sich ohne ein weiteres Wort zum Ausgang. Aber Madame hielt sie auf: «Commissario!»

Überrascht drehte sie sich um.

«Madame?»

«Haben Sie mir nicht gesagt, dass Sie mir etwas zeigen wollten?»

Stefania verstand sofort. Sie kehrte um, stellte die Tasche auf den Tisch, öffnete sie, zog das Bruchstück des Medaillons aus dem Umschlag und reichte es ihr. Germaine hielt es in ihrer Handfläche und betrachtete es lange, um es dann vorsichtig mit den Fingern zu berühren und ganz zart darüberzustreichen.

«Haben Sie auch das zusammen mit den anderen Dingen von Dressler gefunden?»

«Ja.»

«Also sind sie zusammen gestorben?»

17. KAPITEL

Anders als sonst sagte Giulio kein Wort, nachdem Stefania ihm am Telefon in allen Einzelheiten von dem Gespräch mit Germaine Durand berichtet hatte. Er blieb still und verzichtete auf jede Bemerkung, jeden Kommentar. Eine Weile lang hatte es den Anschein, als wäre die Verbindung unterbrochen.

«Und?»

«Und was?»

«Was hältst du von der ganzen Geschichte? Ich rede seit einer halben Stunde, und du hast noch keinen Ton gesagt.»

«Ich habe dir zugehört. Dauernd beklagst du dich, dass ich nicht zuhöre, also habe ich diesmal keinen Pieps von mir gegeben, siehst du?»

«Ja, danke. Also, was ist?»

«Also, ich weiß nicht, mich überzeugt es nicht. Alle erzählen anscheinend dieselbe Geschichte, nur dass jeder hier und da eine Einzelheit hinzufügt oder weglässt, und am Ende ist die Geschichte nicht mehr dieselbe. Verstehst du, was ich meine?»

«Mehr oder weniger.»

«Nimm beispielsweise die Nacht der Flucht. Folgt man Montalti, den die Sache persönlich nicht interessiert und der einfach nur wiedergibt, was er von seinem Onkel darüber gehört hat, dann nähern sich der Oberst und Dressler mit der gesamten Gruppe der Grenze, bekommen aber auf dem Weg Schwierigkeiten. So stellt er es zumindest dar. Sie laufen langsam, die Zeit vergeht, und es wird spät, oder genauer: Es wird Morgen. Dann kommt nach Montaltis Erzählung eine Frau dazu, die mit Cappelletti redet. Es handelt sich eindeutig um Maria, und es ist die erste Nacht der Flucht. Daraufhin werden Dressler und der Oberst in die Hütte zurückgebracht. Sie verbringen einen ganzen Tag dort versteckt, um in der darauffolgenden Nacht nochmals loszugehen. Dabei haben sie wieder dieselben Probleme, und wir wissen, wie die Sache ausging. Am Ende schicken sie den Oberst über die Grenze, und der einfache Soldat wird zurückgelassen. Von da an weiß man nichts mehr über ihn. Kurz darauf hört der Oberst von fern ein paar Schüsse und dann bei Tagesanbruch die Explosion. Insgesamt: zwei Nächte, zwei Tage, die Schüsse in der zweiten Nacht und dann die Explosion am Schluss.»

«Bis hierher passt alles, scheint mir.»

«Nein. Denn die Nonne hat erklärt, sie sei zu der Hütte hinaufgegangen, um ihren Vater und ihren Bruder über Margheritas Flucht zu informieren. Nach ihren eigenen Worten hat sie dort niemanden angetroffen und deshalb gewartet, bis sie die beiden mit Dressler und dem Oberst zurückkehren sah. In ihrer Version befinden wir uns also am Ende der ersten Nacht von Dresslers Flucht, als Margherita schon verschwunden und Germaine mit ihrer Dienerin gemütlich auf dem Weg in die Schweiz ist. Das passt nicht zu der Version von Montalti. Übrigens stimmt der letzte Teil der Erzählung der Nonne exakt mit dem überein, was Madame Durand erzählt hat, mit einem einzigen Unterschied: Wenn man Germaine Durands Worten Glauben schenkt, muss die Nonne gelogen haben, als sie dir sagte, sie habe nicht gewusst, wo Margherita war und warum sie geflohen ist.»

«Na ja, auf jeden Fall gelogen hat sie wohl, als sie sagte, sie wisse nicht, warum Margherita geflohen war. Ob sie Kenntnis davon hatte, wohin? Möglich ist es.»

«Aber selbst wenn sie nur zur Hälfte gelogen hat: Warum? Wenn sie wirklich, wie sie behauptet, auf der Suche nach ihrem Vater und ihrem Bruder bis zur Hütte gegangen ist, dann doch wohl in der Gewissheit, dass Dressler und der Oberst die Grenze plangemäß schon in der Nacht zuvor passiert hatten. Anders gesagt: Ihr Vater und ihr Bruder hätten nur einmal zur Hütte zurückkehren müssen, und zwar vor der Dämmerung, nachdem ihre Arbeit beendet war. Die Sache sieht natürlich anders aus, wenn sie gar nicht zur Hütte gegangen ist, sondern die beiden in der ersten Nacht auf ihrem Weg zur Grenze angetroffen hat.»

«Warum? Was ist daran so wichtig, ob sie in der Hütte war oder auf dem Stück Weg von der Hütte bis zur Grenze? Das verstehe ich nicht. Was ändert das? Auf jeden Fall ist es ihr gelungen, ihren Vater zu finden und über Margheritas Flucht zu informieren, und das war in dem Moment für sie das Dringendste.»

«Da wäre ich nicht so sicher. Und ob es etwas ändert! Wie auch immer, wahrscheinlich war sie wirklich erleichtert, als sie ihren Vater und Dressler noch zusammen angetroffen hat. Meiner Ansicht nach aber nicht etwa deshalb, weil sie hoffte, dass er etwas über die Schwester und ihren Verbleib wusste. Vielmehr dachte sie wohl: Solange Dressler noch da ist, kann Margherita nicht weit sein. Wenn dagegen, wie Montalti sagt, das Treffen mit dem Vater stattgefunden hat, als sich das Grüppchen noch zum Grenzübergang vorankämpfte, dann gibt es möglicherweise eine Verbindung zwischen Marias Ankunft und der Entscheidung des Vaters, Dressler und den Oberst zur Hütte zurückzubringen und ihre Flucht auf den nächsten Tag zu verschieben.»

«Wie meinst du das?»

«Erinnerst du dich an die Karte, die du mir gezeigt hast? Die mit all den Hütten und dem Verlauf der Grenzlinie? Kannst du sie mal holen?»

«Das geht nun wirklich nicht, es ist Samstagnachmittag, und ich bin am See. Was interessiert dich denn so daran?»

«Weißt du noch, in welcher Position die Ruine der Hütte zum Grenzverlauf und der alten Kaserne der Finanzpolizei steht?»

«Sicher.»

«Und erinnerst du dich noch an die Entfernung zwischen Hütte und Grenze? Sie war sehr gering, in Luftlinie gemessen fast nichts, höchstens fünfhundert Meter. Sagen wir von mir aus, einen Kilometer, wenn wir den Fußweg mitten durch den Wald einkalkulieren. Richtig?»

«Ein Kilometer oder auch nur fünfhundert Meter dichter Wald können sehr lang sein, wenn man nachts laufen muss, und das mit einem verletzten Bein.»

«Ja, meinetwegen, aber schließlich reden wir hier nicht vom Regenwald, wo man über Lianen stolpert. Es ist und bleibt ein Wald in unseren Bergen im Vorfrühling, noch fast ohne Laub. Darüber hinaus waren sie schon ein ganzes Stück von der Hütte entfernt, also praktisch schon so gut wie am Ziel.»

«Und das heißt?»

«Das heißt meiner Meinung nach, dass Cappelletti sie absichtlich zurückgeschickt hat. Eine andere Erklärung gibt es nicht.»

«Und Maria? Und die anderen?»

«Die anderen Flüchtlinge hat er in Begleitung seiner Männer bis zur Grenze bringen lassen. Währenddessen ist er zur Hütte zurückgegangen, noch vor der Dämmerung, zusammen mit seinem Sohn und mit Maria, die bei ihnen war, wie Montalti berichtet, und nicht etwa auf sie gewartet hat, wie die Nonne ihrerseits behauptet. Wie dem auch sei, von dem Moment an gab es keinen Zeugen mehr, der nicht zur Familie gehörte, ausgenommen den Oberst.»

«Und was, meinst du, ist danach geschehen?»

«Etwas hatten sie schon mal erreicht: Sie hatten Zeit gewonnen. Einen ganzen Tag, um zu überlegen, was zu tun war.»

«Kein besonders tolles Ergebnis, finde ich: Sie hatten eine anstrengende Nacht vertan, und die Arbeit der folgenden Nacht lag noch vor ihnen. Neue Mühen, neue Risiken: Die Sache mit dem Oberst musste noch zu Ende gebracht werden, und der Junge war bloß ein Hindernis, weil er nicht laufen konnte beziehungsweise wollte, wie du sagst. Wenn man bedenkt, dass der Oberst dank seiner Beziehung zu Durand schließlich doch in Sicherheit gebracht wurde, war das die reinste Zeitverschwendung.»

«Dass der Oberst um jeden Preis über die Grenze musste, war sonnenklar. Durand hätte Cappelletti ein Scheitern nie verziehen. Bei Dressler sah die Sache anders aus. Der Junge war niemand, und der einzige Grund, warum er noch lebte, war die große Zuneigung des Obersts, der sich auf keinen Fall von seinem Adjutanten trennen wollte. Er war sogar bereit, das Gelingen der Flucht aufs Spiel zu setzen. Der Oberst wollte Karl nicht im Stich lassen und hat dafür eine Menge riskiert. Und für Cappelletti wurde die Lage damit zweifellos sehr kompliziert.»

«Also blieb ihnen nichts anderes übrig, als sie zusammen rauszubringen, auch wenn der eine wesentlich weniger wert war als der andere. Für eine solche Schlussfolgerung brauchte es aber sicher keinen ganzen Tag. Außerdem gab es meiner Meinung nach noch einen Grund, sich zu beeilen: Margherita. Vergessen wir nicht, dass sie mit einem klaren Ziel geflohen war – sie wollte Dressler treffen. Je früher sie also den Soldaten loswurden, desto besser. Aus dieser Sicht finde ich es erst recht unverständlich, dass sie einen Tag in Verzug geraten sind und damit Gefahr liefen, dass Margherita zu ihnen stoßen und noch mehr Probleme machen würde.»

«Tja.»

Wieder trat eine lange Pause ein. Anscheinend hatte Giulio nichts mehr zu sagen. Er verabschiedete sich zerstreut und legte auf. Nachdenklich drehte Stefania das Handy zwischen den Händen.

Jedes Mal, wenn sie glaubte, endlich zu verstehen und die verwickelte Situation aufdröseln zu können, brachte irgendeine Kleinigkeit die Rekonstruktion durcheinander, und sie musste von vorne anfangen.

Auf einem hohen Mäuerchen lag eine Tigerkatze faul in der Sonne, außer Sichtweite anderer Katzen und ganz auf ihr Vorhaben konzentriert, sich das Fell zu putzen. Sie schien Stefania mit herablassender Miene anzuschauen. Da klingelte das Handy wieder. Stefania griff danach, bereit, jeden energisch abzuwimmeln, der sich herausnahm, sie aus der friedlichen Zurückgezogenheit ihres Samstags zu reißen. Doch dann sah sie überrascht den Namen «Giulio» auf dem Display.

«Dass ich nicht gleich daran gedacht habe, es liegt ja auf der Hand», sagte er.

«Bitte?»

«Die Falle, ist doch klar.»

«Falle? Und für wen?»

«Für Margherita natürlich. Hör zu, es ist ganz einfach. Maria weiß, dass Margherita geflohen ist. Aber die Schwester ist ihr gegenüber nur wenige Stunden im Vorteil, ein paar Kilometer vermutlich. Maria ist sich vollkommen im Klaren darüber, dass Margherita alles tun wird, um Karl zu erreichen, aber sie kann nicht wissen, ob die beiden nicht schon längst einen Plan haben und jenseits der Grenze verabredet sind. Sie weiß wiederum sehr gut, dass Margherita jederzeit allein über die Grenze gehen kann, denn sie kennt die Gegend und diese Wälder ebenso gut wie Maria und ihr Vater, und in diesem Fall wäre nichts mehr zu machen. Aber was ist, wenn die zwei sich nicht verständigen konnten und Margherita, von Verzweiflung getrieben, bloß versucht, Karl zu finden? Wenn sie noch immer auf italienischem Boden ist, dann – das wird auch Maria geschlussfolgert haben – wird sie sich Karl keinesfalls nähern, solange er sich mitten in einer Gruppe befindet, zusammen mit ihrem Vater und den anderen Männern. Sie wird eine günstige Situation dafür abwarten. Maria hat befürchtet, dass Margherita das tun könnte, was tatsächlich am nächsten lag, nämlich der Gruppe in einer gewissen Entfernung heimlich zu folgen, um sich auf der anderen Seite wieder mit Dressler zu vereinen.»

«Ein riskantes Unterfangen.»

«Sicher. Aber Margherita hat ihr Schicksal ja schon besiegelt, als sie von zu Hause floh und nicht mehr zurückkonnte – in jeder Hinsicht. Und Maria beschließt ihrerseits, das Einzige zu tun, was die Flucht ihrer Schwester, wo auch immer sie ist, vereiteln wird: Karl Dressler aufhalten und jede seiner Bewegungen überwachen. Sie eilt also hinauf in die Berge, stößt zu der Gruppe, spricht mit dem Vater und überredet ihn, die Flucht des Jungen abzubrechen. Wahrscheinlich rät sie selbst dem Vater, die Gruppe zu teilen, die anderen Flüchtlinge weitergehen zu lassen und den Oberst und Dressler zur Hütte zurückzubringen. Ein logischer Schachzug: Wenn Margherita in der Nähe ist, wird sie bemerken, was geschieht, und ebenfalls anhalten. Mit etwas Glück wird sie vielleicht sogar aus der Deckung kommen. Also kehren alle in die Hütte zurück, und von da an regeln sie die Sache unter sich. Eine Familienangelegenheit ohne Zeugen.»

«Bis auf den Oberst ...»

«Genau. In gewissem Sinn ist er ihnen im Weg. Aber er ist ein hohes Tier, ein Freund von Durand, und sie dürfen sich nicht mit ihm anlegen, jedenfalls nicht über ein gewisses Maß hinaus. Also bleiben alle in der Umgebung der Hütte und warten die nächste Nacht ab. Vierundzwanzig Stunden Zeit, um drei Probleme zu lösen: Margherita, Dressler und den Oberst.»

«Und dann?»

«Ich war nicht dabei.»

Einen Moment lang schwieg Giulio. Dann beendete er das Gespräch in einem für ihn ungewöhnlich ruhigen Tonfall:

«Ich würde es ja gern tun, aber den letzten Akt dieses Dramas kann ich weder verfassen noch aufführen. Wenn du den Auftritt willst: Er gehört dir.»

18. KAPITEL

Stefania war perplex.

Sie wunderte sich, dass Giulio sich endlich einmal so engagiert hatte, als sei er selbst in die Angelegenheit verwickelt, und sein Tonfall gab ihr zu denken. Sie schätzte die analytischen Gaben ihres Kollegen, seine Fähigkeit, Zusammenhänge zu erkennen, seinen detektivischen Scharfsinn.

Giulio hatte die Widersprüche aufgedeckt, die ihr entgangen waren, und irgendwie ärgerte sie das. Vielleicht hatte er recht, und sie hatte sich tatsächlich emotional zu stark in den Fall hineinziehen lassen, sodass es ihr nicht mehr gelang, diejenigen, die die Wahrheit sagten, von denen zu unterscheiden, die nur Halbwahrheiten erzählten. Angefangen bei Schwester Maria.

Endlich hatte sie alle Teile des Puzzles beisammen. Viele hatten ihren Platz gefunden. Es waren die Details, die das Gesamtbild störten. Kleine, aber entscheidende Details.

Sie fühlte sich blockiert, als wären ihr die Hände gebunden. Nach so viel Mühe lag die Lösung endlich in Reichweite, aber ihr blieb kaum noch Zeit. Es war wie bei einer Schachpartie, einer ungewöhnlichen allerdings, bei der nur noch eine begrenzte Anzahl Züge zur Verfügung stand. Sie durfte sich keine Fehler mehr erlauben und musste jede Entscheidung sorgfältig abwägen. Und das alles vor dem Hintergrund, dass diese Ermittlung offiziell eingestellt war.

Am besten, sie nahm sich ein paar Tage Zeit, um die Situation zu durchdenken.

Santa Maria del Tiglio war eine romanische Kirche aus dem 12. Jahrhundert, nicht weit von Gravedona entfernt.

Als Stefania in der Nähe des Kirchplatzes parkte, sah sie schon von weitem, wie Valli die Fassade fotografierte. Wie gewöhnlich war er vor ihr da.

Er richtete die Kamera auf sie, dann fragte er: «Kennst du die Legende dieser Kirche?»

«Ich vermute, dass sie etwas mit Atlantis oder mit dem Templerorden zu tun hat», antwortete Stefania.

«Glücklicherweise nicht. Ich erzähle sie dir. Der Bau dieser Kirche begann im 12. Jahrhundert auf den Resten einer alten Kultstätte aus vorrömischer Zeit. Es ist ein einzigartiger Zentralbau, typisch für eine Taufkirche, und das Material stammt aus der Region: weißer Marmor aus Musso und schwarzer Stein aus Olcio. Die Legende besagt, dass im Spätmittelalter an den Innenwänden ein riesiges Fresko von der Anbetung der Heiligen drei Könige zu sehen war. Davon erzählt auch ein Text aus karolingischer Zeit, der in den Annalen des Klosters von Fulda in Deutschland aufbewahrt ist. Nach der Überlieferung hat es hier vor vielen hundert Jahren eine Erscheinung gegeben, von der Art, um die sich später Geschichten von Wunderheilungen ranken: Während eines Gewitters fing das Fresko von selbst an zu leuchten und sendete tagelang ununterbrochen Lichtstrahlen aus.»

«Magst du solche Legenden, Luca?»

«Nein. Um ehrlich zu sein, mir sind die von Menschen gemachten Wunder lieber», antwortete er, «und dieses Bauwerk ist ein Beispiel dafür.»

Sie näherten sich der Kirche, über der ein herrlicher achteckiger Campanile aufragte, traten ein und bewunderten schweigend die drei halbrunden Apsiden und ein riesengroßes Holzkruzifix.

Das Seeufer war ungefähr zwanzig Meter entfernt. Beim Hinausgehen wandte sich Stefania zur Rückseite, wo ein kurzer, mit Platanen gesäumter Weg dazu einlud, den hinteren Teil der Kirche zu besichtigen und zugleich den Blick über den Alto Lago, den nördlichen Zweig des Sees, zu genießen. Von hier aus sahen sie die Halbinsel Olgiasca und die Abtei von Piona auf der anderen, ihnen direkt gegenüberliegenden Seeseite, der von Lecco.

Stefania setzte sich auf eine der Bänke. Der Himmel war wolkenlos, die Luft angenehm warm. Luca machte noch ein paar Fotos und gesellte sich dann zu ihr.

«Möchtest du ein Eis?»

«Denkst du eigentlich immer nur ans Essen?»

Sie lachten. Zum ersten Mal, seit sie einander kannten, sprach Stefania über sich. Sie erzählte Episoden aus ihrer Kindheit, die mit Erinnerungen an ihren Vater verbunden waren. Die Jahre am Gymnasium in Como, endlose, frühmorgens im Bus verbrachte Stunden und abenteuerliche Überfahrten mit dem Dampfer, wenn sie einmal verschlafen hatte. Dann die Universität, das Examen, die Entscheidung, zur Polizei zu gehen, und der Verlust des Vaters, der lange mit dem Tod gerungen hatte.

«Wieso hast du geheiratet? Hast du deinen Mann geliebt?»

«Sicher habe ich ihn geliebt, oder besser, Bruno war der liebste Mensch, den ich hatte. Wir hatten die letzten Jahre zusammen an der Uni verbracht und standen uns sehr nahe. Es war geradezu logisch, dann auch zu heiraten. Und in gewisser Weise hat Bruno mir den Vater ersetzt.»

«Und dann?»

«Wir haben lange versucht, ein Kind zu bekommen, bis schließlich Camilla geboren wurde. Wir hatten schon gar nicht mehr damit gerechnet. Ich war fast siebenunddreißig.»

«Und warum habt ihr euch getrennt, wenn ich das fragen darf?»

«Als das Kind auf der Welt war, hat sich Bruno allmählich von mir entfernt. Anfangs lag es an der Arbeit, meiner und seiner, an weit voneinander entfernten Orten. Er hatte eine Wohnung in Mailand gemietet. Aber je älter Camilla wurde, umso mehr veränderte sich unser Verhältnis, bis zu dem Punkt, an dem wir uns getrennt haben und ich feststellen musste, dass wir Fremde füreinander geworden waren.»

Bevor Valli antworten konnte, klingelte ihr Handy. Zuerst war Stefania in Versuchung, den Anruf nicht anzunehmen, schaute aber doch auf das Display: Schließlich konnte es ihre Tochter sein.

Eine unbekannte Nummer.

«0041!», rief Stefania aus.

«Die Schweizer Vorwahl», bemerkte Valli.

Stefania zögerte nicht länger, sondern nahm den Anruf an. Ihr Herz klopfte wie verrückt.

«Dottoressa Valenti, ich bitte vielmals um Entschuldigung, dass ich Sie außerhalb der Dienstzeit störe.»

Es war Montaltis Stimme, doch ohne die gewohnte vornehme Gelassenheit. Im Gegenteil, man erkannte den vergeblichen Versuch, eine deutlich hörbare Freude zu verbergen.

«Um es so zu sagen, Dottoressa, ich muss Ihnen wichtige

Neuigkeiten anvertrauen. Seit der Postbote gestern das Haus verlassen hat, denke ich ununterbrochen daran und hatte eine schlaflose Nacht. Am Telefon möchte ich nicht darüber sprechen, Sie werden das später verstehen.»

«Nicht einmal eine Andeutung?»

«Ich habe einen Brief aus Leipzig bekommen. Das ist alles, was ich Ihnen im Moment sagen kann. Können wir uns für morgen Nachmittag verabreden?»

«Wollen wir uns in meinem Büro im Polizeipräsidium treffen?»

«Ich dachte eigentlich an den See. Kennen Sie den Campanile von Ospedaletto?»

«Aber sicher, Signor Montalti. Wäre Ihnen zwei Uhr recht?»

«Sehr gut. Also bis morgen, Dottoressa, und bitte vergessen Sie unsere Verabredung nicht.»

Stefania saß mit dem Handy in der Hand da, noch lange, nachdem das Gespräch beendet war.

Vallis Lächeln holte sie in die Wirklichkeit zurück.

«Gute Nachrichten?»

«Unerwartete, würde ich sagen.»

* * *

Am nächsten Tag war Stefania schon beim Aufstehen nervös, die Begegnung, die am Nachmittag bevorstand, versetzte sie in Aufregung. Sie hatte schlecht geschlafen. Montalti hatte recht gehabt: Es wäre besser gewesen, gar nichts anzudeuten. Die ganze Nacht lang hatte sie an den Brief aus Leipzig gedacht und sich den Kopf zerbrochen, wer der Absender war und welche Neuigkeiten der Brief enthalten mochte. Den Großteil des Vormittags verbrachte sie damit, eine Logistik auszuknobeln, die ein ungestörtes Treffen mit Montalti garantierte. Wegen dieses unvorhergesehenen Termins würde sie zugleich etwas mehr Zeit bei ihrer Mutter verbringen können, und das würde ihr guttun. Auch bei ihr machten sich die Jahre bemerkbar, sie hatte häufig Rückenschmerzen. Aber sie machte sich weniger Sorgen um die körperlichen Beschwerden als um die kleinen Gedächtnislücken, die sich in letzter Zeit immer wieder gezeigt hatten. Einmal war sie zum Einkaufen ins Dorf hinuntergegangen und hatte erst im Laden bemerkt, dass sie ihr Portemonnaie vergessen hatte. Oder sie erinnerte sich nicht mehr, wer angerufen hatte.

Zum Glück war im Präsidium alles ruhig: Carboni war für ein Briefing beim Polizeipräsidenten, Lucchesi und Piras diskutierten über Fußball.

Um halb zwölf verließ sie ihr Büro, nahm das Auto und fuhr in Richtung See. Es war immer wieder ein besonderes Gefühl, diese Straße entlangzufahren. Jedes Mal, wenn sie die Stadt hinter sich gelassen hatte, war ihr, als träte sie in ein anderes Leben ein. Hier tickten die Uhren langsamer, der Blick konnte in die Ferne schweifen und der Kopf Ruhe finden im Frieden eines dörflichen Lebens, in dem jeder jeden kannte. Der Rhythmus des Alltags war beschaulicher, menschenfreundlicher und familiärer.

Als sie in der Nähe von Argegno angekommen war, hielt sie an der Piazzetta, wo schon eine beträchtliche Anzahl Fahrräder und Motorräder stand. An den Tischchen drängten sich viele Touristen, nahmen einen Imbiss oder aßen Fisch zum Mittagessen. Sie stellte das Auto beim Bootsableger ab und betrat das Café Motta.

Nachdem sie einen Kaffee getrunken hatte, blieb sie noch eine Weile auf der kleinen Hafenmole von Argegno stehen und betrachtete die Touristenautos und die blauen Überlandbusse.

Gemächlich ging sie zum Auto zurück und fuhr die nächste Strecke, die ein paar Kilometer weiter durch die Ortschaften Colonno, Sala Comacina und Ossuccio führte. An einer der engen Kurven hatte sich, wie so oft, ein Autobus mit einem entgegenkommenden Lastwagen verkeilt. Es dauerte eine ganze Weile, bis sich der Stau aufgelöst hatte. Trotzdem war sie noch vor der Zeit am verabredeten Treffpunkt. Sie wartete im Schatten der Campanile, bis Montaltis Wagen auf dem Parkplatz hielt und der Fahrer dem alten Mann die Tür öffnete. Sie begrüßten sich wie alte Bekannte.

«Ich nehme an, Sie werden nicht weiter gehen wollen», sagte Stefania zu Montalti in Anspielung auf die Villa Regina, die etwa einen halben Kilometer vom Parkplatz entfernt lag.

«Es gibt Kapitel, Commissario, die man lieber für immer als abgeschlossen betrachten sollte», sagte Montalti, der sich mühsam auf seinen Stock stützte.

Stefania reichte ihm den rechten Arm – immerhin konnte dieser Mann durchaus ihr Vater sein. Langsam gingen sie den kurzen Abhang hinunter, der in einen kleinen Park direkt gegenüber der Isola Comacina führte. An einem Café nahmen sie unter einem Sonnenschirm Platz. Montalti bestellte eine Limonade, Stefania begnügte sich mit dem vierten Kaffee des Tages.

«Als ich ein Junge war, haben wir oft vom Haus aus die Insel besucht», sagte Montalti und zeigte mit dem Stock in die Richtung, «es war eine Art Familientradition.»

«Es sind wohl zweihundert Meter», fügte Stefania hinzu, «und bei der Villa Regina gab es schon damals dieses wunderschöne Hafenbecken.»

«Ja, aber wir sind geschwommen», entgegnete Montalti lächelnd. Dabei fingerte er in der Innentasche seiner Jacke.

«Der berühmte Brief?», fragte Stefania, die fast platzte vor Neugier.

«Sie werden erstaunt sein zu hören, dass es sogar zwei Briefe sind, Commissario», sagte der alte Herr und legte zwei geöffnete Umschläge auf den Tisch, die mehrere Seiten Papier enthielten. «Der erste», sagte er und nahm einen Schluck Limonade, «ist ein Brief, der mir vor einer Woche von Karin Dressler geschickt wurde, der Schwester von Karl. Er kommt aus Leipzig.»

«Und der zweite?», fragte Stefania aufgeregt, nachdem sie einen Blick auf den anderen, vergilbten Umschlag geworfen hatte, der wesentlich älter aussah als der erste.

«Der zweite ist der Brief, den Karl Dressler in den Tagen nach seiner Flucht an seine Eltern geschrieben hat.»

«Das heißt, er hat ihn trotz des Krieges nach Deutschland schicken können?»

«Nein. Der Brief ist zwar von seiner Hand geschrieben, aber abgeschickt wurde er nie.»

«Und wie kam er dann zu seiner Schwester?», fragte Stefania, der auch noch die wenigen Gewissheiten über diesen Fall zu entgleiten drohten.

«Er wurde persönlich übergeben. Die Person, die nach Leipzig kam und ihn Dresslers Eltern aushändigte, war mein Onkel.»

«Oberst von Kesselbach?»

«Ich sehe, dass Ihnen bei Ihren Ermittlungen kein Detail entgangen ist», bemerkte Montalti mit einem Lächeln.

19. KAPITEL

… und warum erzähle ich Dir diese Dinge erst jetzt, liebe Mutter? Es liegt daran, dass ich in diesem Moment zum ersten Mal, seit dieser verfluchte Krieg begonnen hat, um mein Leben fürchte. Nicht etwa, weil ich dabei sterben könnte wie so viele, denen zu begegnen ich das Glück hatte, sondern wegen der Folgen für das Leben anderer Menschen. Vor allem für Dich, Mutter, für Deinen Mann und für meine Schwestern. Zuallererst aber für die Frau an meiner Seite: für Margherita. Du müsstest sie kennenlernen, Mutter. Sie ist ein wunderbares Mädchen mit Herz, Verstand und Courage. So der liebe Gott es will, und ich zweifle nicht daran, werden wir nach dem Krieg heiraten. Mit größter Freude würde Margherita zu uns nach Deutschland kommen. Und nun muss ich Dir noch ein letztes Geständnis machen. Bitte verzeih mir, wenn meine Worte für Dich so klingen müssen wie die eines verlorenen Sohnes. Margherita erwartet ein Kind. Ja, Mutter, Du hast richtig verstanden: Ich werde Vater. Und dieses Gefühl lässt sich nur in den Worten der Liebe und des Glücks beschreiben.

Fassungslos las Stefania nochmals die letzten Zeilen des Briefes. Dass Karl Dressler in dieser dramatischen Phase seines Lebens durchaus bewusst gewesen war, in welch großer Gefahr er schwebte, bestürzte sie. Und ebenso sehr die Tatsache, dass Margherita, die Frau, die der Junge liebte, ihm ein paar Monate später ein Kind geschenkt hätte.

Gedanken, Zweifel und Fragen stürmten auf sie ein und machten sie sprachlos. Hier ging es um eine entscheidende Wendung, die den Kern der Ermittlung betraf. In dieser Hinsicht hatte sie keine Zweifel mehr. Aber so viele und unerwartet gewichtige Elemente waren hinzugekommen, dass sie Mühe hatte, ihren Augen zu trauen und den Zeilen dieses Briefs vom März 1945 Glauben zu schenken.

Montalti schaute sie schweigend an.

«Überrascht, Commissario?»

«Eher durcheinander, Signor Montalti. Ich muss das erst mal verarbeiten.»

«Das kann ich verstehen. Mir ging es genauso, als ich den Brief zu Ende gelesen hatte. In meinem Fall gibt es allerdings noch eine weitere Irritation, eine, sagen wir, familiärer Art.»

«Und welche?», fragte Stefania verwundert.

«Zunächst einmal die seltsame Haltung, die mein Onkel Heinrich in all diesen Jahren zur Schau getragen hat. Seit ich klein war, habe ich die Geschichte von seiner Flucht und seiner Freundschaft zu Karl Dressler gehört, mit dessen mysteriösem Verschwinden und allem anderen. In all diesen Jahren hat mich das Gefühl begleitet, Karl könne von einem Moment zum anderen auftauchen. Er wurde eine Art Familienlegende. In Wirklichkeit aber wusste Onkel Heinrich weit mehr, als er uns glauben machen wollte. Ich verzichte lieber darauf, mich zu fragen, aus welchen Gründen er damals beschlossen hat, aller Welt vorzumachen, er warte noch immer auf Karls Rückkehr oder wenigstens auf ein Lebenszeichen des Jungen. Ich frage mich jedoch, warum er so lange darauf bestanden hat, dass Karl in unserem Familiengrab beigesetzt wird.»

«Halten Sie es für möglich, dass er in irgendeiner Form für die Alliierten arbeitete?», fragte Stefania.

«Nein. Auf gar keinen Fall. Außerdem würde das nicht viel ändern. Selbst wenn er wirklich bereit gewesen wäre, ein doppeltes Spiel zu spielen und sich in dieser heiklen Situation in den Dienst der Alliierten zu stellen, wäre daran in meinen Augen nichts Verwerfliches, auch wenn das seinem Ruf als ehrbarem Soldat geschadet hätte. Viel entscheidender ist doch, warum er ausgerechnet uns, seine Familie, belogen hat, obwohl er wissen musste, dass Karl mit größter Wahrscheinlichkeit tot war. Er selbst hatte ja den Verwandten des Jungen ein Zeugnis der letzten Momente seines Lebens überbracht. Warum also diese umständliche Zeremonie, auch im Testament, mit dem Begräbnis, dem Degen und so weiter?»

«Offenbar musste Ihr Onkel irgendetwas vor irgendjemandem rechtfertigen.»

«Dottoressa, merken Sie, dass wir beide am Ende immer zu denselben Schlussfolgerungen kommen? Wer hätte das sein können, wenn nicht Durand, mit dem mein Onkel bis zum Ende seiner Tage in gutem Kontakt stand? War es nicht gerade Durand, zu dem mein Onkel eine gut nachbarschaftliche Beziehung unterhalten musste?»

«Das ist eine Möglichkeit. Aber vielleicht hatte er ganz andere Gründe. Etwas, das uns im Moment nicht einfällt, das wir noch nicht in Betracht gezogen haben? Ziehen Sie keine voreiligen Schlüsse, Signor Montalti. Bei dieser Ermittlung habe ich gelernt, dass nichts so ist, wie es auf den ersten Blick aussieht.»

In diesem Augenblick fuhr ein Motorboot direkt an ihnen

vorbei und hinterließ eine Kielwelle aus weißer Gischt. Der Park um sie herum hatte sich belebt. Familien, Jugendliche und Kinder waren fröhlich unterwegs. Das Dröhnen eines Wasserflugzeugs lenkte die Blicke zum Himmel.

«Was ich mir nicht erklären kann», sagte Stefania, «ist, warum Karl den Brief Onkel Heinrich mitgegeben hat.»

«Er hatte eben Vertrauen zu ihm.»

«Aber welchen Grund gab es dafür? Sie waren doch immer zusammen, in der Villa Regina und auf der Flucht. Der Junge muss an einem gewissen Punkt dieser schlimmen Geschichte erfasst haben, dass er in Gefahr schwebt, so wie er es ja auch in seinem Brief schreibt. Stellen wir uns die Szene vor. Die beiden sind entschlossen, zusammen zu fliehen. Sie schmieden einen Plan. Den genauen Zeitpunkt kennen wir nicht, aber irgendwann kurz vor oder während der Flucht beschließt Karl, diese Zeilen zu schreiben. Abschicken will er den Brief nicht, vielleicht weil die Zensur alles kontrolliert. Darum vertraut er seinen letzten Willen oder jedenfalls seine Gefühle dem Mann an, der mit ihm auf der Flucht ist. Einem Menschen, auf den er sich verlässt. Als wäre ihm klar geworden, dass ihr Schicksal in gewisser Weise verknüpft ist, der Oberst aber größere Chancen hat, davonzukommen.»

«So weit stimme ich mit Ihnen überein. Fahren Sie bitte fort.»

«Karl schreibt den Brief kurz vor der Flucht, vielleicht sogar an dem Tag, den er in der Hütte verbringt, nachdem Remo Cappelletti sie zurückgeschickt hat. Er enthüllt der Mutter seine ganz persönlichen Geheimnisse. Er möchte eine Art Beichte ablegen: Remo Cappelletti, der Mann, der seinem Glück im Weg steht, ist zugleich der Vater der Frau, die er liebt und die ein Kind von ihm erwartet, Margherita. Dieses Testament vertraut er dem Oberst an, von dem er annimmt, dass er mit größerer Wahrscheinlichkeit am Leben bleiben wird. Wenn er zu diesem Zeitpunkt nicht vermutet hätte, dass für ihn etwas schiefgehen könnte, hätte er den Brief doch bei sich behalten.»

«Wahrscheinlich hat er in diesem kurzen Zeitraum etwas Auffälliges an Remo Cappellettis Verhalten bemerkt», überlegte Montalti.

«Richtig», sagte Stefania.

Sie kramte in ihrer Handtasche und zündete sich eine Zigarette an. «Und außerdem», fuhr sie fort, «muss geklärt werden, was dann mit dem Brief geschah. Hat Ihr Onkel ihn gelesen? Und wann und wie hat er ihn der Familie übergeben?»

«Diese Frage lässt sich schon leichter beantworten», sagte Montalti mit Blick auf den zweiten Umschlag. «Da hilft die Lektüre des Briefes, den Karin Dressler geschrieben hat. Sie berichtet, dass mein Onkel Anfang 1946 nach Leipzig kam. Er nahm Kontakt zur Familie auf und traf Karls Eltern persönlich. Ihre Erinnerungen sind ein wenig vage, weil sie damals fast noch ein Kind war. Doch sie entsinnt sich noch an die eindrucksvolle Gestalt des Obersts und an seinen kurzen Besuch, bei dem er in der Küchennische ihrer Wohnung saß, und an das leise Weinen der Mutter. Onkel Heinrich hat ihnen offenbar mitgeteilt, dass er über Karls endgültiges Schicksal nichts Genaues sagen könne, aber eine tragische Verknüpfung der Ereignisse vermute.»

«Was glauben Sie, entsprach das der Wahrheit?»

«Wir haben keinen Grund, daran zu zweifeln.»

«Und was geschah danach?»

«Dann nahm die große Geschichte ihren Lauf. Die Mauer, der Kalte Krieg, die unüberwindlichen Grenzen. Dresslers Vater wurde unter dem Verdacht, prowestlich zu sein, ins Gefängnis gesteckt und fand dort Mitte der sechziger Jahre den Tod. Die Mutter starb wenige Jahre später. Karin blieb allein im ehemaligen Ostdeutschland zurück und führte ein normales Leben: Sie heiratete, bekam Kinder und arbeitete in einer Fabrik, die Militäruniformen produzierte.»

«Hat sie niemals versucht, über die Ereignisse des Krieges und den Verbleib ihres Bruders Informationen einzuholen? Hat sie keine Nachforschungen angestellt?»

«Bedenken Sie, wie es damals zuging, Dottoressa. Selbst wenn sie es gewollt hätte, niemand hätte ihr die Erlaubnis dazu erteilt. Erstens, weil es in der damaligen Situation nahezu unmöglich war, Informationen aus dem Ausland zu bekommen. Und umgekehrt, weil Nachrichten von dort niemals bei den betreffenden Familienangehörigen angekommen wären, wenn es überhaupt welche gab.»

«Aus politischen Gründen?»

«In gewissem Sinn, ja. Es ist nur schwer vorstellbar, dass man einem Fahnenflüchtigen in jenen Jahren eine wohlwollende Behandlung zukommen lassen oder gar ein ehrendes Andenken bewahrt hätte.»

«Gehen wir einen Schritt weiter, Signor Montalti. Was werden Sie jetzt tun? Werden Karls sterbliche Reste nach Leipzig überführt?»

«Die Schwester hat mir zu verstehen gegeben, dass sie das nicht wünscht. Sie hat sich bereit erklärt, die Kosten für Karls Bestattung zu übernehmen, die ich bereits bestritten habe. Dieses Angebot habe ich natürlich abgelehnt. Es geht für sie nicht um Geld oder bürokratische Hürden. Ich glaube, sie will die Dinge so lassen, wie sie sind, um keine alten Wunden aufzureißen. Sie will ihrer jetzigen Familie, ihren Kindern, die Aufregung ersparen, wenn Dinge ans Tageslicht kommen, die vor mehr als einem halben Jahrhundert geschehen sind.»

«Das kann ich ihr nicht verübeln, auch wenn ich in einer ähnlichen Situation wahrscheinlich anders gehandelt hätte. Es ist schwer, zu akzeptieren, dass eine geliebte Person fern von uns begraben liegt. Aber andererseits bleiben wir mit den Menschen, die uns lieb sind, ohnehin immer verbunden.»

Montalti nickte zustimmend. «Und Sie, was werden Sie jetzt tun, Dottoressa? Sie haben mir gesagt, dass die Ermittlung eingestellt wurde. Das Geheimnis dieser Nacht wird vielleicht niemals gelüftet werden.»

«Sie haben recht, Signor Montalti. Aber bevor ich diese Geschichte endgültig zu den Akten lege, werde ich noch einen letzten Besuch machen.»

20. KAPITEL

Für den folgenden Tag hatte Stefania sich freigenommen, um nach Bergamo in die Klinik zu fahren. Im Polizeipräsidium hatte sie «familiäre Gründe» angegeben – eine Taktik, die ihr selbst gegen den Strich ging. Sie verletzte damit die ethischen Grundregeln, die sie sich von ihrem ersten Arbeitstag an auferlegt hatte.

Sie machte sich schon sehr früh am Morgen auf den Weg – nicht, weil es wirklich nötig war, sondern eher aus Schlaflosigkeit. Andere Verpflichtungen hatte sie an diesem Tag nicht. Eigentlich konnte sie es ruhig angehen lassen. Wieder dachte sie an Valli. Sie hätte ihn gern gesprochen. Doch es war besser, das alles aufzuschieben, bis sie das Treffen mit Schwester Maria hinter sich hatte.

Auf dem Beifahrersitz lag eine Mappe mit den Kopien der Briefe, die ihr Montalti gegeben hatte. Das würde ihre Geheimwaffe sein. Die Tatsache, dass sie ohne Vorankündigung in der Klinik auftauchte, konnte sich natürlich als Bumerang erweisen. Aber sie war nach langem Nachdenken zu dem Schluss gekommen, dass ihr nur die Überrumpelungstaktik blieb, um die Nonne aus der Reserve zu locken.

In der Provinz Bergamo angekommen, hielt sie in einem kleinen Dorf, entdeckte ein Café und setzte sich an ein

Tischchen im Freien. Es war halb zehn. Um diese Zeit gab es nur eine Person, die sie beruhigen und vielleicht unterstützen konnte.

«Ciao, Giulio, bist du schon im Büro?»

«Ehrlich gesagt, ich bin seit über einer Stunde hier. Und du? Was ist los? Seit hundert Jahren habe ich von dir keinen Anruf mehr um diese Zeit gekriegt.»

«Ich bin in Bergamo, Giulio. Auf dem Weg, um mit Schwester Maria zu reden.»

«Hat sich etwas Neues getan?»

«Erinnerst du dich an Montalti, den ehemaligen Besitzer der Villa Regina? Wir haben uns gestern getroffen, und er hat mir neue Erkenntnisse geliefert. Ich stehe kurz vor der Lösung des Rätsels.»

«Was heißt das? Was hast du herausbekommen?»

«Das kann ich dir jetzt noch nicht sagen, aber ich rufe dich morgen an und erzähle dir alles. Ich wollte dir nur sagen, dass ich recht hatte, diese Ermittlung fortzusetzen.»

«Aber wieso rufst du mich an, wenn du mir nichts erzählen willst?»

«Um dir für deine Unterstützung zu danken.»

«Und was kann ich dafür erwarten?»

«Nichts, wie immer.»

Giulio war dabei, etwas zu erwidern, aber Stefania hatte das Gespräch schon beendet und das Handy ausgeschaltet. Es war ihr nicht nur darum gegangen, den guten Glauben zu unterstreichen, in dem sie diese Ermittlung weitergeführt hatte, und Giulio zu beweisen, dass er sich geirrt hatte. Sie hatte ihm tatsächlich danken wollen.

Ihr Auftritt im Hauptsaal der Klinik stiftete eine nicht unbeträchtliche Verwirrung unter dem Reinigungspersonal und verursachte ein hektisches Hin und Her zweier kleiner Nonnen, die wie losgelassene Springteufel umherliefen.

Gerade als eine dritte Nonne fragte: «Sie sind also die Dottoressa …?», kam Schwester Maria durch eine der Seitentüren. Augenblicklich machten die Putzfrauen sich wieder daran, den Boden zu kehren. Das Stimmengewirr, das Stefanias Ankunft begleitet hatte, verstummte.

«Dottoressa, welche Überraschung!», rief die Nonne aus und lächelte sardonisch.

«Ich bin gekommen, um Ihnen mitzuteilen, dass die Ermittlungen eingestellt wurden», antwortete Stefania.

Die Nonne ging zu einem der Innenhöfe voraus. Dort nahm sie eine Heckenschere und begann, die Zweige eines hohen Rosenbuschs zu beschneiden. Nach kurzem Schweigen erwiderte sie:

«Und ich soll Ihnen glauben, dass Sie den langen Weg auf sich genommen haben, nur, um mir zu sagen, dass die Untersuchung abgeschlossen ist?»

Gerade als Stefania zu einer Antwort ansetzen wollte, drehte sich die Nonne abrupt um: «Wollen Sie einen Kaffee, Commissario?»

«Gern», erwiderte Stefania und folgte mit den Augen der Handbewegung, die ihr den Weg zum Büro wies.

Kaum hatten sie in dem Büro Platz genommen, das Stefania schon von ihrem letzten Besuch kannte, als eine jüngere, höchstens fünfzigjährige Nonne eintrat und ein Tablett mit Tässchen und Kaffeekanne hereinbrachte.

«Einen Löffel Zucker für Sie?», fragte Schwester Maria.

«Ich nehme ihn ohne. Danke, Mutter Oberin.»

Die Nonne rührte im Kaffee, setzte die Tasse auf der Untertasse ab und sagte schließlich: «Ich höre.»

Stefania bemerkte den selbstsicheren Tonfall, mit dem die

Ordensfrau sie herausforderte. Einen Moment lang überlegte sie, dass es vielleicht besser wäre, die Sache fallenzulassen, weil sie es nicht schaffen würde, den Widerstand der Nonne zu brechen. Aber nach kurzem Zögern begann sie doch zu sprechen und schaute der Oberin dabei direkt ins Gesicht. Sie durfte den Blick nicht senken, sie musste sich entschlossen zeigen.

«Wie schon gesagt, die Staatsanwaltschaft hat entschieden, die Ermittlung zu den Akten zu legen. Die Leiche von Karl Dressler ist in der Schweiz beigesetzt worden, im Familiengrab der Montalti, den Vorbesitzern der Villa Regina.» Sie machte eine kleine Pause, um der Nonne Gelegenheit zu einer Reaktion zu geben.

«Lasset die Toten ihre Toten begraben», gab Schwester Maria zurück, die diese Mitteilung zu beruhigen schien. Ein paar Tage zuvor hatte Giulio den gleichen Satz gesagt.

«Das Gebot des Evangeliums kommt der Moral dieser Geschichte recht nahe», sagte Stefania. «Doch, um die Wahrheit zu sagen, nicht alle Toten haben zusammen mit Karl ihren Frieden gefunden.»

«Was wollen Sie damit sagen?», fuhr die Nonne auf, halb neugierig, halb beunruhigt.

«Ich will sagen», erklärte Stefania, «dass Karl seine letzte Ruhestätte gefunden hat, wenngleich ihm noch keine Gerechtigkeit widerfahren ist, und dass auch Margherita in Frieden ruht. Eine andere Person hat dagegen noch nicht die Gerechtigkeit erfahren, die sie verdient.» Als sie zu Ende gesprochen hatte, griff sie in die Tasche und legte die Kopie des Briefes von Karl auf den Schreibtisch.

«Lesen Sie selbst, Mutter Oberin. Es handelt sich nur um wenige Zeilen.»

Nachdem die Nonne den Brief gelesen hatte, schwieg sie

eine Weile. Dann blickte sie Stefania an und begann zu erzählen:

«Am Tag, als Margherita verschwand, rannte ich überstürzt in die Berge, um meinen Vater zu benachrichtigen. Es war Abend, und das Auto, das die Durands geschickt hatten, war angekommen. Stellen Sie sich meine Aufregung vor, den verwirrten Zustand, in dem ich die Dorfstraße entlanglief, hinauf in die Berge und dort zu unserer Hütte. Als älteste Tochter fühlte ich mich in gewisser Weise für meine Schwester verantwortlich. Schließlich war ich es gewesen, die meinem Vater von ihrer Beziehung zu Dressler erzählt hatte. Aber glauben Sie mir, Commissario, ich tat es, wie es eben nur eine ältere Schwester tun kann, getrieben von der Angst und der Bestürzung, in die mich diese Entdeckung versetzt hatte. Ich tat es in erster Linie wegen ihr und allem, was ihre Entscheidung nach sich ziehen konnte. Glauben Sie mir, es hat in den letzten Jahrzehnten nicht eine einzige Nacht gegeben, in der ich nicht an diese Augenblicke zurückgedacht habe. Niemand weiß besser als ich, dass Margherita heute noch am Leben sein könnte und auch mein Vater nicht so früh gestorben wäre, wenn ich die Sache für mich behalten hätte. Und auch wenn ich in all den Jahren meine Wahl, ins Kloster zu gehen, weder bereut noch beklagt habe, komme ich nicht um den Gedanken herum, dass wahrscheinlich auch mein Leben anders verlaufen wäre.»

Stefania versuchte, sich von dieser Zurschaustellung von Schmerz und Zerknirschung nicht allzu sehr beeindrucken zu lassen. Ihre Rolle war eine andere. Sie musste vor allem verstehen, was in dieser Nacht vor so vielen Jahren in den Bergen geschehen war. Es war ihr gelungen, die Selbstsicherheit der Nonne ins Wanken zu bringen. Ihr Dresslers Brief zu lesen zu geben, hatte den gewünschten Effekt erzielt. Zu erfahren, dass die Schwester bei ihrem Tod schwanger gewesen war, hatte die abwehrende Haltung der Nonne durchbrochen. Nach so vielen Jahren des Schweigens hatten diese Enthüllungen sicher einiges ausgelöst: Wut, Angst, Schuldgefühle. Dieses ungeborene Leben, ein Leben, von dessen Existenz sie nichts gewusst hatte, sprach sie in gewisser Hinsicht erneut schuldig. Jetzt forderte es seinen Platz, es wollte sichtbar werden – in Form einer Erzählung, wenn nicht gar eines Geständnisses.

«Mein Vater und mein Bruder waren unterwegs. In unserem Haus in den Bergen waren nur noch meine Mutter und mein Bruder Battista. Es gelang mir, einen unserer Männer aufzuspüren, der mir sagte, sie seien auf Tour. Die Zahl dieser ‹Touren› war in jenen Monaten ins Unermessliche gestiegen. Und mein Vater bot seine Schlepperdienste allen an, die dafür bezahlen konnten. Er hatte es geschafft, die Partisanen der Gegend zu einer Art stillschweigender Duldung zu überreden. Alle möglichen Leute wandten sich an ihn: politische Gefangene, Dissidenten, reuige ehemalige Faschisten, Partisanen und natürlich auch viele Juden. Obwohl die Situation gefährlich war, entschloss ich mich, meinen Vater und meinen Bruder in den Bergen aufzusuchen. Sie können sich nicht vorstellen, wie überrascht ich war, als ich sie in einem Trupp von Männern entdeckte, unter denen auch Oberst von Kesselbach und Dressler waren. Überrascht, aber auch erleichtert, denn mit ihrer Anwesenheit wuchs die Wahrscheinlichkeit, Margherita wiederzufinden. Freilich bestand noch immer die Möglichkeit, dass meine Schwester entschieden hatte, allein über die Grenze zu gehen. Sie kannte die Gegend, die Wege und die Stellen, wo man durch das Netz der Überwachung schlüpfen konnte, fast so gut wie mein Vater.»

«Was ist dann geschehen, Mutter Oberin?»

«Ich nahm meinen Vater beiseite und erzählte ihm, was passiert war. Zuerst besprach er sich flüsternd mit meinem Bruder. Ich konnte nicht verstehen, was sie sagten, doch ich ahnte es. Den Gesten nach zu urteilen, war mein Vater sehr streng mit meinem Bruder, weil er sich gegenüber Margherita zu Andeutungen über Dressler hatte hinreißen lassen. Sie beschlossen, die Umgebung nach ihr abzusuchen. Dafür aber war es nötig, die beiden Deutschen zur Hütte zurückzubringen. Mein Vater befahl mir, zu meiner Mutter zurückzugehen, und ich gehorchte. Er beauftragte zwei Leute damit, die Hütte von fern zu bewachen, nachdem er selbst Oberst von Kesselbach und Dressler dort abgeliefert hatte. Zur Begründung wurde ihnen erklärt, dass sie zu langsam seien. Die Leute meines Vaters brachten die anderen Flüchtlinge über die Grenze und kehrten dann zurück. Sie teilten sich in Gruppen auf, die an jeweils einem Grenzabschnitt nach Margherita suchten. Fast die ganze Nacht und den ganzen nächsten Morgen lang schritten sie sämtliche Wege ab. Von Margherita keine Spur. Gegen Mittag kamen mein Vater und Giovanni für eine kurze Mahlzeit nach Hause. Giovanni war sich sicher, dass Margherita zu dieser Zeit die Grenze längst passiert hatte. Aber mein Vater war anderer Ansicht und wollte die Sache selbst in die Hand nehmen. Er bat uns, uns ruhig zu verhalten und niemandem zu erzählen, was vorgefallen war. Als er nach vielen Stunden wiederkam, war es schon Abend.»

«Wohin ist Ihr Vater gegangen?», fragte Stefania, die ahnte, dass die Nonne ihr jetzt die Wahrheit sagte.

«Ich kann es nicht mit letzter Sicherheit sagen, aber nach dem, was danach geschah, kann ich es mir vorstellen. Um es kurz zu machen, als die Nacht anbrach, ging mein Vater wieder hinaus, diesmal begleitet von zwei seiner zuverlässigsten Schmuggler. Mein Bruder musste zu Hause bleiben, obwohl er inständig darum bat, mitgenommen zu werden. Aber mein Vater wollte keine Einwände hören. Ich belauschte das Gespräch hinter der Küchentür und beschloss, meinem Vater mit etwas Abstand zu folgen. Mir war klar, dass sie zur Hütte gehen würden, um die beiden Deutschen abzuholen. Also legte ich mich dort auf die Lauer und sah sie in tiefer Nacht aufbrechen. Einer der Männer meines Vaters ging voraus, von Kesselbach und Dressler waren direkt hinter ihm, und mein Vater bildete zusammen mit dem zweiten Mann den Schluss, beide mit dem Gewehr im Anschlag.»

An dieser Stelle tat die Nonne einen tiefen Seufzer.

«Ein paar hundert Meter vor der Grenze gingen sie in Deckung und kauerten am Boden. Dann hörte ich den Pfiff meines Vaters und als Antwort einen zweifachen Laut, wie den Ruf eines Bussards. Das war das verabredete Zeichen. Daraufhin überquerte der Oberst das kleine Wiesenstück und war auf der anderen Seite.»

Stefania platzte fast vor Aufregung. Im Laufe von Schwester Marias Schilderung war die Spannung gewachsen; sie wollte endlich die Lösung des Rätsels hören. Die Nonne schloss die Augen, als müsste sie all ihren Mut zusammennehmen, um die Momente jener lang zurückliegenden Nacht wiederzugeben, die ihrem Leben und dem ihrer gesamten Familie einen anderen Verlauf gegeben hatte.

«Viele Minuten lang geschah gar nichts. Ich versuchte, mich geräuschlos so weit zu nähern wie nur möglich und erhaschte einen Blick auf die schattenhaften Gestalten der Männer am Boden. Nun bestand die Gruppe nur noch aus Dressler, den beiden Schmugglern und meinem Vater. Mit einem Mal hörte ich etwas anderes, eine Art Zischen, das aus dem Wald kam. Es war nicht das gleiche Geräusch wie ein paar Minuten zuvor. Mein Vater ging auf die Knie und kroch auf allen vieren in Richtung Wald. Die Gruppe bewegte sich nicht. Weitere endlose Minuten verstrichen.»

Die Nonne presste einen Fingerrosenkranz in ihren Händen.

«Dann hörte man aus dem Wald das deutliche Geräusch von Schritten. Die meines Vaters waren es nicht. Es waren mehrere Personen, und dem Lärm nach zu urteilen, hatten sie keine Angst, entdeckt zu werden. Plötzlich tauchten sogar Lichter auf; jemand trug eine Laterne. Die Silhouette meines Vaters wurde als Erstes sichtbar. Mit ihm erschienen vier Partisanen mit vorgehaltenen Gewehren.»

«Ihr Vater hatte Dressler also an die Partisanen verraten», kommentierte Stefania. Doch dann biss sie sich auf die Lippen.

«Ich weiß nicht, was mein Vater eigentlich vorhatte, aber ich erinnere mich sehr genau an das, was dann geschah. Alles ging sehr schnell. Die Partisanen schritten auf das im Gras versteckte Grüppchen zu. Ich hörte, wie Dressler etwas auf Deutsch ausrief. In diesem Moment tauchte auf der anderen Seite des Waldes eine weitere Gestalt auf. Margherita. Sie hatte genau wie ich das Geschehen aus sicherer Distanz beobachtet. Sie schleuderte meinem Vater einen wütenden Wortschwall entgegen und stürzte auf Dressler zu, der sich in der Zwischenzeit dem Griff der beiden Schmuggler entwunden hatte und auf die Wiese hinausgelaufen war. Von da an überschlugen sich die Ereignisse. Mein Vater schrie Margherita etwas zu. Meine Schwester umarmte Karl und presste sich an ihn. Karl zog eine Pistole hervor, die er in seiner Hose verborgen hatte, und richtete sie direkt auf meinen Vater. Nur einen Augenblick lang, dann wurde aus der

Gruppe der Partisanen eine Maschinengewehrsalve abgefeuert. Meine Schwester warf sich als Schutzschild vor Karl und ging von den Schüssen getroffen zu Boden. Da stürzte auch ich aus meinem Versteck hervor und rannte zum Ort des Geschehens. Dressler war verletzt und blutete, schoss aber weiter mit der Pistole um sich. Von einem seitlichen Schuss wurde er ein weiteres Mal getroffen. Sein Körper fiel neben den von Margherita. Sie fanden noch die Zeit, einander in die Augen zu schauen. Meine Schwester riss sich das Medaillon vom Hals und drückte es Karl in die Hand.»

Die Nonne war sichtlich erschöpft. Stefania begnügte sich damit, sie anzuschauen und abzuwarten, bis sie weitersprach.

«Als ich selbst bei den beiden ankam, schrie mein Vater vollkommen verzweifelt und versuchte mit seinen Kleidern Margheritas Blutungen zu stillen. Karl Dressler lebte noch, doch Margherita war tot. Ihr Kleid war blutdurchtränkt. Die Partisanen brüllten, die Schmuggler waren verstummt. Dressler lag verwundet am Boden, das Blut quoll aus seiner Brust. In einer Hand hielt er das Medaillon. Ich weiß nicht genau, was danach geschah. Mein Vater ließ Dressler von den beiden Schmugglern abtransportieren. Er war vollkommen außer sich und überschüttete die Partisanen mit Drohungen. ‹Dafür werdet ihr bezahlen!›, schrie er immer wieder.»

«Was danach geschah, das kann ich Ihnen sagen, Mutter Oberin», sagte Stefania in gedämpftem Tonfall. «Ihr Vater ließ Dressler in die Hütte zurückbringen, oder genauer: in die *Nevera*. Kurz darauf gab jemand dem Jungen den Gnadenschuss in den Nacken. Mit Hilfe von Sprengstoff wurde ein Teil der Hütte in die Luft gejagt.»

21. KAPITEL

Die Rückreise war wie eine Ankündigung, dass der Sommer vor der Tür stand.

Schwester Maria hatte die Tränen nicht zurückhalten können bei der Erinnerung an die schrecklichen Augenblicke, als ihre Schwester starb, die Qual des Vaters und das Unglück, das von da an die ganze Familie Cappelletti heimgesucht hatte.

Und im Grunde hatte die Nonne recht gehabt, als sie sagte, die Toten sollten ihre Toten begraben. Die Hauptfiguren dieser Geschichte waren fast alle tot. Margherita, Karl, der Oberst. Auch ihr Vater, ihre Mutter, der Bruder Giovanni und der arme Battista. Im Zuge der neuen Erkenntnisse die Ermittlungen wieder aufzunehmen, hätte nur bedeutet, denjenigen Schmerz zuzufügen, die schon genug Schmerz erlitten hatten. Stefania hatte ihr drängendstes Ziel erreicht: zu verstehen, was in dieser Nacht im Gebirge passiert war. Jetzt konnten Karl und Margherita in Frieden ruhen.

Auf dem Nachhauseweg telefonierte sie mit Camilla und vergewisserte sich, dass es ihr gutging. Es wurde geradezu unerträglich warm. Doch als der Wind durch das offene Autofenster hereinwehte und mit ihren Haaren spielte, kehrten die Jahre der Jugend zurück. Sie dachte an die gelöste Stimmung beim Aufbruch zu den Schulausflügen, diese Empfindung von Fülle, die man nur in den Jahren erlebt, wo alles noch vor einem liegt.

Sie fühlte sich leicht.

Einen Moment lang überlegte sie, ob sie Giulio anrufen und ihm alles erzählen sollte, doch dann entschied sie sich, das in den nächsten Tagen nachzuholen. Eigentlich war die Geschichte hiermit abgeschlossen.

Sie rief im Büro an und meldete sich bei Piras und Lucchesi. Kurz vor Como beschloss sie, nicht in die Stadt, sondern geradeaus auf die Seestraße zu fahren.

Bei Cernobbio bog sie auf die untere Straße ab. Hinter dem Piccolo Imperialino in Moltrasio hielt sie an, parkte das Auto und betrat die Vecchina, das Café direkt am Landesteg. Sie bestellte ein Radler und ließ sich eine ofenfrische *Crostata* bringen.

Sie war bestens gelaunt. Am Tresen kündigte ein Plakat das Fest des heiligen Johannes an, ein Ereignis, das in der dritten Juniwoche alljährlich die Sommersaison rund um den See einläutete.

Sie zahlte und ging hinaus. Von dem kleinen, mit weißem Kies bedeckten Platz auf der gegenüberliegenden Seite aus machte sie einen Spaziergang über die Promenade. Das Wetter war herrlich. Der See hatte von ihrem Blickwinkel aus um diese Nachmittagsstunde eine smaragdgrüne Färbung. Seine ruhige Oberfläche reflektierte die Sonnenstrahlen, und der grüne Bewuchs der umliegenden Berge spiegelte sich von allen Seiten im Wasser. In Richtung Carate Urio sah man die bunt bemalten Hausfassaden der alten Dörfer mit ihren grünen Fensterläden und der ununterbrochenen Reihe blühender Azaleen, Oleandersträucher, Bougainvillea und Jasmin auf den Terrassen.

Sie dachte an das Festprogramm des nächsten Monats und daran, wie ihr Vater und ihre Mutter sie als Kind ins Dorf mitgenommen hatten, damit sie den Vorbereitungen für das große Fest zuschauen konnte.

Sie erinnerte sich an die verzauberte, fast märchenhafte Atmosphäre, wenn Dutzende Boote sich hinter der Landzunge von Lavedo di Lenno vor der Insel Comacina versammelten; sie sah die Männer und Frauen vor sich, die sorgsam jede Einzelheit bedachten, um am Abend vor dem Feuerwerk ein Stück Geschichte der Gegend wiederaufleben zu lassen.

Und dann das leichte Tanzen der Boote bei der *Zoca de l'Oli*, die Figuren in historischen Kostümen, die sich unter die Fischer mischten; das ganze Dorf, das sich bemühte, zum Erfolg des Festes beizutragen.

Bis dahin war es kaum mehr als einen Monat.

In den mit Kopfstein gepflasterten Gassen und vor den Hauseingängen würde es überall von Schaulustigen und Touristen wimmeln. Familien würden zusammen spazieren gehen, andere würden versuchen, im letzten Moment einen Tisch in einer der vielen Trattorien der Gegend zu ergattern. Die Jüngeren würden einander verstohlene Blicke zuwerfen und sich später hinter dem Mäuerchen eines verlassenen Hauses ewige Liebe schwören.

Die Straßensäume und Mauern, die Balkone und Türschwellen der Häuser waren jedes Jahr mit einer endlosen Reihe von kleinen Wachslichtern, den *lumaghitt*, geschmückt. Sie wurden bei Sonnenuntergang angezündet, und dieses eine Mal im Jahr leuchtete die ganze Gegend.

Wenn dann im Dorf die Dunkelheit und tiefe Ruhe der Tremezzina Einzug hielten, nahmen der See und die Insel langsam die Farben des Festes an. Unterhalb der Häuser setzten sich die Schiffe auf dem See wie Hunderte bunter leuchtender Punkte in Bewegung. Die Insel erstrahlte erst in einem zarten Rot und dann in einer immer intensiveren Lichterpracht, bis es aussah, als würde sie in Flammen stehen. Währenddessen ertönten aus dem Lautsprecher Geschichten über historische Begebenheiten rund um die Legende und ihren Helden Barbarossa.

Zuletzt würde das Feuerwerk in den Himmel aufsteigen und die ganze Gegend taghell erleuchten.

Von diesem Tag an würde eine Festivität auf die nächste folgen, den ganzen Sommer lang, bis in den Oktober und darüber hinaus: Dorffeste und Kirchweihen, feierliche Messen und Tanzabende, bei denen die Alten der Tanzmusik lauschten, während der Duft von gegrillten Würsten und Fischen vorüberzog.

Stefania war glücklich.

Es war Zeit, die Ermittlung hinter sich zu lassen, ebenso wie die Alltagsroutine und die täglichen Unannehmlichkeiten. Sie spürte den Sommer auf der Haut.

Sie schaute auf den See hinaus und griff zum Telefon. Als Luca sich am anderen Ende meldete, ertönte hinter ihr ein Geräusch. Sie drehte sich um und erblickte wie verzaubert das Bild eines Wasserflugzeugs. In einer endlosen Reihe kunstvoller Drehungen flog es vor ihren Augen hinauf in den Himmel.

ANMERKUNG DER AUTOREN

Eine Villa Regina existiert natürlich nicht am Comer See, ebenso wenig, wie es eine Familie Cappelletti-Durand gibt oder je gegeben hat.

Für das im Buch beschriebene Anwesen standen jedoch eine Reihe von historischen Villen im Gebiet der Tremezzina Pate. Die Merkmale der Villa Regina haben wir den folgenden Villen entliehen: Villa Sola (in Bolvedro), Villa Balbiano (in der Gemeinde Ossuccio), Villa Carlotta (Tremezzo), Villa Balbianello (Lenno) und Villa La Collina (Griante).

Da es sich um ein fiktionales Buch handelt, haben sich die Autoren darüber hinaus einige erzählerische Freiheiten erlaubt. Die wichtigsten sind:

Der Ortsname «San Primo», der in der Erzählung als Bezeichnung für eine Grenzstation in der Nähe des Intelvi-Tals verwendet wird, ist in Wirklichkeit der Name eines Berges auf der anderen Seeseite, genauer gesagt, ist es der höchste Punkt des Larianischen Dreiecks.

Die wirkliche Entfernung zwischen der Villa Regina (zu verstehen als «Ort der Seele») und Lanzo d'Intelvi (einer realen Gemeinde, die sich vom Gipfel über dem Intelvi-Tal bis zur Schweizer Grenze hinzieht) ist wesentlich größer als im Buch beschrieben.

Das in aller Welt bekannte und geschätzte Restaurant La Tirlindana (in Sala Comacina) entspricht der Beschreibung im Buch. Die wiedergegebene Speisenfolge enthält jedoch auch einige Gerichte und Menüs, die im weiteren Sinn zur traditionellen Küche des Comer Sees gehören.

Kirche und Pfarrei von Sant'Eufemia haben keine reale Entsprechung im Umfeld der Stadt Como.

MIX
Papier aus verantwortungsvollen Quellen
FSC® C083411
FSC
www.fsc.org

Das für dieses Buch verwendete FSC®-zertifizierte Papier *Lux Cream* liefert Stora Enso, Finnland.